Cavaleiro Encantado

Janet McNaughton

Cavaleiro Encantado

TRADUÇÃO
Juliana Geve

2004

EDITORA BEST SELLER

Título original: *An Earthly Knight*
Copyright © 2003 by Janet McNaughton
Licença editorial para a Editora Nova Cultural Ltda.
Todos os direitos reservados.

Coordenação editorial
Janice Flórido

Editores
Eliel Silveira Cunha
Fernanda Cardoso

Editoras de arte
Ana Suely S. Dobón
Mônica Maldonado

Revisão
Levon Yacubian

Editoração eletrônica
Dany Editora Ltda.

EDITORA NOVA CULTURAL LTDA.
Direitos exclusivos da edição em língua portuguesa no Brasil
adquiridos por Editora Nova Cultural Ltda.,
que se reserva a propriedade desta tradução.

EDITORA BEST SELLER
uma divisão da Editora Nova Cultural Ltda.
Rua Paes Leme, 524 – 10º andar
CEP 05424-010 – São Paulo – SP
www.editorabestseller.com.br

2004

Impressão e acabamento:
RR Donnelley
Fone: (55 11) 4166-3500

A Pam porque é minha irmã,
e a Barbara Rieti,
personagem intrépida dos reinos das fadas.

Eu as proíbo, donzelas
De cabelos dourados,
De irem a ou virem de Carterhaugh,
Pois o jovem Tam Lin lá está.

— Da trova *Tam Lin*

Havia um cavaleiro elfo vindo da terra do norte,
E ele veio me cortejar;
Disse que me levaria para a terra do norte,
E que lá se casaria comigo.

— Da trova *Lady Isabel and the Elf Knight*

Capítulo 1

— Isabel, olhe o seu rei. Você o deixou vulnerável ao meu bispo de novo — Jenny chamou a atenção da irmã para o tabuleiro de xadrez, com o cuidado para não denunciar qualquer traço de frustração na voz. Havia passado a maior parte da manhã convencendo Isabel a sair para o sol. Qualquer passo em falso mandaria a irmã de volta às intermináveis e inúteis orações na capela da família.

Isabel suspirou.

— Meu coração não está nisso, Jenny. Um dos rapazes do estábulo lhe proporcionaria um jogo melhor.

— Eu não estou preocupada com o jogo, Isabel. Tudo o que queria era a sua companhia. — Mas, enquanto falava, Jenny manteve os olhos fixos nas peças.

Era difícil olhar para Isabel naquele momento. Os cabelos longos e escuros estavam despenteados. Havia círculos roxos marcando as pálpebras sob os gentis olhos castanhos. Os pés estavam sujos e descalços. E o pior de tudo, ela se vestia como uma penitente, uma peça sem forma de tecido rústico marrom amarrada na cintura com um pedaço de corda. A irmã que encantara em belas roupas parecia desaparecida para sempre. Mais uma vez, Jenny amaldiçoou em silêncio o homem que deixara Isabel em tal estado. Depois de dois meses, seu estoque de imprecações estava diminuindo.

Finalmente, Isabel fez seu movimento, bloqueando o bispo branco. Quando Jenny ergueu os olhos para elogiá-la, viu um estranho atrás da irmã, aproximando-se. Que fosse um estranho, não era surpresa. Certos homens eram aceitos livremente na propriedade do pai delas. Jovens cavaleiros sem terras próprias encontravam um lugar no salão do pai, pelo tempo que quisessem ficar, deitando-se todas as noites em estrados no chão, junto com os criados. A presença de tais cavaleiros aumentava o prestígio do local. Mascates e artistas itinerantes de todos os tipos também eram bem-vindos — acrobatas, equilibristas e músicos que ganhavam seu sustento alegrando os dias monótonos das famílias nobres. Jenny imaginava que esse homem pertencia ao último grupo. Suas roupas o definiam como alguém sem procedência certa, mas a trouxa de linho que trazia nas costas era pequena demais para pertencer a um mascate.

Ele teria de ser um estranho para se aproximar de Isabel naquele momento. A maioria dos homens a evitava. Jenny sabia que eles culpavam sua irmã por tudo o que acontecera porque os homens sempre culpavam as mulheres. O estranho parecia cada vez mais confuso, à medida que tentava entender o que via. Porque todos tinham um lugar no mundo. O lorde de uma fortaleza, os servos que vinham com a terra, os religiosos em suas abadias — deveria ser possível dizer quem e o quê qualquer pessoa era apenas com um olhar, decifrá-la, como a própria Jenny acabar de decifrar esse estranho. Aquilo não era mais verdade para Isabel. Ela havia se tornado algo sem nome.

Jenny via os homens lutando para entender o que alguém como Isabel poderia estar fazendo diante de um tabuleiro de xadrez com uma donzela de ascendência nobre, como Jenny nitidamente era. Para alegrar-se naquele dia, ela vestira um dos seus melhores trajes, feito com um tecido vermelho fino dos Países Baixos. O traje, o cinto de couro macio na cintura e até o laço amarelo de seda que Galiene amarrara em seus cabelos naquela manhã, tudo indicava sua posição.

Pelo modo de andar e pela poeira nas roupas, Jenny também podia dizer que aquele homem havia viajado muitos dias antes de chegar à propriedade do pai dela. Seus olhos castanhos traíam uma esperteza aguçada, um desejo de entender tudo o que via, que Jenny e a irmã escondiam. O homem respondeu, como a maioria dos homens fazia, fingindo simplesmente que Isabel não existia.

— Você seria a filha desta casa, *milady?* — perguntou ele a Jenny. Falava o inglês da Escócia do povo comum, mas com uma certa cadência. Não era o sotaque grosseiro e gutural dos Países Baixos, ou as inflexões arredondadas do francês normando. Jenny intuiu que a sua língua nativa era o gaulês, o idioma falado nas terras do norte e do oeste, uma língua que ela não entendia porque raramente era ouvida em Teviotdale.

— Sim, eu sou a filha do lorde. Minha irmã também — disse Jenny, gesticulando para Isabel. Havia adquirido o hábito de tentar tornar Isabel visível para aqueles que fingiam que ela não existia.

O homem pareceu chocado.

— Esta não é a donzela nobre que... — Ele se conteve. — Perdoe-me. Eu falei indevidamente.

Então, as notícias sobre a desgraça de Isabel haviam se espalhado o suficiente para chegar aos ouvidos dos viajantes. Àquela altura, a história provavelmente já era contada em toda Teviotdale. Jenny não respondeu nada.

— Pode me dizer onde o lorde, seu pai, estaria? — perguntou o homem.

Jenny olhou em volta. Da sombra do pavilhão no jardim da família, tinha uma boa visão daquele lado da propriedade, com seus muros de madeira e seus edifícios. O pai costumava passar seu tempo nos estábulos, canis e nas cavalariças que ela avistava dali, mas ainda não o vira naquele dia.

— Ele pode estar fora, caçando.

— Não, *milady*. O homem no portão disse que ele está aqui dentro.

— Então, procure-o no salão, do outro lado da propriedade. Eu não o vi esta tarde. Mas, primeiro, por favor, diganos quem você é. Não temos visitantes há várias semanas.

— Meu nome é Cospatric. Eu venho de Girvan, no mar ocidental.

Jenny recuou antes que fosse capaz de se conter. Ele era de Galloway. Em todas as histórias que ouvira, os galeses eram selvagens assassinos. Mas aquele homem parecia suficientemente pacato. Se percebeu a reação dela, sua única reação foi mexer levemente na trouxa que trazia nas costas.

— Eu toco harpa...

— Oh, Isabel, um harpista! Que maravilha. Minha irmã...

Jenny ia comentar com o harpista sobre a bela voz da irmã, porém Isabel nem havia erguido os olhos do tabuleiro. Jenny suspirou. Era melhor deixar o homem ir, mas a curiosidade levou a melhor.

— Que novidades você traz?

— Poucas. Passei os últimos cinco dias andando por aquela floresta interminável através do vale. — Ele gesticulou para além da paliçada que cercava a propriedade, depois da pequena vila de Langknowes, que ficava no vale abaixo dali.

Jenny olhou para o homem.

— Você atravessou a floresta sozinho? E acha que tem juízo?

Ele riu.

— Eu espero que sim, *milady*. Por que pergunta?

— Aquela floresta pertence às fadas. O povo diz... — Jenny interrompeu-se. Os homens de seu pai sempre riam dela por falar em fadas. Jenny esperou que aquele homem também zombasse, mas ele não o fez.

Em vez disso, expirou profundamente, como se acabasse de descobrir que havia escapado de um grande perigo.

— Eu acredito que aquele lugar seja assombrado por fadas ou por algum outro espírito sobrenatural — disse ele.

— No começo, eu tinha medo de lobos ou ladrões, mas a floresta estava vazia como uma tumba e tão quieta quanto. Hoje de manhã, achei que havia me perdido. Fiquei muito satisfeito por sair de lá.

— A maioria dos viajantes segue a trilha do rio. A viagem fica alguns dias mais longa, mas há povoados por todo o caminho. As pessoas desses povoados teriam prazer em dar comida e alojamento em troca da sua música.

Jenny sabia que os agricultores do pai nesses pequenos povoados o receberiam como membro da realeza. Suas vidas eram cheias de trabalho duro e eles não podiam viajar sem a permissão do seu lorde.

— Eu queria vir diretamente para cá. Quando perguntei às pessoas da cidade do outro lado qual era a rota mais rápida, eles me mandaram ir pela floresta. Ninguém me alertou sobre as fadas. Eles devem achar que é piada. — Ele meneou a cabeça e riu alto.

— Você acredita em mim? Os normandos, o povo do meu pai, riem, e o nosso padre, o Irmão Turgis, me censura por falar em fadas. Eles dizem que é errado eu ter crenças tão pouco cristãs. Mas o povo daqui sempre acreditou.

— Eu não desacredito de nada, *milady*. Galloway foi uma das primeiras terras da Escócia a abraçar a fé cristã, porém o meu povo sempre contou histórias de fadas. — Ele olhou-a, parecendo confuso. — Mas você não é normanda? — Afinal de contas, aquela propriedade era de um nobre normando.

— Meu pai é normando como todos os homens do Conquistador. Nosso irmão, Eudo, é cavaleiro na propriedade do conde Robert de Burneville, em Lilliesleaf. Além disso, minha irmã é uma verdadeira dama normanda. — Jenny sabia que podia parecer estranho chamar de dama alguém vestido com uma roupa de tecido rústico, mas ela prosseguiu sem parar para fazer considerações. — Eudo e Isabel perderam a mãe quando ainda eram pequenos e meu pai escolheu outra esposa, minha mãe, em uma família nobre de perto daqui. Mas ela também morreu. Eu sou metade normanda, porém dizem que eu sou cria do povo de minha mãe. Sei falar o francês normando, porém não fui criada para fazer um bom casamento com um lorde normando, como Isabel... — Jenny parou, confusa. O prazer de falar com alguém que não menosprezava suas crenças a fizera esquecer a tristeza das últimas semanas. Seu rosto queimou de vergonha, mais por Isabel do que por si própria. Ela baixou a cabeça. — Dizem que a minha língua está sempre dois passos à frente da minha cabeça. Desculpe-me.

O harpista lançou-lhe um olhar de compaixão, que não estava nublado por pena.

— Nunca peça desculpas a mim, *milady* — disse ele. — Agora, eu vou procurar o lorde, seu pai. — E, com isso, ele se foi.

Jenny ficou profundamente grata pelo tato do homem. Era verdade que não precisava se desculpar com alguém da posição social dele, mas poucos homens conseguiam admitir que alguma mulher pudesse estar acima deles. Muitos tinham a presunção de mostrar que eram melhores que Jenny, independentemente da classe dela. Uns poucos a bajulavam até deixá-la enjoada. Era raro encontrar um homem que lhe desse o devido respeito sem parecer se rebaixar. Ela se agradara de Cospatric. Talvez ele também tivesse querido dizer que não desgostava dela, apesar da sua língua comprida. Isso diminuiu a sensação de vergonha de Jenny. Até ela olhar para Isabel. Para esconder seu incômodo, Jenny começou a balbuciar, dizendo o que quer que lhe viesse à cabeça.

— Eu espero que o homem seja hábil com a harpa. Isabel, o que você acha de cantar com ele? A sua voz é um presente dos anjos.

Isabel não disse nada. Jenny percebeu que a chegada do harpista devolvera a irmã ao mais completo silêncio. Ou melhor, as palavras impensadas que ela própria dissera haviam devolvido. O pequeno terreno que conquistara com Isabel naquele dia estava perdido. Jenny sentiu os olhos marejados de lágrimas.

— O meu movimento — disse Jenny, pegando uma torre sem pensar e mudando-a de posição.

Jenny sabia que falava demais. Em épocas mais felizes, o pai sempre brincava dizendo que ela era capaz de produzir mais estrago com a sua língua do que um homem com uma espada. Ela sabia que aquilo a fazia parecer desajeitada, até mesmo estúpida. Mas Jenny não era estúpida. Podia olhar para qualquer pessoa, ver além da posição social, no coração, e saber o seu valor. Galiene chamava isso de a sua única habilidade. E Jenny tinha certeza de que aquele homem, Cospatric, tinha mais valor que a maioria. Apesar de tudo, a sua chegada aliviara um pouco o peso que ela sentia no coração. Isabel adorava música. Se Jenny encontrasse um jeito de persuadir o pai a deixar o harpista ficar na propriedade, talvez fosse possível atrair Isabel para fora das sombras da capela, de volta ao mundo dos vivos.

Jenny suspirou. Sua habilidade só lhe falhara uma vez, com Bleddri, o cavaleiro que levara Isabel à desgraça. Porque ele mantivera seu coração escondido e ganhara primeiro a confiança de Isabel e, depois, o seu amor. As apreensões de Jenny haviam chegado tarde demais.

Jenny ergueu os olhos e avistou o pai vindo dos estábulos. Então, ela dera uma informação errada ao harpista. O pai certamente passara mais cedo, sem que ela percebesse. Ele parecia bravo, mas aquilo não era surpresa. Isabel ergueu a mão para fazer seu movimento, sem perceber que o pai se aproximava como um navio de guerra. Jenny o viu respirar fundo para começar o discurso, porém era tarde demais para sussurrar um alerta.

— Eu proíbo vocês duas de entrarem ou saírem de Carter Hall! — disse ele, num rugido. Jenny inclinou a cabeça. A mão alva e graciosa de Isabel oscilou sobre o tabuleiro um momento e então se precipitou, como uma pomba pega em pleno vôo por um falcão, derrubando metade das peças no chão. O jogo estava arruinado.

Antes, Isabel sempre havia sido a pessoa que acalmava o pai. Agora, ficava sentada imóvel e a tarefa cabia a Jenny. Ela respirou fundo para acalmar-se e resolveu falar em francês. Preferia o inglês, mas sabia que agradaria ao pai se falasse a língua do povo dele.

— Ora, papai, o que quer dizer? Carter Hall está prometido a mim como meu... meu... *tocher*. — Seu francês falhou, obrigando-a a usar a palavra escocesa, mas, mesmo assim, Jenny encarou o pai com firmeza. Sabia que ele admirava sua ousadia, sua capacidade de desafiá-lo.

Ele quase sorriu e respondeu na língua da filha. O pai havia nascido na Grã-Bretanha, porém, como todos os normandos, o francês era a sua primeira língua, e o seu inglês tinha um sotaque forte.

— Jeannete, a palavra é "idote". Eu lhe disse para não me enfrentar, mocinha. Essa é uma questão importante, posto que eu valorizo a sua virtude... e o que possa restar daquela de sua irmã.

Isabel curvou-se como se tivesse sido atingida no rosto. O pai não falava diretamente com ela desde a sua desgraça.

— Mas, por favor, papai, diga-nos por quê — pediu Jenny. Estava mais aborrecida do que gostaria de demonstrar. Carter Hall encontrava-se em ruínas, porém a velha casa era a única coisa de valor que ela levaria para um casamento. E Jenny escapava para visitá-lo sempre que podia. O pai suspirou pesadamente. A tensão das últimas semanas era visível em seu rosto. Seus olhos estavam vermelhos e inchados por haver ficado sentado muito perto do fogo, bebendo muita cerveja.

— Dizem que o jovem Tam Lin está de volta de Roxburg. Ele foi visto em Carter Hall — disse ele.

Jenny ergueu o queixo.

— Ninguém pode morar lá. O teto caiu. — Em ruínas ou não, o lugar era delas.

— Um dia aquelas terras já foram do pai dele. Mas isso foi há vinte anos. O rei em pessoa me garantiu esse feudo. Ninguém pode contestar isso. — Sua voz ergueu-se, ultrajada. — Se ele for tolo o bastante para reclamar propriedade sobre a minha terra, meus homem o caçarão como uma ave de rapina. — O pai fez um pausa para deixar a raiva se esvair da sua voz. — Então, seja boazinha, mocinha, e fique longe daquele lugar até isso estar resolvido. E sua irmã também. — Ele começou a se afastar, então virou-se. — Jeanette, você sabe que o Irmão Bertrand, o religioso que distribui esmolas da Abadia de Rowanwald, vai trazer o aleijado hoje. Espero vê-la à minha mesa esta noite, vestida de acordo com a sua posição, e não por aí com sua irmã.

Assim que o pai saiu, Isabel se levantou.

— Isabel! — gritou Jenny, mas a irmã se afastou sem tirar os olhos do chão. Jenny não a seguiu. Não ajudara a irmã em nada naquele dia. Seria melhor deixar Isabel chorar sozinha.

Capítulo 2

Assim que Isabel se afastou, Galiene entrou apressada pela porta do pavilhão no jardim da família. Jenny sabia que não havia necessidade de dizer nada à velha babá. Bisbilhotar era uma das principais alegrias da vida de Galiene.

— O lorde seu pai ainda não está se dirigindo à sua irmã, minha querida — disse Galiene, apanhando o tabuleiro caído. — Houve um tempo em que ele via a lua e as estrelas nos olhos dela.

— Aliás, nem faz muito tempo — declarou Jenny. — Apesar de parecerem anos. Eu amaldiçôo o túmulo de Bleddri todos os dias da minha vida.

Galiene benzeu-se.

— Aquele nem tem túmulo — disse ela, satisfeita, e Jenny a viu fazendo outro sinal que não teria lugar numa igreja cristã, o sinal para afastar o demônio.

Jenny suspirou.

— O casamento de Isabel foi sempre planejado para trazer poder a meu pai. Eu não fui criada como ela. Meu pai não consegue superar a decepção.

Galiene esticou as costas rígidas com dificuldade e jogou um punhado de peças de xadrez recuperadas sobre o tabuleiro.

— Seu pai deveria estar satisfeito por encontrar um marido escocês para as duas filhas. Os normandos podem ser conquistadores, mas nós não somos o povo que eles conquistaram, menina. O velho rei David só os convidou para cá por apreço pela corte inglesa, onde ele passou a infância.

Jenny suspirou.

— Eu receio que agora nenhum homem se case com Isabel. Nem normando, nem escocês.

Um brilho surgiu nos olhos da babá.

— Então os dotes dela irão para você, minha querida?

— É claro que não! O dote de Isabel irá para a Igreja quando ela fizer os votos. O dinheiro da minha irmã não é para mim.

— Bem, não há mal nenhum em ter esperança, há, menina? Você poderia conseguir um ótimo marido com o rico dote separado para sua irmã.

Jenny sabia que não adiantava censurar Galiene. Ela fora admitida na propriedade junto com a mãe de Jenny, quando Isabel era menina. Galiene gostava de Isabel, mas a lealdade da velha senhora era dirigida apenas a Jenny e ela não fazia nenhum esforço para esconder isso.

— O dote de Isabel vai para a Igreja — repetiu Jenny, com firmeza. — O Irmão Turgis disse que as irmãs de Coldstream esperam recebê-la. — Jenny tentou ignorar a dor que sentiu no coração ao dizer isso. Não conseguia imaginar a irmã passando o resto da vida em um convento austero, como freira cisterciense.

Galiene franziu o cenho.

— Irmão Turgis! Pode ser pecado, mas eu não consigo gostar daquele padre. Esses novos clérigos vêm para cá de além-mar e, de repente, todo mundo deve seguir as regras deles. Eu preferia o jeito antigo. Quando eu era menina, os padres e irmãos se casavam, se lhes conviesse. Vai contra a natureza de um homem viver sem o calor de uma mulher e de crianças.

— Bem, mas agora o mundo é assim, Galiene. O rei David convidou recém-ordenados para cá, para fazer a Escócia mais parecida com outros países católicos. Eles não irão partir — disse Jenny, mas em segredo ela concordava. O Irmão Turgis parecia não ter amor por nenhuma coisa terrena. Certamente, um homem que amasse uma mulher teria um coração mais bondoso.

— Partir? — gritou Galiene. — Não, e por que deveriam? O velho rei lhes deu tanto que agora mal se vê um pedaço de terra que não pague tributos a eles. Aquela bela floresta que atravessa o vale, por mais que seja assombrada pelas fadas, agora pertence à Abadia de Broomfield. — Galiene nunca usava a palavra "fadas" se pudesse evitar. Ela dizia a Jenny que a menção poderia deixá-las bravas.

— Bem, ninguém do nosso povo porá o pé naquela floresta. Assim, o que nos interessa?

Galiene bufou, mas ficou em silêncio. Era verdade. A floresta que atravessava o vale ficava deserta, enquanto todos iam para as florestas mais distantes do lado de cá do rio, em busca de madeira e lenha para as fogueiras.

— Agora, venha para o pavilhão, querida — disse Galiene depois de um momento. — Nós temos trabalho a fazer.

Jenny seguiu Galiene para os aposentos privados da família. Mesmo em uma casa nobre, toda mulher com algum tempo livre ajudava a tecer. Enquanto seus olhos se ajustavam à luz suave, o tear entrou em foco. Mais alto que a própria Jenny, ele estava apoiado numa espessa viga do teto, perto de uma janela, para aproveitar a luz do dia. Jenny suspirou e pegou a lançadeira do tear. Seu tecido nunca ficava homogêneo como o de Isabel, porém Isabel não tocava no tear havia várias semanas.

Os olhos de Galiene não se prestavam mais para a tecelagem, mas ela era tão hábil com a roca de fiar que conseguia trabalhar quase sem olhar. Ela pegou o fuso e uma porção de lã limpa. Jenny parou para observar a fibra se transformando num fio longo e uniforme de lã nas mãos capazes de Galiene. A velha babá caminhava para a frente e para trás, tirando a lã bruta da cesta, sem parar nem olhar, enquanto o fuso girava. Aquela era uma das primeiras lembranças de Jenny, observar Galiene transformar lã bruta em fio. Quando não se rompia, o fio de Jenny era cheio de caroços. Ela se virou para o tear e enfiou a lançadeira entre os fios da urdidura e então ergueu a barra para mudar de carreira. Enquanto fazia isso, as pedras de rio cinzentas e redondas que faziam o contrapeso da urdidura bateram suavemente umas nas outras, perto de seus pés, produzindo um ruído reconfortante.

— Então, quando podemos esperar que Isabel vá para junto das Irmãs? — perguntou Galiene depois de terem trabalhado algum tempo em silêncio. Jenny esperava aquela pergunta havia várias semanas. Os cavaleiros que haviam passado o inverno com eles deviam ter espalhado a história de Isabel por todos os lugares, mas pouco se falava no assunto dentro de casa. Galiene, porém, era incapaz de conter a curiosidade por tanto tempo. Aquilo, como todo o resto, mostrava como os problemas de Isabel eram sérios.

— O Irmão Turgis disse que primeiro ela precisa confessar os pecados.

Galiene ficou tão chocada que quase engasgou.

— O que ela teria para confessar? Pobrezinha. O que ela fez a Bleddri certamente não foi pecado.

— Não foi. Mas ela deixou a casa de meu pai levando todo o dote que conseguiram carregar e dois dos melhores cavalos dele. Isso foi roubo de bens. Até mesmo Isabel pertencia a ele. Ela precisa confessar ter pegado o que não lhe pertencia.

— Parece-me uma coisa pequena para ela fazer.

— Sim, Galiene. Mas ela não confessará. Eu creio que deva haver mais.

A velha babá estalou a língua.

— Pelo menos, já se passou tempo suficiente para ela saber que não carrega o filho daquele monstro.

Jenny gemeu, mas não disse nada. O mesmo pensamento a incomodara por várias semanas. Mesmo agora que não se tratava mais de uma preocupação, era extremamente doloroso imaginar. Ela mudou de assunto depressa.

— Galiene, o que você sabe sobre a família Lin?

Galiene pareceu feliz com a pergunta.

— Todas essas terras pertenciam aos Lin desde o começo dos tempos. — Jenny sorriu no tear. Galiene não conseguia deixar de enfeitar verdade alguma. — Na primeira vez em que vi Andrew Lin, sua mãe era pequena. Um grupo de jovens bem-nascidos perseguiu um cervo pelas terras do seu avô. Os cachorros perderam a pista, e eles pararam uns dias para passar o tempo. Entre os jovens havia um belo rapaz carregando um falcão no pulso; era Andrew Lin. Ele se casou com a única filha do conde de Roxburg. Eles tiveram apenas um filho e morreram menos de um ano depois.

— Como eles morreram? — perguntou Jenny. Ela não estava surpresa. Era mais comum as pessoas morrerem jovens do que viverem o suficiente para envelhecer.

— Carne estragada — respondeu Galiene. — Ou cerveja ruim. O que quer que tenha sido, matou todo mundo em

Carter Hall, menos a criança em seu berço e um rapaz do estábulo que estava sendo castigado por ter roubado comida e só jantou pão e água. Ele foi buscar ajuda, mas quando a ajuda chegou, estavam todos mortos. Só Tam Lin sobreviveu.

Jenny imaginou a cena com todos na casa mortos em torno de um bebê gritando, e estremeceu.

— E o que houve com o rapaz do estábulo?

— Ah, ele continua por aí — disse Galiene num tom de voz que Jenny conhecia muito bem. Significava que não devia fazer mais perguntas.

Mas Jenny não podia deixar a história de lado.

— Galiene, por que você nunca me contou isso antes?

— Um dia, Carter Hall será seu e isso não é imagem para uma noiva levar para a sua casa. Eu nunca teria dito a você, mas Tam Lin está aqui. Se ele acha que o lugar é dele, você deve saber o porquê.

— Mas é de meu pai e ele vai me dar, não é?

Galiene assentiu.

— A terra é certamente de seu pai, Jenny. Porém do ponto de vista de Tam Lin, a coisa é diferente. — Ela fez uma pausa. — Os viajantes contam histórias estranhas sobre o rapaz que passou por Roxburg.

Jenny parou de trabalhar e virou-se para Galiene.

— Como assim?

— Algo aconteceu quando ele era menino. Tam Lin saiu sozinho para caçar. Seu cavalo voltou sem cavaleiro. Eles encontraram o seu falcão, mas não o encontraram. Por vários dias.

— O que aconteceu com ele?

— Bem, o povo de Roxburg conta uma história. Esta casa conta outra bem diferente — respondeu Galiene, caindo em seguida num silêncio satisfeito.

Jenny quase bateu os pés de impaciência.

— Então, conte-me as duas. Você sabe que eu estou louca para ouvir, Galiene!

Galiene riu. Ela adorava fazer suspense com suas histórias. Como um gato brincando com um rato.

— Em Marchmont, na propriedade do em seguida conde de Roxburg, dizem que Tam Lin caiu do cavalo e perdeu a memória. Ele andou pelas florestas por dias. Quando foi encontrado, não conhecia ninguém, nem seus próprios parentes.

— Que horror! — Jenny sentiu uma ponta inesperada de compaixão pelo jovem rapaz que, de certa forma, perdera a família inteira duas vezes, esquecendo-se por um momento que talvez quisesse Carter Hall.

— Ah, a outra história é ainda pior — prosseguiu Galiene, com a voz cheia de alegria. Jenny sabia que a velha babá esperava que ela implorasse. Em vez disso, ela lançou um olhar sombrio para Galiene, que trouxe a história à tona rapidamente. — O povo diz que ele foi levado. Por elas, você sabe.

— As fadas?

— Sim, exatamente. Dizem que ele ficou com elas por anos, porque o tempo passa de maneira diferente no mundo delas. O povo diz que Tam Lin nunca mais foi o mesmo e que continua com as fadas, embora ande pelo mundo dos homens. Também dizem outras coisas, coisas não apropriadas para os ouvidos de uma donzela. — Galiene pegou mais um tufo de lã da cesta e fechou a boca.

Jenny voltou ao trabalho. Se fingisse total falta de interesse, talvez Galiene contasse mais do que ela podia ouvir. Mas o silêncio da babá continuou até Jenny perceber que dessa vez o seu plano não funcionaria. Os rumores sobre

Tam Lin deviam ser mesmo obscuros. Ela fez uma última tentativa de induzir Galiene a falar.

— Como você sabe tanto a respeito de Tam Lin?

— Eu pergunto a todos que vêm de Roxburg, minha querida, desde que Carter Hall se tornou seu dote. Sempre esperei ouvir que o rapaz havia ficado noivo de alguém, longe daqui, de uma moça com terras. Mas aí começaram as histórias estranhas. De algum modo, eu temia que ele viesse para cá.

Jenny estremeceu. Não podia ignorar os misteriosos "de algum modo" de Galiene.

— Mas como ele conseguiria se alimentar aqui? Você acha que pode se envolver com bandidos? — Até ali, Jenny só ouvira histórias dos homens que se recusavam a aceitar os normandos como seus lordes e viviam nas florestas como fora-da-lei.

Galiene baixou a voz.

— Se fosse necessário, os bandidos o levariam. Todos se lembram da família Lin. Mas você não deve dizer nada disso às outras pessoas daqui, Jenny. Nem mesmo à sua irmã.

Jenny assentiu. Sabia que o povo ajudava os bandidos quando podia, apesar de fingir ficar ultrajado pelos jovens bandidos.

Eles procuravam seu pai, implorando indenização pela perda de uma ovelha que Jenny suspeitava ter sido dada de livre e espontânea vontade. Afinal, alguns dos bandidos eram seus próprios filhos.

Jenny só era boa tecelã quando conseguia se concentrar na tarefa. Mas as histórias de Galiene haviam-na distraído e, naquele momento, ela puxou o tecido de ambos os lados, percebendo que havia apertado demais a trama.

— Ah, olhe, Galiene, as ourelas estão estragadas. É melhor eu desmanchar?

Galiene aproximou-se para examinar o trabalho.

— O que você está fazendo?

— Um cobertor para o novo criado, o aleijado da Abadia de Rowanwald.

Galiene observou o tecido imperfeito no tear.

— Por que está perdendo o seu tempo? Há muitos cobertores velhos por aí, limpos e remendados, que servirão para um mendigo.

Jenny pegou novamente a lançadeira e suspirou.

— Meu pai diz que se a rainha da Inglaterra pode lavar e beijar os pés de leprosos, eu posso tecer um cobertor para um aleijado.

— Eleanor da Aqüitânia lavou e beijou pés de leprosos!

Jenny riu.

— É claro que não. Ele estava falando da boa rainha Maud, irmã do nosso velho rei David, que era rainha da Inglaterra quando meu pai era menino. Ele me disse que ela cuidava de leprosos com as próprias mãos, como um ato de caridade. Mas meu pai esquece que eu sei o fim da história, que às vezes ele conta quando bebeu um pouco a mais. — Ela virou-se e deu um sorriso maroto para Galiene. — A rainha Maud convocou David, seu irmão mais novo, para que ele aprendesse a cuidar dos pobres, vendo o exemplo dela, mas ele disse: "Tenha cuidado, minha irmã, com onde você põe os lábios, ou o rei pode hesitar em beijá-los".

As duas mulheres riram.

— Tecer um cobertor é certamente mais agradável do que beijar os pés de leprosos — Jenny falou baixo para o caso de haver alguém passando ali fora. — Mas o esmoler é um homem muito importante para nos trazer um mendigo.

O Irmão Bertrand pode estar com o destino de Isabel em suas mãos, de forma que precisamos agradá-lo. Você não percebeu quanta preparação para a comida de hoje à noite?

Galiene assentiu.

— Sim, mas eu pensei que você estivesse com problemas para ficar no lugar de sua irmã. Você nunca teve que fazer o papel da dama da propriedade antes.

— Eu acho difícil ocupar o lugar de Isabel, porém também temo pelo destino dela. — Depois de uma pausa, Jenny sorriu. — Além disso, se o esmoler ficar satisfeito, talvez ele se compadeça de nós e reze a missa diária amanhã de manhã. O Irmão Turgis me dá sono.

Galiene partilhou o sorriso e depois perguntou:

— Esse jovem sempre foi aleijado?

— Não. Ele era aprendiz de pedreiro. Trabalhou na abadia até um bloco de pedra esmagar o pé dele no inverno passado. Os colegas cuidaram dele, mas o pé não se curou.

— E ele não tem família?

Jenny meneou a cabeça.

— Dizem que ele veio de Tewkesbury com os homens do pedreiro quando começou o trabalho na casa do cabido. Agora, aleijado, ele não teria como viajar para tão longe. De qualquer forma, ouvi dizer que ele não tem família.

— Bem, se não tivesse vindo para cá, ele poderia ter se dado pior. A mesa de seu pai é farta, e sua mão, leve. Eu vi um estranho hoje cedo. Eles já chegaram da abadia? — perguntou Galiene.

Jenny sorriu. Quase se esquecera daquele detalhe de sorte.

— Não, aquele era um harpista. De Galloway.

— Galloway? Um daqueles selvagens comedores de crianças?

Jenny fez um movimento com a lançadeira e esticou o tecido firmemente com a espada de madeira de tecer. Ela sorriu ao ver as ourelas, que agora pareciam direitas. O cobertor teria algumas falhas, mas seriam poucas.

— Galiene, aquele homem tem modos melhores do que a maioria dos homens de meu pai. Você nunca percebeu como as pessoas dizem coisas ruins daqueles que temem? — Jenny explodiu em risadas quando Galiene franziu o cenho.

— Só não imagino como você vai arranjar um marido com essa língua tão afiada — resmungou a velha babá.

Capítulo 3

Enquanto Jenny terminava o cobertor e o tirava do tear, Carter Hall continuava em sua cabeça. De noite, antes de adormecer, ela freqüentemente pensava em restaurar as velhas ruínas de pedra. Via os homens de maneira tão vívida que conseguia ouvi-los grunhir ao mesmo tempo que puxavam para o lugar as vigas maciças de carvalho do teto. Conseguia até sentir o cheiro do telhado de urzes frescas, que seriam presas na armação de vergas para proteger o telhado das intempéries. Às vezes decorava as paredes com tapeçarias e unia-se ao marido desconhecido perto do fogo.

Será que continuava a querer o lugar, depois de saber da tragédia que recaíra ali sobre a família Lin? Jenny fez a pergunta a si mesma enquanto supervisionava a colocação das mesas de cavaletes no grande salão. Sim. Muitos salões haviam testemunhado derramamento de sangue. Inimigos convidados para um banquete em nome da paz podiam, de repente, se revelar assassinos. Sabia-se de irmãos que haviam se virado uns contra os outros. O que acontecera com os Lin tinha sido diferente. Agora que temia que Tam Lin pedisse Carter Hall, Jenny queria o lugar mais do que nunca.

Quando o grupo de Rowanwald finalmente chegou, já estava quase escuro e era tarde para a refeição noturna. Diferentemente do harpista, eles não entraram na propriedade sem serem notados. A comoção causada pela chegada foi suficiente para alertar Jenny no salão principal, apesar de ele ser bem distante do portão de entrada. Ela saiu do salão e seguiu a multidão, curiosa para ver a importante visita.

Jenny chegou bem a tempo de ver o Irmão Bertrand desmontar de um magnífico garanhão negro. Mesmo os membros das ordens religiosas eram incapazes de resistir à paixão normanda por cavalos. O padre era um homem alto, de compleição forte, com cabelos acinzentados e parecia tanto um guerreiro quanto um religioso. Ele foi diretamente para o Irmão Turgis e abraçou o colega para cumprimentá-lo. Apesar de tentar disfarçar, o Irmão Turgis se encolheu ante a demonstração de afeto. Jenny sorriu. Galiene tinha razão. O Irmão Turgis não tinha amor por ninguém.

O Irmão Bertrand nunca havia estado em Langknowes. Como esmoler, ele supervisionava toda a caridade destinada aos pobres dentro da abadia e também na cidade de Rowanwald, uma responsabilidade imensa. Ele olhou em torno com aberta curiosidade e um sorriso franco e generoso. Passou pelo Irmão Turgis para cumprimentar o pai de Jenny, a quem segurou pelo braço com ambas as mãos.

— Visconde Avenel, abençoado seja por sua caridade.

Jenny não conseguiu ouvir a resposta do pai, que estava de costas para ela, mas o Irmão Bertrand disse:

— Graças a Deus, a viagem transcorreu sem problemas. Tivemos que parar algumas vezes. O Irmão Jean teve a bondade de nos ceder um dos pôneis da abadia para o menino, mas, mesmo assim, a jornada foi muito dolorosa para ele. Armand, ajude o menino a descer. — O Irmão Bertrand dava comandos com o ar de alguém que fizera aquilo a vida toda. Jenny concluiu que ele era, como seu pai, o filho mais novo de uma família da aristocracia. Homens assim traziam dinheiro e ambição aos seus empregos, e a Igreja os recebia de bom grado.

Jenny se esgueirou em silêncio para o salão no momento em que o porteiro à entrada anunciou o jantar com uma corneta de caça: três sopros curtos e um longo que ecoaram fortemente pelo vale. Do canil do outro lado do pátio, os cachorros responderam com latidos excitados. Afinal, o mesmo toque era usado para reunir os caçadores e seus cães antes de uma caçada. Naquele momento, mesmo aqueles dos prédios mais distantes contidos nos muros da fortaleza saberiam que a refeição estava pronta, e o pai de Jenny levaria os importantes convidados para o grande salão.

Jenny ficou satisfeita ao ver o harpista sentado perto da mesa principal, pronto para tocar. Seu pai provavelmente organizara aquilo. O momento da sua chegada havia sido excelente. A música faria a casa parecer elegante e bem preparada. Ela sorriu, mas apenas fez um gesto com a cabeça ao passar por ele. Pelas próximas horas, precisaria ser a dama da casa, falando com aqueles de menor condição social somente para dar ordens.

Quando o pai trouxe o Irmão Bertrand para o salão, os criados chegaram com jarros de água morna, bacias e toalhas. Como a maior parte da comida seria consumida com as mãos, lavá-las não era apenas um detalhe.

Jenny sentou-se à mesa alta com o pai e o Irmão Bertrand. O Irmão Turgis ocupou desastradamente seu lugar ao lado do esmoler. Quando os primeiros pratos foram trazidos para o salão, Jenny sentiu uma onda de ansiedade. Era responsável pela qualidade de tudo o que havia na mesa, e alimentar o Irmão Bertrand era um negócio delicado. Alguém da posição dele normalmente era servido com as melhores carnes — veado, uma torta recheada com aves canoras, no mínimo um frango assado se a caçada fosse um fracasso. Mas os membros das ordens religiosas só comiam carne quando estavam doentes. Em vez disso, comiam grãos, legumes e verduras, comidas cozidas todos os dias, sem grandes cuidados. Pelo menos, ovos e queijos eram permitidos, de forma que havia esperança de uns poucos pratos finos. Jenny tinha economizado ovos por uma semana e agonizara na cozinha, tentando criar um *menu* apropriado a partir do repertório limitado de Hawise.

Ela tentou acalmar-se, servindo-se de um gole rápido da taça diante do seu lugar e teve que disfarçar uma careta. A taça continha um vinho tinto amargo, pesado de sedimentos. Não poderia ser de outra forma. Vinho era a bebida da França, a única coisa apropriada para tal ocasião. Aquele vinho não estava à altura. Para conseguir um bom vinho àquela distância da França, era preciso dinheiro e sorte, e o pai raramente tinha o suficiente de ambos.

Isso era motivo de piada entre os escoceses. Jenny ouvira a vida toda que os normandos preferiam um vinho ruim a uma boa cerveja. Melhor, diziam as pessoas do povo, pois assim podiam ficar com tudo para si. Jenny, como o povo da sua mãe, preferia simplesmente a boa cerveja feita na casa de fermentação do pai para o uso diário. Em silêncio, desejou-a naquele momento.

Depois que o Irmão Bertrand abençoou a comida, virou-se para o pai de Jenny:

— *Sir* Philippe, trago saudações do seu filho. Ele manda seu amor e respeito.

Tanto Jenny quanto o pai se inclinaram para a frente a fim de ouvir as notícias.

— Como está o meu rapaz? Eu não tenho notícias dele há meses.

— Ele esteve em Rowanwald há algumas semanas com um grupo de Lilliesleaf. Parece muito benquisto na propriedade de *sir* Robert.

O visconde sorriu.

— Todos gostam de Eudo. Ele esteve em casa no último Natal. Eu soube que, a esta altura, já recebeu suas esporas de cavaleiro. — Ele suspirou. — Eu gostaria de saber a respeito de meu filho com mais freqüência.

Jenny sabia que o pai sofria com a separação de Eudo, mas os filhos da nobreza eram sempre criados nas propriedades de outras famílias nobres. Eudo não morava mais em casa desde os dez anos.

Talvez fosse mais fácil para o pai se uma outra família mandasse um filho para ele criar, porém Jenny sabia que ninguém faria isso. Uma propriedade administrada por um viúvo era um lugar estranho demais para confiar um filho. Só cavaleiros andarilhos, livres do controle da família, paravam ali.

Quando se esgotaram as notícias sobre Eudo, o visconde disse:

— Diga-nos, padre, como estão as obras na abadia?

Os moradores da abadia sempre ficavam contentes em falar na construção interminável que os cercava. O Irmão Bertrand sorriu.

— Os trabalhos na nova casa do cabido estão progredindo bem. Devem estar concluídos em dez anos, talvez oito se Deus nos ajudar. E isso vai ser bom porque as cabanas que têm abrigado nossos irmãos não foram feitas para durar tanto tempo quanto eles. Uma delas caiu durante uma tempestade no último inverno. O senhor deve ter sabido.

— O pai de Jenny assentiu, e o Irmão Bertrand continuou: — Então, nesse verão precisam ser feitas novas cabanas, e isso rouba tempo de construção da casa do cabido. É claro que as cabanas são construídas rapidamente e que os nossos pedreiros não serão distraídos por um trabalho tão insignificante. Eles continuam a trabalhar como sempre. Mas o transporte de pedras da pedreira será afetado. Ainda assim, estamos encantados com a igreja. Nenhum conforto terreno se compara. Levou 22 anos para ficar pronta, porém a espera compensou.

— Vinte e dois anos ou mil são apenas um dia aos olhos do Nosso Criador — disse o Irmão Turgis, pela primeira vez. — A abadia pode levar séculos para ser completada.

— Sim, certamente, Irmão Turgis — declarou o Irmão Bertrand, de certa forma impaciente.

Jenny baixou os olhos rapidamente para disfarçar um sorriso. O Irmão Turgis tinha o hábito de dizer coisas que todo mundo já sabia, como se revelasse verdades profundas. Jenny ficou satisfeita ao ver que não era a única que achava aquilo aborrecido.

Quando o primeiro prato veio, a maioria se serviu, em imensas tigelas, de sopa grossa de ervilha com bacon, mas os dois cônegos receberam uma sopa espessa de espinafre fresco e leite de amêndoas. Jenny observou, ansiosa. O Irmão Turgis corria o risco de comer até feno sem perceber, porém o Irmão Bertrand conhecia a boa comida. Entretanto ele nem tocou na sua tigela. O Irmão Bertrand tinha outros problemas na cabeça.

— *Sir* Philippe — disse ele. — Também trago saudações do conde de Roxburg.

O visconde parou com a colher a meio caminho da boca. O conde de Roxburg era um dos homens mais importantes da Escócia. Sua propriedade era uma das poucas que hospedava a corte real com regularidade. O Irmão Bertrand prosseguiu:

— Como o senhor deve saber, o conde tem um neto, um jovem chamado Tam Lin. Eu creio que ele nasceu perto daqui.

O Irmão Bertrand certamente ouvira a história toda. Ele está dando ao meu pai uma chance de contar a sua versão, pensou Jenny.

— Realmente, padre — respondeu o visconde Avenel, baixando a colher. — Um dia, as minhas terras já pertenceram a Andrew Lin, genro do conde. Quando ele morreu, o conde pegou o rapaz órfão. A Batalha de Standard aconteceu menos de um ano depois. Naqueles dias, eu era um cavaleiro jovem na casa do rei David e lutei na cavalaria ao lado do conde Henry, que Deus o tenha. — Ele fez uma pausa por um momento, para mostrar sua consternação, que Jenny sabia ser sincera, pelo conde Henry, filho único do rei David que morrera menos de um ano antes de ser coroado. — Não quero desmerecer nosso jovem governante, padre, mas o túmulo nos roubou um grande monarca quando o conde Henry pereceu.

O Irmão Bertrand não o contradisse. O rei Malcolm, filho do conde Henry, tinha apenas doze anos quando assumira o trono, oito anos antes. Era conhecido como Malcolm, a Donzela, por seu voto de permanecer solteiro. O conde Henry fora criado a vida inteira para ser rei. Teria sido um governante bom e sábio como o pai, o rei David, mas um jovem inexperiente acabara coroado em seu lugar.

O pai de Jenny retomou a sua história:

— Foi comentado que eu havia me destacado na Batalha de Standard. — Jenny sorriu ante a modéstia incomum do pai. Em outra companhia, a história da batalha teria durado várias horas. — E essas terras, por estarem sem lorde, foram concedidas a mim pelo rei. — Ele bufou um pouco. — Eu não tenho suserano além do rei. — Para ele, era um ponto de orgulho não ter suserano, como a maioria dos pequenos proprietários de terra possuía, que podia ser um conde ou barão maiores. Mas talvez um suserano pudesse ter lhe proporcionado mais relações sociais.

Jenny percebeu que a música tinha parado. Quando ergueu os olhos, ficou surpresa ao ver o harpista ouvindo intensamente a conversa deles. Ela franziu o cenho e ele começou a tocar de novo, com um pequeno gesto de desculpas. A atitude rude pareceu deslocada no homem que ela conhecera antes.

— O senhor deve saber que Tam Lin pode estar nas suas terras neste momento — disse o Irmão Bertrand. — O conde de Roxburg é fortemente apegado ao neto, que talvez não seja muito certo das idéias. — Ele imaginava que o mexerico fosse conhecido. — O conde sabe que as terras são do senhor. Exigir o direito de nascimento de Lin está fora de questão. Roxburg espera que o neto logo se canse de viver na floresta e volte para casa. Ele implora que o senhor seja bondoso com o rapaz.

O visconde empertigou-se na cadeira.

— Por favor, diga ao conde que o seu neto não corre risco com os meus homens. Eu juro.

Jenny viu como o pai ficara envaidecido por ser alvo de um pedido de favor vindo de um grande homem. Ela sabia que a promessa seria honrada. Estava feliz em saber que ninguém apoiaria Tam Lin se ele tentasse pedir Carter Hall, mas aquela promessa certamente prolongaria a sua estada nas terras do pai. Carter Hall era dela, e ela queria que ele fosse embora.

O Irmão Bertrand finalmente provou a sopa.

— Isto está excelente, *milady*.

— Obrigada, padre — respondeu Jenny. O alívio deve ter transparecido em seu sorriso.

— Sua filha cuida bem da sua mesa, visconde — disse o Irmão Bertrand. Só Jenny percebeu que ele estremeceu um pouquinho quando provou o vinho.

— Minha filha só assumiu essas responsabilidades recentemente, mas ela se esmerou para que o senhor fosse bem servido esta noite. — O pai sorriu para Jenny.

— E que idade você tem agora, minha criança? — perguntou o Irmão Bertrand, substituindo o estilo mais formal de cortesão com os modos mais afáveis de padre.

— Tenho dezesseis, padre.

— Uma mulher crescida e tão bonita.

Jenny corou. Os cumprimentos francos dos normandos sempre a inquietavam. As mesmas palavras soariam indelicadas na boca de um escocês, mas o Irmão Bertrand era a personificação do decoro.

— Fico impressionado que ela ainda enfeite a sua mesa, *sir* — prosseguiu ele. — Ninguém ainda pediu a sua mão?

O visconde pareceu incomodado.

— Primeiro eu pensava em arranjar um casamento para a irmã dela, *lady* Isabel, e depois... — Ele fez uma pausa, constrangido.

— E então houve essa questão infeliz do pretendente perigoso. — O Irmão Bertrand havia tocado num assunto que ninguém mais ousava abordar. Seu tato deixou Jenny impressionada.

O pai parecia infeliz, porém mais aliviado que aborrecido.

— Sim — respondeu ele, em voz baixa.

Jenny correu os olhos pelo salão. Aparentemente, o Irmão Turgis era o único ouvinte, e a música do harpista oferecia privacidade.

O Irmão Bertrand também baixou a voz.

— Esse assunto nos preocupa muito, *sir* Philippe. Trago-lhe as palavras do próprio abade. Mas não falemos nisso agora. Amanhã de manhã, depois da missa, será melhor. — Ele ergueu a voz de novo, incluindo todos. — Hoje, desfrutemos os esforços da sua boa filha para nos alegrar. — Ele ergueu a taça para Jenny com um sorriso, mas, conforme ela percebeu, mal tocou o vinho.

Então, o rapaz aleijado não era o único motivo da visita do esmoler, como ela suspeitara. Jenny entendia perfeitamente por que o abade e o conde de Roxburg haviam confiado no Irmão Bertrand. Em poucos minutos, ele levantara dois problemas muito difíceis, cuidando de um ao mesmo tempo que deixava o pai dela lisonjeado. O Irmão Bertrand certamente ascenderia na Igreja. Um homem desses talvez chegasse até a abade algum dia.

— O senhor já ouviu falar nas curas no poço sagrado na Abadia de Broomfield? — O Irmão Bertrand levou a conversa para um terreno mais seguro. — Acho difícil aprender sobre esses locais santos. A terra parece cheia deles, mas eles chegam a nós pela Igreja Irlandesa, e não por Roma, de forma que não aprendemos nada sobre esses lugares santos nos nossos ensinamentos. O senhor sabe alguma coisa a respeito do santo desse poço?

O pai de Jenny meneou a cabeça, então ela falou:

— O poço pertence a Santa Conínia, padre. Ela foi uma das primeiras pagãs desta terra a ser convertida ao cristianismo. Era uma mulher nobre e seu exemplo conduziu muitos outros ao caminho da fé. — Jenny sorriu. Às vezes as histórias infindáveis de Galiene tinham alguma utilidade.

— Então, ela é santa por ter dado um bom exemplo?

— Há mais na história sobre ela, padre. O povo diz que o poço de Broomfield pertencia ao diabo até Santa Conínia espantá-lo.

— Então, a terra em volta de Broomfield passou a ser sagrada por vários séculos. Isso explica por que os irmãos cistercienses escolheram Broomfield para a sua abadia. Terra sagrada é sempre auspiciosa.

— Isso — disse o Irmão Turgis. — E pelo fato de Broomfield não ser povoado. Os cistercienses gostam de uma clareira perto de um rio, onde podem se afastar do mundo — Ele suspirou e Jenny imaginou por que ele próprio não se unia aos cistercienses. A vida enclausurada parecia mais adequada à sua natureza que os modos exteriores dos augustinianos.

— Ultimamente o lugar não é mais tão quieto — declarou o Irmão Bertrand. — Porque agora dizem que o poço tem poderes curativos milagrosos, e há um afluxo de peregrinos à Abadia de Broomfield. Os irmãos devem providenciar comida e abrigo como forma de caridade, independentemente de quantos venham perturbar a sua paz. — Para um esmoler, o sorriso do Irmão Bertrand parecia quase pouco caridoso. Jenny lembrou-se de ter ouvido sobre uma rivalidade entre as duas abadias.

No final da refeição, depois das frutas secas, dos biscoitos e do queijo, o rapaz aleijado foi trazido para o salão. Jenny havia se certificado de que a quantidade servida para os criados fosse especialmente generosa, para que nenhum criado da abadia pudesse levar histórias de avareza para Rowanwald, mas o menino parecia tão magro e pálido que ela ficou imaginando se Hawise ou Galiene haviam cuidado para que ele comesse.

— Diga seu nome ao lorde, criança — pediu gentilmente o Irmão Bertrand.

— Sou Alric, chamado de o Caniço, milorde — disse o menino. Seu sotaque era estranho, porém sua voz era surpreendentemente clara e denotava coragem. Ele parecia ter cerca de doze anos.

O visconde sorriu. Jenny sabia que ele apreciava mais aquele tipo de gente do que os temperamentos servis.

— Bem, Alric, o Caniço, você está aqui para fazer seu juramento a mim?

— Sim, milorde — respondeu o menino, que prosseguiu sem hesitar: — Comida e roupas para mim e para a minha cama, além de sapatos, eu terei; e tudo o que possuo ficará em seu poder. — Alguém na abadia se dera ao trabalho de prepará-lo.

O pai de Jenny riu e bateu com a mão no joelho.

— Bem falado, Alric, o Caniço. Não imagino que bens você possa possuir, mas eu o aceito como escravo. Venha, ponha a sua mão sobre a minha. — O rapaz avançou, mancando. — Deste dia em diante — disse o visconde —, você me pertence. Aceite esses bens como sinal do nosso compromisso. — Um criado colocou uma trouxa nos braços do menino. Jenny sabia que ela continha uma jaqueta de lã, o cobertor que ela terminara de fazer naquela tarde, uma faca pequena e algumas outras bugigangas. O menino passou os dedos pelo cobertor, muito satisfeito ao perceber que era novo.

O visconde notou.

— Cuide bem desse cobertor, menino. Minha filha, *lady* Jeanette, o teceu com as suas próprias mãos.

Jenny não se surpreendeu pelo pai ter feito do seu dom um fato público. Os normandos adoravam alardear qualquer caridade, por menor que fosse. Ela sorriu para o menino, que parecia impressionado pela primeira vez.

— Obrigado, *milady* — disse, apressado, antes de o criado conduzi-lo para fora do salão.

— Então, você teceu um cobertor para o menino — disse o Irmão Bertrand. — Foi generoso da sua parte, *milady*.

Jenny não podia mentir.

— Minhas habilidades de tecelã não são motivo de orgulho, padre. O rapaz pode esperar algo melhor para o próximo inverno.

— Modesta além de bonita. — Novamente os elogios normandos confundiram Jenny. Se outro homem tivesse falado daquela forma, ela teria corado de vergonha. Mas sabia que o Irmão Bertrand só queria ser gentil.

Jenny tinha certeza de que o pai estava prestes a começar uma história. Temendo que ele pudesse contar ao Irmão Bertrand sobre a rainha Maud e os leprosos, ela intercedeu rapidamente.

— Como foi que o rapaz veio para nós, padre? Como o senhor pôde ver, ele é bem-vindo e talvez eu esteja sendo curiosa demais...

— De forma alguma, minha criança. A curiosidade é uma virtude.

— Desde que em seu devido lugar. — O Irmão Turgis parecia escandalizado.

— Sim, evidentemente, Irmão Turgis — disse o Irmão Bertrand, mal disfarçando o aborrecimento. — Acreditamos que seria melhor tirá-lo da abadia. O mestre dele ficou muito aborrecido com o acidente. Ele acha que perdeu o dinheiro gasto no aprendizado do menino. O mestre é um homem amargo por natureza e, quando bebe, o que é freqüente, fica violento. Um homem muito profano. Nós o dispensaríamos se houvesse bastante pedreiros, mas não há. Na verdade, sentimos muito a perda do menino. Ele é bastante promissor.

— Agora, está ficando tarde para o Irmão Turgis e para mim, e ainda temos muitas questões a tratar — declarou o Irmão Bertrand. — Nos veremos na capela da família, pela manhã, e, depois do desjejum, encontre-me nos seus aposentos privados. Venha, Irmão.

— Que Deus o mantenha longe dos terrores da noite — o Irmão Turgis disse sua bênção habitual e Jenny imaginou como aqueles dois homens podiam se chamar de irmãos.

Todos se levantaram em sinal de respeito até os cônegos deixarem o salão. Jenny percebeu que a menção sobre a conversa do dia seguinte incomodara seu pai. Também a incomodava.

— Harpista — disse ela, rapidamente. — Por favor, dê-nos uma música.

Cospatric sorriu.

— Eu cantarei uma música da Batalha de Standard, milorde.

As linhas de preocupação desapareceram do rosto do visconde Avenel.

A voz de Cospatric era mais que agradável, baixa e clara. Sua canção era tão longa e detalhada que só podia ter sido composta por alguém que tivesse testemunhado a batalha pessoalmente. A bravura e a habilidade dos escoceses foram destacadas, e o fato de os ingleses haverem ganho a batalha foi delicadamente suprimido. Todos pareceram transportados para o campo de batalha. Quando ele cantou o grito que se ergueu do povo escocês, dizendo que o rei David estava morto e como o velho rei havia arrancado seu elmo para mostrar o rosto, independentemente do perigo, os ouvintes deram vivas. Havia até um verso sobre a cavalaria do conde Henry e como seus homens, após serem cercados pelos ingleses, sob as ordens do conde, largaram suas bandeiras e se misturaram ao inimigo, de forma que a maioria deles conseguiu voltar em segurança. Aquele foi o momento de glória do visconde Avenel. Quando a harpa de Cospatric finalmente silenciou, o pai parecia mais feliz do que Jenny se lembrava em várias semanas.

— Bem dito, harpista! — gritou ele. — Eu nunca tinha ouvido essa canção. Onde a aprendeu?

— Na verdade, milorde, ela é de minha autoria. Porque eu, como o senhor também, estive na Batalha de Standard naquele dia.

— Não pode ser. Você é jovem demais.

— Eu não era mais velho que o menino aleijado que fez o juramento ao senhor hoje à noite, milorde. Eu estava lá. O senhor não se lembra que os gauleses levaram poetas e músicos com eles para a batalha? É um costume irlandês e nosso também.

— Eu lembro. E lembro os trajes estranhos que eles usavam; eram tão parecidos com os vestidos das mulheres que um pobre cronista idoso pensou que os rapazes fossem dançarinas.

Cospatric deixou as risadas morrerem antes de responder:

— O *kilt* é motivo de honra na maioria dos reinos da Escócia, milorde, mesmo que pareça estranho aqui, na fronteira. Naquele dia, nós tivemos orgulho de usá-lo. E muitos dos seus homens deram as suas vidas em Cowton Moor. Eles lutaram bravamente a pé contra cavaleiros normandos montados, com lanças de madeira contra o belo aço normando, e não fraquejaram nem enquanto caíam. Mesmo que viéssemos de terras diferentes e falássemos línguas diferentes, naquele dia éramos todos escoceses e unidos.

— Está tarde e precisamos descansar, mas você é bem-vindo no meu salão, harpista. Muito bem-vindo. Fique pelo tempo que quiser. — O visconde Avenel deixou o salão sorrindo e Jenny, atrás dele, também sorria. O harpista havia conquistado seu lugar na propriedade do pai dela, sem a ajuda de Jenny. A batalha travada em companhia do pai, tantos anos antes, talvez a ajudasse na batalha de trazer a irmã de volta.

Capítulo 4

Na manhã seguinte, quando Jenny entrou na pequena capela com o pai para assistir à missa diária, a bruma cinzenta do rio envolvia o pátio. A maioria das pessoas estava ali, mas Isabel havia se recusado a ir. Os rugidos do pai ainda ecoavam nos ouvidos de Jenny, porém a irmã nem se movera. Ela parecia determinada a tornar as coisas o mais difíceis possível para si mesma.

Jenny tentou não pensar no que poderia acontecer depois do desjejum. Em vez disso, imaginou o que o Irmão Bertrand pensaria da capela. Era quase um barraco, pequeno e escuro, feito de varas de madeira trançadas e cobertas de turfa e barro, a mais simples das estruturas. Até o estábulo era uma construção melhor. O pai de Jenny sempre dissera que construiria uma capela de pedra se as abadias permitissem que os seus pedreiros trabalhassem para outros. Evidentemente, não havia possibilidade de isso acontecer. Jenny sabia que era apenas um estratagema para salvaguardar o orgulho do pai, porque ele jamais teria dinheiro para abrigar e alimentar os pedreiros e o grande grupo de trabalhadores necessários para extrair e transportar as pedras.

Jenny ficou feliz ao avistar o Irmão Bertrand diante do altar. Ele dera um toque de graça à humilde capela, desconhecido nas maneiras indelicadas do Irmão Turgis. A voz do Irmão Bertrand era doce e musical e, apesar de Jenny não entender, cada palavra da missa em latim era perfeitamente audível. O pai também percebeu e cumprimentou o padre depois do desjejum, enquanto caminhavam para o pavilhão do jardim da família.

Ao responder, o Irmão Bertrand tinha um sorriso quase maroto.

— Quando eu era noviço, fomos ensinados a rezar a missa com cuidado. O mestre dos noviços nos disse que o demônio possuía um pequeno demônio especial, chamado Tittivillus, cuja missão era pegar todas as sílabas sagradas ditas sem cuidado durante a missa. Depois, ele as levava para o inferno. A verdade é que alguns noviços chegaram até a ver esse espírito do mal andando pela abadia, com um grande saco em volta do pescoço para recolher nossas palavras murmuradas com descuido.

— Irmão Bertrand, por que o senhor sorri? — perguntou o Irmão Turgis. — O mundo está cheio de anjos e demônios. Eu mesmo vi essa criatura demoníaca quando era noviço.

— Certo, Irmão Turgis. A idéia de um demônio tão inofensivo é divertida, mas é claro que ele é real. O mundo está cheio de coisas não visíveis.

Então, por que não de fadas?, pensou Jenny, mas, pelo menos dessa vez, ficou de boca fechada. Não era o momento apropriado para uma conversa dessas. O Irmão Bertrand levava um rolo de pergaminho nas mãos que certamente continha o julgamento do abade sobre Isabel. Antes de entrarem no pavilhão, ele havia parado de sorrir.

Isabel estava sentada em um banco, com a cabeça inclinada como se já tivesse ouvido as palavras duras que com certeza recairiam sobre ela. Quando a viu, o Irmão Bertrand franziu o cenho.

— Traga-me uma mesa e um banco — pediu ele a Galiene. — Depois, deixe-nos, mulher. As palavras do abade são apenas para a família.

Galiene obedeceu sem dar um pio. O carrancudo funcionário da Igreja que desenrolou o pergaminho parecia um homem diferente do gracioso cortesão que Jenny conhecera na noite anterior.

— Primeiro, eu lerei as palavras que o nosso bom abade manda a vocês, depois as traduzirei para que vocês entendam o que ele disse.

Ele começou a ler o latim registrado. A tensão no ambiente crescia a cada palavra incompreendida. Jenny tentou escapar imaginando o que como seria entender uma língua que podia ser escrita. Nem o inglês, nem o francês o eram. A palavra escrita permitia que a Igreja transportasse pensamentos e conhecimento através do tempo e do espaço, de formas que Jenny mal podia entender. Dizia-se que os cônegos em Broomfield estavam fazendo uma narrativa para que outros, mesmo não nascidos, pudessem saber dos acontecimentos importantes, muitos anos no futuro.

Um silêncio abrupto trouxe-a de volta à realidade. O Irmão Bertrand havia terminado a leitura. Ele deixou o silêncio pesar fortemente no ar antes de falar, aumentando a tensão deliberadamente, na opinião de Jenny.

— Milorde abade diz que essa triste situação foi causada por muitos erros. Sobretudo, visconde Avenel, o senhor atraiu a ira de Deus para esta casa permanecendo tantos anos descasado, deixando suas filhas sem a liderança de uma mãe. Essa criatura do mal que fez morada na sua residência não teria conseguido capturar o coração de sua filha sob os olhos atentos de uma mãe. Sendo assim, o primeiro pecado é seu.

Jenny engasgou. Até Isabel ergueu os olhos, impressionada. O fracasso no centro da vida do pai delas havia sido trazido para a luz do dia. Se qualquer outra pessoa tivesse falado daquela forma, ele teria sacudido as paredes de tanta fúria, mas simplesmente assentiu com um gesto de cabeça para o padre, como uma criança dócil.

— Eu tive duas esposas, padre. Elas me deram três filhos. Eu amei cada uma das esposas de todo o coração e as duas me foram tiradas na flor da juventude. Quando a mãe de Jeanette morreu, eu não tive coração para arranjar outra.

— Ele suspirou. — Todos falam bem de Eudo. Talvez eu tenha sido menos bom para as meninas.

Quando o Irmão Bertrand voltou a falar, estava mais gentil.

— O senhor aceita o julgamento do seu abade com humildade, *sir* Philippe. Isso é bom. O abade também diz que a questão da conduta da sua filha mais velha deve ser resolvida o mais rápido possível. O abade o exorta a aceitar o meu julgamento como se fosse o dele.

O visconde assentiu. Jenny prendeu a respiração, imaginando o que viria a seguir.

— Parece-me que o estrago pelo seu fracasso em não contrair outro matrimônio já foi feito. Suas filhas são mulheres crescidas e não se beneficiariam mais com a introdução de uma nova mãe. A próxima noiva a entrar nesta casa deverá ser a de seu filho — Jenny ouviu o suspiro de alívio do pai. Ele provavelmente temera que a Igreja o obrigasse a se casar.

O Irmão Bertrand prosseguiu:

— Comecemos pelo problema mais fácil. A sua filha mais nova é capaz de administrar uma casa. Ela é bela e encantadora demais para continuar solteira. O Irmão Turgis me disse que ela é ainda mais voluntariosa que a irmã, o que é difícil de acreditar. Providencie um casamento para ela o mais breve possível para não torná-la uma tentação grande demais para algum pobre jovem. Se o senhor permitir, eu mesmo cuidarei desse assunto. Conheço bastante bem algumas famílias nobres que considerariam essa donzela um privilégio.

— Sim, certamente, padre.

Jenny sabia que o visconde estava tão aliviado por não precisar se casar outra vez que abriria mão dela de bom grado. Mas ela pensaria em si própria depois. Seus problemas eram pequenos se comparados aos de Isabel.

— Agora, vejamos a questão da sua filha mais velha. — O Irmão Bertrand se levantou e olhou para Isabel. Sem erguer os olhos, ela estremeceu como se o olhar a queimasse. — A situação é realmente séria. É claro que a mulher é sempre culpada por desencaminhar o homem. As mulheres são a origem de todo o mal nessas questões, como Eva, que traiu o nosso antepassado, Adão. Não sabemos em que grau sua filha desempenhou o papel de sedutora. — Ele suspirou, como se achasse que a complexidade da situação era demasiada. — Mas o caso dela não é comum. Sabendo o que foi feito desse homem, se é que ele era mesmo um homem, o papel que ela desempenhou na morte dele nem pode ser considerado pecado. Tudo o que pedimos é uma simples confissão. A recusa em se confessar colocará a alma dela em perigo. A idéia que uma simples moça possa desafiar as leis da Igreja é perturbadora e ofensiva. A continuidade desse comportamento não pode ser permitida.

O Irmão Bertrand ergueu a voz.

— Olhe essa moça. Até o vestido dela é um ato de desprezo. Ela ousa assumir os trajes de uma penitente, mas continua impenitente e implacável. Visconde, que medidas o senhor tomou para devolvê-la à razão?

— Padre, ela passa seus dias em preces e meditação. Alimenta-se de pão e água.

— Ainda assim, não foi à missa esta manhã. O senhor bateu nela?

Jenny teve que tapar a boca com as mãos para abafar um grito de protesto.

O visconde meneou a cabeça.

— Desculpe-me, padre. Eu não consigo erguer a mão para nenhuma das minhas meninas. Parece-me cruel demais.

— O Irmão Turgis disse-me que o senhor é também excessivamente indulgente na punição dos seus criados. Essa é outra fraqueza grave, visconde. Da mesma forma que Deus nos mostra o seu amor, punindo-nos por nossos pecados, apesar disso Lhe causar sofrimento, o senhor precisa mostrar o seu amor à sua filha, batendo nela até submetê-la. Aliás, o próprio abade nos faz essa gentileza dentro da abadia. Os irmãos que pecam gravemente são açoitados.

Esperaram o pai de Jenny responder, mas ele baixou a cabeça e não disse nada. Apesar de costumar esbravejar, Jenny sabia que o pai nunca conseguiria bater nas filhas. Talvez fosse uma fraqueza, porém ela o amava por isso.

— Visconde, se o senhor não pode pôr sua filha na linha, eu tenho autorização do abade para levá-la a Rowanwald, onde ela responderá perante uma corte eclesiástica. Eu a levarei hoje mesmo.

— Oh, padre, por favor, eu imploro, não leve minha irmã! — Jenny explodiu em lágrimas. Não fazia a menor idéia do que um tribunal da Igreja poderia fazer com Isabel, mas a descrição da disciplina na abadia do Irmão Bertrand a deixara chocada.

O Irmão Bertrand pareceu tocado pelas lágrimas de Jenny.

— Venha cá, minha criança — disse ele. — Não fique aborrecida. Eu não tenho a menor vontade de levar sua irmã a Rowanwald. — Ele virou-se para o pai dela. — Visconde, para deixar sua filha aos seus cuidados, o senhor deve concordar com certas condições.

— Certamente, padre — disse o visconde. Ele parecia quase tão aterrorizado quanto Jenny.

— A moça deve abandonar imediatamente essa falsa penitência. Ela deve se banhar, pentear os cabelos e voltar a vestir roupas apropriadas. Está proibida de ficar vagando por aí. Ela deve partilhar a sua mesa, cuidar das suas tarefas domésticas e comparecer à missa todos os dias. — Ele virou-se e falou diretamente com Isabel pela primeira vez: — Isabel Avenel, você jura, perante seu Criador, fazer essas coisas?

Por um longo momento, Jenny temeu que a irmã pudesse desafiar o padre, porém finalmente ela murmurou sem nem erguer os olhos.

— Prometo.

Os ombros do Irmão Bertrand relaxaram.

— Muito bem, minha criança. Fico satisfeito em ver que você não perdeu o juízo. — Ele virou-se para o pai de Jenny: — Visconde, eu não teria prazer algum em levar esta jovem à justiça perante um tribunal da Igreja. Será muito melhor se ela simplesmente fizer sua confissão.

Ele se abaixou diante de Isabel, de forma a fitá-la nos olhos.

— Isabel, Isabel, as irmãs de Coldstream estão esperando para recebê-la. O Pai Celestial está pronto para derramar as bênçãos purificadoras do perdão sobre a sua cabeça. Você só precisa pedir.

A bondade desarmou Isabel de uma forma que as ameaças e a raiva não haviam conseguido. Ela escondeu a cabeça nas mãos e explodiu em lágrimas.

O Irmão Bertrand deixou-a chorar por alguns momentos e depois falou:

— Vamos lá, Isabel. Seus pecados não são tão grandes. Você está pronta para se confessar? Eu mesmo a ouvirei antes de partir — disse ele, gentil.

A voz de Isabel estava abafada por suas mãos.

— Padre, por favor, eu não estou pronta. Imploro-lhe mais um pouco de tempo.

Jenny poderia ter gritado de frustração. Pareciam tão próximos de colocar aquele terrível episódio no passado. Pela primeira vez, ela entendeu a raiva que o pai sentia com relação a Isabel. Por que ela não podia libertar todos daquele sofrimento?

Em vez de perder a calma, o Irmão Bertrand disse:

— Isabel, por que você nega a si mesma o conforto da confissão? — A princípio, parecera a Jenny que ele desejara punir Isabel, mas agora que ela estava submissa, os modos do padre haviam mudado. Talvez ele só estivesse tentando atingir os objetivos do abade.

Isabel baixou as mãos e ergueu o rosto banhado de lágrimas.

— Por favor, padre — sussurrou ela. — Eu não me sinto digna de perdão.

A resposta pareceu amolecer completamente o coração do Irmão Bertrand. Jenny pensou ver até uma pequena aprovação nos olhos do Irmão Turgis.

— Isabel, essa decisão não lhe pertence. — Ele suspirou e se levantou. — Mas, pelo menos agora, eu entendo. Visconde, o abade não ficará satisfeito quando eu voltar sem a confissão de sua filha, porém agora que eu entendo os motivos dela, estou disposto a enfrentar sua reprovação. Contudo não sei por quanto tempo ele esperará. — Ele fez uma pausa que, na opinião de Jenny, era para calcular quanto tempo conseguiria ganhar. — Como Isabel não está desafiando, eu não estou tão preocupado com a sua alma. Talvez possamos dar a ela uma estação. Eu voltarei no final do verão. Até lá, se Isabel não tiver se confessado ao Irmão Turgis, eu mesmo ouvirei a sua confissão. Caso contrário, não terei alternativa além de levá-la para Rowanwald. O senhor entende?

— Sim, padre. É muito generoso. Estou certo de que encontraremos uma forma de dobrar o coração dela para receber o perdão da Igreja antes do outono — declarou o visconde. Jenny ficou aliviada ao perceber que os castigos físicos não haviam voltado a ser mencionados.

— *Sir* Philippe, pedi à minha comitiva que estivesse preparada para viajar, assim que eu terminasse aqui. Agora, vamos aos estábulos para dizer aos homens que não será necessário selar o cavalo da sua filha para a viagem.

Jenny queria ir até Isabel, porém o Irmão Bertrand a deteve.

— Venha se despedir de nós, *lady* Jeanette. Deixe sua irmã sozinha para examinar a própria consciência.

Jenny deixou Isabel com relutância. Mas antes que estivessem a meio caminho do estábulo, ela olhou para trás e viu o que esperava ver: Galiene entrando no pavilhão. Jenny sorriu. Se conhecia Galiene, a água para o banho de Isabel já estava sendo aquecida no galpão da cozinha. Galiene teria muito prazer em passar o resto do dia recuperando a aparência de Isabel. Talvez ela fosse inclinada a bisbilhotar, mas Jenny sabia que a velha babá era hábil como poucas para acalmar uma alma atormentada.

Quando a comitiva estava montada e pronta para partir, o Irmão Bertrand disse:

— Eu quase me esqueci. Um pequeno favor, visconde. Enquanto cavalgava por aqui, percebi que as suas terras foram abençoadas com vários carvalhos grandiosos. Estamos sempre correndo o risco de ficar sem tinta na abadia. Os carvalhos produzem em seus galhos umas bolotas pequenas e redondas que contêm uma substância. Dessa substância, nós fazemos um extrato para as nossas tintas. Os velhos são úteis, mas os galhos mais novos são sempre melhores. Se os seus homens puderem colher alguns galhos neste verão, eu os levarei no outono. Parece uma coisa pequena, mas, na verdade, não podemos fazer tinta sem eles. O senhor estaria nos fazendo um grande favor.

— Seria um prazer.

O Irmão Bertrand virou-se para Jenny:

— Quanto a você, minha criança, espero mandar-lhe o melhor dos pretendentes. — Com um estalo das rédeas, ele partiu para Rowanwald.

Em menos de um dia, havia feito o suficiente para mudar a vida de todos.

Capítulo 5

— Você cuidará da sua irmã, Jeanette? — pediu o pai quando o último cavaleiro desapareceu pelo portão da fortaleza. Ainda estavam no meio da manhã, mas ele parecia exausto.

— Galiene já está cuidando, pai. — Jenny apontou as criadas que levavam jarras para o pavilhão. — Ela cuidará de Isabel melhor do que eu cuidaria. Este é um novo começo para minha irmã. Deixe que Isabel compareça à mesa esta noite como se tivesse renascido.

— Eu espero que ela renasça, pequena — Jenny podia ver o pai lutando para expressar seus sentimentos com palavras. — Você... você tem sido um conforto para mim em tudo isso.

Ela beijou o rosto do pai.

— Tudo será melhor agora, papai. O senhor vai ver.

— Eu fui um mau pai para você, pequena?

— O senhor me deu liberdade, papai. Mesmo que os outros achem que sou voluntariosa, eu sempre o amarei por isso.

Ele não disse nada, mas Jenny sabia que, pelo menos dessa vez, havia dito a coisa certa. Talvez o pior já tivesse passado. Ela suspirou e olhou em volta. O sol tinha dissipado todos os vestígios da bruma, deixando para trás um dia de primavera sem nuvens. Num dia como aquele, Jenny mal conseguia ficar dentro de casa. Ela pensou em La Rose, sua pequena égua castanha, presa no estábulo escuro, e decidiu testar sua sorte.

— La Rose está fechada a primavera inteira. Ela vai ficar doente se ninguém a montar. Talvez eu pudesse levá-la para um passeio. — Jenny prendeu a respiração.

— Você não deve ir sozinha. Um dos homens irá junto. Ela sentiu o coração se apertar.

— Ah, papai, por favor. Eu sempre fui para a floresta sozinha.

— Hoje não, Jeanette. E se você encontrar o grupo da abadia? O Irmão Bertrand não aprovaria.

— Mas, papai, se eu vou ter um marido, preciso encontrar um falcão para ele.

Como ela esperara, o pai riu. Era uma velha piada entre eles. Jenny não devia ter mais de sete anos quando declarara pela primeira vez que acharia um falcão para dar de presente ao marido antes de se casar.

— Muito bem. Se você busca um falcão, leve Ranulf. Eu o mantenho exatamente para isso.

— Sim, papai — disse Jenny, torcendo para que ele não percebesse a decepção em sua voz. Evidentemente, esperava-se que o falcoeiro ajudasse a capturar falcões. Ela amaldiçoou a si mesma por não ter pensado nisso.

— Ele a encontrará no estábulo — disse o pai, virando-se para o viveiro onde ficavam os falcões.

Jenny correu para o galpão da cozinha, esquivando-se das moças que ainda estavam pegando água para o banho de Isabel.

— Hawise, dê-me uns biscoitos de aveia, queijo e alguma coisa para beber.

A cozinheira de rosto vermelho ergueu os olhos do fogo.

— Você vai para a floresta?

Jenny riu.

— Como você sabia?

Hawise pegou uma jarra de couro da parede e encheu-a de cerveja.

— Para mantê-la no castelo num dia como este, teríamos de amarrá-la. Tenha cuidado para não se perder na floresta.

Jenny fez uma careta com a piada.

— Hoje, meu pai insiste que eu leve uma escolta. Ranulf irá comigo.

— Só porque os padres atrapalharam tudo, querida — disse Hawise, pegando uma segunda jarra. Jenny não ficou surpresa por ela saber o que havia acontecido. Galiene contara tudo à cozinheira. — Por enquanto, apenas faça o que ele quer — continuou Hawise. — O lorde, seu pai, voltará ao seu jeito de sempre em pouco tempo, e você voltará a ter sua liberdade. — Ela piscou para Jenny. — Quanto a Ranulf, metade do peixe que vem à mesa de seu pai é pega por ele. Dê-lhe a oportunidade de passar a tarde cuidando do açude. Ele vai sumir antes que você acabe de falar. Eu vou arrumar comida o bastante para ele também. — E Hawise entregou a ela um saco de couro que era guardado na cozinha para os passeios de Jenny.

— Oh, Hawise, obrigada — disse Jenny. As duas sabiam que ela não estava dizendo aquilo por causa da comida.

Quando entrou no estábulo, Jenny foi recebida pela fragrância doce do feno e por um cheiro acre de esterco. Ranulf se encontrava ao lado de um grande cavalo cinzento chamado Bravura, segurando as rédeas da égua de Jenny. O falcoeiro chegara à casa havia apenas um ano. Era um homem alto e magro, com um rosto aquilino que Jenny achava inteiramente apropriado para alguém na função dele. O pai valorizava suas habilidades, mas Jenny nunca falara com ele porque o achava repulsivo. A varíola desfigurara sua pele e havia tantos buracos e calombos que era impossível imaginar como ele se parecia antes. Ranulf parecia saber como uma moça como Jenny se sentia com relação a ele, porque virou o rosto quando entregou as rédeas a ela.

— Seu cavalo, *milady* — murmurou.

Jenny sentiu uma ponta de compaixão por aquele homem que sabia que nenhuma mulher o olharia com estima.

La Rose relinchou de prazer ao vê-la.

— *Bonjour*, La Rose — sussurrou Jenny, acariciando-a no pescoço, porque o pequeno animal entendia melhor o francês. A égua enfiou o focinho rosado e macio na mão de Jenny. Em um momento, ela montou-a, para poupar Ranulf do constrangimento de ter que ajudá-la. O olhar espantado dele a fez sorrir.

— Agora, homem, suba nesse cavalo e veja se consegue acompanhar o meu passo — disse Jenny. Ranulf sorriu porque Bravura era quase uma cabeça maior que La Rose. Mas assim que saíram do estábulo, Jenny e La Rose deixaram o grande cavalo em meio a uma nuvem de poeira.

La Rose galopou para a larga rua principal como se ela também não pudesse esperar para estar na floresta novamente. Passaram por terras aradas, por pastagens cheias de ovelhas novas e seguiram a meio-galope até que uma cobertura de galhos as encobriu. Ali, Jenny reduziu a velocidade de La Rose para um trote mais seguro, porque as raízes das grandes árvores eram armadilhas perigosas para os cavalos nas trilhas da floresta. Jenny ergueu os olhos e prendeu a respiração. Carvalhos e freixos imensos se erguiam tão para o alto que Jenny muitas vezes se sentia como se estivesse no fundo de um grandioso mar verde. Naquela época, essas árvores gigantes estavam apenas começando a mostrar suas folhas. Campainhas enchiam o chão da floresta, e as árvores menores, que passavam despercebidas no verão, estavam vivendo seu momento de glória. Flores de cerejeira e estrepeiro brilhavam brancas sob a luz do sol que penetrava pelos galhos ainda quase despidos das árvores maiores.

Jenny olhou por sobre o ombro quando Ranulf e Bravura as alcançaram. O falcoeiro manteve uma distância respeitosa.

— A senhorita monta como um cavaleiro, *milady*. — Muitos homens teriam dito isso com sarcasmo, mas a admiração do falcoeiro era sincera.

— A maioria das mulheres só monta porque precisa — disse Jenny. — Quando eu era menina, cavalgava ao lado do meu irmão. Nós costumávamos passar longos dias nesta floresta. Hoje, eu preciso implorar permissão para vir aqui.

— A maioria das mulheres teme a floresta — declarou Ranulf.

— A maioria dos normandos teme a floresta. Você nunca reparou? Eles preferem os campos abertos, onde a terra foi forçada à submissão. Mas eu adoro o coração selvagem das florestas. Aqui, há conforto e paz para quem quiser buscá-los. — Jenny parou, um pouco constrangida pelo arrebatamento. Ela raramente falava daquele jeito com quem quer que fosse, mas quando olhou para Ranulf, seu rosto feio estava suavizado por um sorriso.

— O lorde, seu pai, me disse que viemos procurar falcões. A senhorita sabe onde eles fazem ninho nesta floresta? Eu fui treinado em um grande feudo na Inglaterra, onde o terreno é plano. Lá, os falcões fazem seus ninhos nas árvores, apesar de isso não ser comum na natureza deles. — Jenny percebeu que, assim que ele começou a falar nas aves, sua estranheza desapareceu.

— Quando eu era criança, os falcões faziam ninhos no topo dos penhascos.

O falcoeiro assentiu.

— Eu suponho que sim. Como a senhorita os encontrou?

— No começo de um verão, Eudo e eu fomos brincar de batalha perto do topo de um penhasco. Eu tinha sete anos. Lembro bem porque foi um verão antes de Eudo ir morar com *sir* Robert. Sem saber, nós nos aproximamos de um ninho. Uma das aves adultas, creio que a mãe, veio a nós, gritando. Eu pensei que ela fosse nos rasgar em pedaços. Eudo sacudiu a espada de madeira de brinquedo para afastá-la enquanto nós recuávamos.

— Ela era uma criatura astuta. Depois de nos perseguir, pousou em uma árvore morta e ficou observando. Tivemos de passar por ela em uma crista mais baixa, para descermos, e eu tive medo que ela voltasse a nos perseguir, mas aparentemente ela sabia que não podíamos chegar ao ninho dali. Eudo falou educadamente com ela. Ele disse: "Madame, se soubéssemos onde era o seu ninho, nunca teríamos passado por lá". E, com isso, ela voltou para o ninho, como se tivesse entendido.

Ranulf riu.

— Bem, então a senhorita viu o melhor e o pior desses pássaros. Eles sabem ser ferozes quando estão defendendo os filhotes, mas, mesmo nesse caso, eu duvido que o falcão a machucasse. A maior parte do tempo, eles são mais dóceis que a maioria dos cavalos. Porém são mais sábios do que imaginamos e conseguem diferenciar um tom ríspido de um gentil. — Jenny podia ver que aquele homem amava o seu trabalho. — A senhorita ainda seria capaz de encontrar aquele ninho? — continuou Ranulf. — Os pássaros usam os mesmos lugares, fielmente, ano após ano, se forem deixados em paz.

— Ah, sim, no topo do penhasco mais próximo. A trilha que leva para lá é logo ali na frente. — Jenny liderou o caminho. À medida que a trilha para o penhasco começou a ficar íngreme, a terra macia se tornou pedregosa. A floresta aberta deu lugar às árvores mirradas e à pesada vegetação rasteira, até não haver nada além de escarpas oblíquas revestidas de trechos entrecortados de xisto.

— Podemos deixar os cavalos aqui — disse Jenny, apontando para uma bétula pequena e robusta. — La Rose esperaria por mim, mas talvez Bravura resolva voltar sozinho para casa.

O falcoeiro olhou para cima.

— Parece uma subida difícil, *milady*. A senhorita pode esperar aqui.

— Nada me impediria de ir com você.

— Como quiser.

Em pouco tempo, Jenny estava ofegante demais para falar. Ela apontou para a trilha onde provavelmente o falcoeiro errara o caminho. Ele obedeceu a indicação sem dizer nada, mas sem ressentimento. Às vezes eles pisavam em pedras soltas, que deslizavam ravina abaixo como cacos de vidro, porém nenhum dos dois perdeu o equilíbrio.

Perto do topo do penhasco, Ranulf ergueu o braço para detê-la.

— Espere — sussurrou.

Jenny seguiu o olhar dele e viu um par de falcões voar para o penhasco acima deles.

— Agora, podemos ir — disse Ranulf. — Era tudo do que eu precisava saber.

— Mas eu pensei que fôssemos procurar o ninho — disse Jenny. Ela ficou surpresa com o tamanho da própria decepção.

— A captura de um falcão requer paciência, *milady*. Se incomodarmos os pássaros a esta altura da primavera, corremos o risco de espantá-los para outro ninho. Mesmo depois que os filhotes nascerem, os pais precisam criá-los. Os machos, os treçós, deixam o ninho primeiro. Eles não nos interessam. As fêmeas ficam por mais alguns dias, e aí nós saberemos se há alguma que valha a pena. Mas ainda falta um mês ou um pouco mais para os ovos chocarem, e os filhotes precisam crescer por mais um mês antes de ficarem prontos. Temos até o meio do verão.

Jenny suspirou.

— A paciência nunca foi uma das minhas virtudes.

— Pois deve ser a minha única virtude, *milady*. Talvez eu possa ensiná-la. — Por trás da máscara do rosto desfigurado, os olhos azuis de Ranulf brilharam. Jenny ficou surpresa ao perceber que a aparência dele deixara de importar. Gostava daquele homem.

Quando voltaram para os cavalos, Jenny abriu o saco de couro.

— Hawise mandou almoço para você — disse ela, estendendo um dos jarros e um guardanapo recheado de comida.

Ele olhou em volta, confuso.

— A senhorita pretende comer aqui?

— Não. Eu pretendia passar algumas horas sozinha, na floresta. — Ela viu um ar de protesto se formando, de forma que se apressou. — Não me acontecerá nada. Estas florestas são como uma casa para mim. La Rose as conhece tão bem quanto eu, e você já viu que eu sei montar bem. Soube que você apreciaria uma tarde no seu açude de pesca.

Jenny percebeu que Ranulf estava tentado, exatamente como Hawise previra.

— Mas eu prometi a seu pai que a senhorita não iria a Carter Hall — disse ele.

Jenny suspirou.

— E eu não irei. Juro. Podemos nos encontrar na estrada principal, voltamos juntos e fingimos que você passou o dia atrás de mim. Ambos seremos muito mais felizes.

— Uma donzela não deve passear pelas florestas sozinha — disse Ranulf, embora sem convicção. Jenny sabia que havia ganho.

— Obrigada, Ranulf. Encontre-me onde esta trilha encontra a estrada principal, quando as sombras ficarem mais altas que você. — Ela saiu antes de dar a ele a chance de reconsiderar.

Rapidamente, Jenny voltou à estrada principal e guiou La Rose até uma trilha próxima, longe dos penhascos e para dentro do coração da floresta. A trilha realmente levava a Carter Hall, mas para manter a promessa, Jenny ficaria daquele lado do rio. O ar estava quieto e cheirava a uma decomposição sadia. Jenny lembrou-se dos galhos de carvalho. Talvez pudesse encontrar alguns para o Irmão Bertrand naquele momento. Subir em árvores não era um esporte feminino, porém Jenny sempre adorara subir naqueles velhos gigantes.

Ela avistou um carvalho e guiou La Rose até ele. Os galhos principais eram grossos como os troncos de árvores menores e se estendiam na direção do chão como braços estendidos. Jenny levou a égua até um galho um pouco acima da sua cabeça.

— Fique quieta, La Rose. Fique quieta, pequena — disse, enquanto girava as pernas lentamente, tentando ficar em pé na sela. La Rose estremeceu e Jenny quase caiu. — Calma, minha queridinha. Lembre-se de como eu lhe ensinei.

Dessa vez, a égua ficou imóvel e Jenny se levantou. Então, esticou-se e saltou para o galho, com as pernas balançando depois que La Rose se afastou. Grunhindo com o esforço, ela lançou uma perna por sobre o tronco. Não havia nada de gracioso naquele movimento. Jenny riu ao pensar no que o Irmão Bertrand diria se a visse. Ela puxou a frente do vestido, satisfeita por ter escolhido uma túnica de uso diário, feita de lã natural, sem tintura. O tronco áspero do carvalho rasgou o tecido, mas era fácil remendá-lo.

La Rose já havia se distanciado em busca de pasto. A pequena égua não se afastava demais e sempre aparecia quando Jenny assobiava. Jenny ergueu-se, segurando um galho um pouco acima para equilibrar-se. O galho era reto como uma estrada. Seus sapatos frágeis de couro atrapalhavam mais do que ajudavam. Ela tirou-os, juntamente com as meias, e inclinou-se para o tronco principal, que se encontrava às suas costas, como uma parede sólida. A árvore era tão infinitamente maior que ela que Jenny se sentiu como uma borboleta em um galho.

Ela olhou para cima. As folhas eram apenas pequenos brotos verdes, emergindo de galhos novos. Cada feixe verde pálido e translúcido era decorado com pêndulos. Eram amentilhos, as flores do carvalho. Jenny tocou um galho com a mão e o pólen dourado manchou seus dedos. Então, descobriu o que estava procurando, um cacho de bolotas pendendo da ponta de um galho. As bolotas, pequenas e duras, eram quase perfeitamente redondas, não pareciam ter nenhum propósito, a ponto de Jenny imaginar por que a árvore as produzia. Encontrou mais bolotas em um galho ligeiramente mais alto. Havia muitas. Jenny tirou uma pequena faca do saco e cortou os ramos dos galhos com cuidado. Talvez outra pessoa achasse besteira ser tão cautelosa, mas ela achava que aquelas árvores antigas mereciam respeito.

Satisfeita, Jenny voltou para o galho mais baixo, calçou as meias e os sapatos. Então, sentou-se com as pernas cruzadas e abriu o guardanapo de Hawise no colo. Os biscoitos de aveia estavam frescos, mas o queijo, salgado e, de alguma forma, com gosto de ovelha. Mesmo assim, Jenny descobriu que estava faminta. Engoliu a comida com cerveja, lambendo os dedos e desejando mais. Então, baixou-se e esticou o corpo no galho, deitando-se com as mãos na nuca. Ela ergueu os olhos para o céu além da malha espessa de folhas e galhos, sentindo-se aninhada. A paz profunda da floresta invadiu-a, afastando os seus problemas.

Uma rajada súbita de vento soprou seus cabelos para o rosto, fazendo-a levar os dois braços ao galho para equilibrar-se. Só então percebeu que nada poderia abalá-la daquele suporte sólido. Era como se o vento tivesse lhe pregado uma peça. Sua risada ecoou pela floresta. Jenny fechou os olhos, ainda sorrindo. A música de pássaros distantes, o zumbido das abelhas nos amentilhos acima dela, o vento bem acima das árvores, tudo levou-a a cochilar.

— *Lady*, você é o espírito desta árvore?

A voz era tão suave que Jenny pensou que só podia ter vindo de algum ponto de dentro de um sonho.

— Se eu fosse um espírito — murmurou para si mesma —, um carvalho como este seria o meu lar. — Então, ela abriu os olhos. Não havia sonhado com a voz. Ela era real. Jenny apoiou-se em um cotovelo e olhou para baixo. Havia um homem montado em um cavalo branco, sorrindo para ela. Um homem jovem em um belo cavalo, com um sorriso que combinava com a voz gentil. Jenny deveria ter sentido medo, mas nada nele inspirava tal sentimento. Como o homem falara em inglês, ela respondeu no mesmo idioma.

— Como você chegou aqui tão silenciosamente? — perguntou Jenny, tentando fazer a voz soar séria. Podia não ser inteligente ser amistosa demais em tais circunstâncias.

O homem bateu de leve no pescoço do cavalo.

— Snowdrop é silencioso por natureza, mas nós não fomos tão silenciosos assim. Você parecia adormecida. Eu ouvi uma risada há um momento e imaginei que tipo de criatura poderia ser. Você é um espírito da floresta?

Jenny sentou-se e arrumou o vestido. Ele só podia estar provocando-a, mas, ainda assim, parecia esperar uma resposta.

— É claro que não. Sou uma moça comum.

O sorriso dele aumentou.

— Não tão comum quanto aquelas que vivem no chão. Posso lhe garantir que não estou nem um pouco decepcionado.

Jenny riu.

— Você fala como um escocês, mas deve ser normando para me elogiar assim sem corar.

Para surpresa dela, suas palavras duras fizeram-no enrubescer.

— Na verdade, sou as duas coisas. Meu pai era escocês, mas o povo da minha mãe é normando.

— Exatamente como eu! — exclamou Jenny. — Minha mãe era escocesa, porém meu pai é normando! Somos iguais.

— É pouco provável. Eu vivo no chão.

— Eu também. O castelo de meu pai fica um pouco além da floresta. Meu nome é Jeanette Avenel, mas as pessoas me chamam de Jenny. — Ela esperou que o homem dissesse o nome. Ele sorriu, mas não falou nada. Para disfarçar sua decepção, ela se virou e deu um assobio agudo. — La Rose, *viens ici*.

La Rose apareceu vinda de trás de um grupo de árvores próximas.

— Agora eu entendo de que maneira você subiu aí. Como pretende descer?

— Eu pularei nas costas do meu cavalo.

— Isso funciona?

Jenny deu de ombros.

— Só na metade das vezes, mas o chão é macio.

Ele meneou a cabeça.

— Você pode quebrar o pescoço. Eu a ajudarei a descer.

— O homem aproximou o próprio cavalo do galho e estendeu os braços para pegá-la.

Jenny hesitou. Devia confiar naquele homem? Suas roupas estavam gastas e empoeiradas, mas eram finas. O cavalo, obviamente, pertencia a ele, da mesma forma que La Rose pertencia a ela. Ele era um homem de posição, e não um ladrão de cavalos que poderia se sentir tentado a raptá-la em troca de resgate. Ainda assim, as histórias e canções que Jenny ouvira ao redor do fogo eram repletas de donzelas levadas por homens estranhos.

Ele franziu o cenho.

— Você não confia em mim.

Ela esperou que o homem finalmente se apresentasse, mas ele não o fez.

— Olhe para mim — disse. — Pergunte a si mesma se eu sou alguém em quem você pode confiar.

Jenny se perguntou. Ele tinha olhos castanhos, quase dourados. Possuía testa alta, do tipo que os harpistas chamariam de nobre. Os cabelos finos e claros eram longos, e ele estava bem barbeado. Portava-se como um cavaleiro, porém havia uma gentileza em seus olhos e nos seus modos que o diferenciava de qualquer jovem que Jenny tivesse conhecido. Ele parecia incapaz de ferir quem quer que fosse.

— Ótimo — disse o homem, como se tivesse lido os pensamentos dela. — La Rose, venha aqui — A égua obedeceu como se ele fosse um velho amigo. — Está vendo? O seu cavalo está esperando. Eu não vou fugir com você, *milady*. — Mais uma vez, ele abriu os braços.

Jenny soltou-se do galho e caiu cerca de um metro e meio, aterrissando no colo dele. O cavalo assustou-se com o impacto, mas o homem segurou-a com força. Por um terrível momento, Jenny pensou que ele fosse sair a galope com ela, porém ele acalmou o cavalo e levou-o para perto de La Rose, que havia observado tudo com um ar de discreto espanto.

Ele era mais alto do que parecera da árvore. Jenny aninhou-se sob seu rosto, contra o peito, como se tivesse nascido ali. Um longo momento se passou. Finalmente, o homem abriu os braços com cuidado e pigarreou.

— A sua égua a espera, *demoiselle*. — Ele segurou o braço de Jenny com as duas mãos para amortecer a queda, enquanto ela deslizava do animal alto. Então, Jenny pegou La Rose pelas rédeas.

— Eu tenho que ir — disse ele, abruptamente, conduzindo o animal para longe.

A possibilidade de nunca mais tornar a vê-lo deixou Jenny em pânico.

— Espere — gritou ela. — Quem é você? Onde mora? — Ele estava se afastando rapidamente. — Eu o verei de novo? — Ela fez a pergunta antes que pudesse perceber quanto parecia ousada.

O homem deve ter pensado a mesma coisa, porque se virou e sorriu.

— Para me ver, *milady*, você só precisa ir a Carter Hall. — Ele apertou as esporas, e o cavalo saiu em disparada.

Jenny ficou petrificada ao lado de La Rose, com a boca aberta de espanto.

Capítulo 6

— Então, esse era Tam Lin. Por que eu não parei para pensar nisso?

Jenny se pôs a caminho puxando La Rose como se tivesse desaprendido de montar, falando com o animal como se ele fosse um ser humano.

— Ele não é o que eu imaginava, La Rose. Nem um pouco. Galiene fala como se ele fosse um louco. Até o Irmão Bertrand disse que talvez ele não fosse bom da cabeça. Mas ele é tão sadio quanto você ou eu. Ele poderia ter me ferido, porém não o fez. Você viu, não foi? — Ela olhou para La Rose como se esperasse uma resposta. Jenny chegou à estrada principal antes de perceber que a luz havia mudado. Estava escurecendo. Ela imaginou que o sol devia ter se escondido atrás de uma nuvem, mas o céu além dos galhos continuava perfeitamente azul. Perfeitamente azul, mas cada vez mais escuro. O que poderia ser?

Estrada acima, avistou Ranulf esperando perto da estrada para os penhascos. No momento em que Jenny apareceu, ele conduziu Bravura para ela. Quando os viu, Jenny se lembrou da função de La Rose e montou.

Ao se aproximar, viu preocupação e até raiva nos olhos de Ranulf.

— Isso não foi o que combinamos, *milady*. O dia está quase terminando. Seu pai vai brigar comigo. Talvez eu até apanhe. — Ele estava lutando para controlar a raiva.

— Desculpe-me — disse ela. — Eu... eu devo ter adormecido. — Jenny esfregou os olhos como para espantar o sono, mas, na verdade, estava tentando devolver o foco ao mundo. Parecia impossível que tivesse passado tanto tempo.

A sinceridade dela pareceu acalmá-lo.

— Eu não sabia o que fazer. Não podia voltar sem a senhorita e temi que alguma coisa tivesse lhe acontecido. Eu estava quase morto de preocupação.

— Por favor, me desculpe — disse ela novamente. — Eu não me atrasei de propósito. — Pelo menos, isso era verdade. — Quanto a meu pai, eu nunca o vi erguer a mão de raiva.

— Nem eu também, mas o bem-estar da filha dele deve ser mais importante do que a maioria das coisas.

— Ele não vai ficar com raiva de você. Eu encontrarei um jeito de assumir a culpa. Você encontrou peixe no açude?

Ranulf quase sorriu e deu um tapinha na sacola.

— Mais do que o suficiente.

— Isso deve suavizar o gênio de meu pai — disse Jenny. Estava começando a voltar a si, tentando pensar em uma desculpa. — Não podemos dizer que um animal selvagem estragou as suas armadilhas, um urso, talvez, e que paramos para consertá-las e nos esquecemos do tempo?

Ranulf meneou a cabeça.

— Os caçadores de seu pai sairiam amanhã mesmo, quando o dia raiasse, em busca de uma fera que não existe. Um urso deixa marcas, e eles não encontrariam nenhuma. Tente não pensar em mentiras. Cavalgue o mais rápido que puder para minimizar o estrago.

O sol de abril baixou rapidamente e, quando eles se aproximaram dos muros do castelo, estava quase escuro. No estábulo, Jenny encontrou o rapaz aleijado que chegara no dia anterior, esperando ao lado da baia de La Rose.

— Posso pegar o seu cavalo, *milady?*

— Sim, pode. Você consegue tirar a sela sozinho? Sabe como cuidar de La Rose? Eu cavalguei muito e é preciso impedir que ela se resfrie.

— Sim, *milady*. Ela é pequena o bastante para mim. Na abadia, eles me deixavam ajudar com os cavalos. Eu a escovarei e a cobrirei. A senhorita vai ver.

— Muito bem. Você é um bom rapaz. Alguém procurou por mim?

O menino corou.

— Eu, mas creio que mais ninguém.

Jenny riu. Gostara daquele menino franco.

— E por que estava esperando por mim, Alric, o Caniço?

O menino corou novamente e seu rosto claro ficou tão vermelho que brilhou sob a luz suave.

— A senhorita fez o meu cobertor — disse ele. — Ninguém nunca fez nada para mim. Pelo menos, não que eu me lembre.

Ela sorriu.

— E você encontrou um jeito de retribuir. Eu não me esquecerei.

Jenny correu para o pavilhão. Todos já haviam ido jantar. Àquela altura, sua ausência certamente fora notada, mas aquele vestido desfiado e sujo de musgo não era apropriado para ser usado à mesa do pai. Ela o tirou e depois a saia suada de linho que usava por baixo. Mergulhando no baú onde guardava suas roupas, sacudiu uma saia limpa e vestiu-a. O linho macio e fresco acalmou-a quando deslizou pelo seu corpo. Com a mesma velocidade, Jenny vestiu a túnica vermelha que havia usado no dia anterior e penteou rapidamente os cabelos, detendo-se para desfazer um nó. Esperava que não houvesse visitas. Mas não havia tempo para verificar. Determinada, preparou-se para o confronto que tinha pela frente.

O grande salão estava fortemente iluminado, com todos sentados e comendo. Quando Jenny avistou Isabel à mesa alta, ficou com a respiração presa na garganta. A irmã estava vestindo uma elegante túnica amarela, e os cabelos haviam sido elegantemente trançados. Daquela distância, parecia até que nada ruim havia acontecido e que Isabel estava tão alegre quanto sempre havia sido. Jenny foi para o seu lugar à mesa, ao lado de Isabel, com o que Galiene descreveria como "pressa aparente", rápido, mas com bons modos.

— Então, aí está você — disse o pai. — Encontrou o seu falcão? — Não havia nenhum sinal de raiva na voz dele.

— Achamos um casal, papai. Ranulf disse que é cedo demais para incomodá-los, porém marcou o lugar do ninho. Também fomos ver as armadilhas dele no açude, e eu achei umas bolotas de carvalho. — Jenny esperava que aquilo justificasse sua demora, mas o pai ignorou suas palavras.

— Está vendo, Jeanette? Sua irmã voltou para o seu lugar de direito. Agora, todos os nossos problemas ficaram para trás. Tudo será bom outra vez. — Trêmulo, ele ergueu a caneca para os lábios e Jenny percebeu que não era a primeira vez que o pai esvaziava seu conteúdo. Ela suspirou baixinho. Era evidente que Isabel havia mudado apenas na aparência. Ela se servia da comida sem falar ou sorrir e mantinha os olhos fixos na mesa. *Meu pai só vê o que quer*, pensou Jenny.

Com Isabel novamente ao seu lado, Jenny achou impossível afastar os olhos do lugar vazio na segunda mesa, reservado aos jovens cavaleiros que haviam se unido à casa de seu pai. Agora, o espaço diretamente oposto a Isabel estava sempre vazio. Ninguém se sentava ali. O lugar sempre fora de Bleddri. Incontáveis vezes, Jenny havia olhado, esperando ver Bleddri onde o vira durante todo o inverno anterior, com seus belos olhos azuis fixos em Isabel. Suas atenções eram tão evidentes que Jenny ficara impressionada por ninguém mais ter percebido.

Bleddri era diferente dos outros cavaleiros que haviam se unido à casa de seu pai. Isabel fora atraída por suas maneiras corteses e ele a cativara com suas histórias porque havia percorrido o mundo. Ele contara a ela sobre a sua infância na corte do duque de Aqüitânia, pai de Eleanor, que agora era a rainha da Inglaterra. Quando Eleanor se tornara rainha da França, Bleddri acompanhara a comitiva a Paris e, mais tarde, viajara para a Terra Santa em uma Cruzada para Jerusalém.

Todas as noites, depois do jantar, Bleddri achava um lugar ao lado de Isabel e, diante do fogo, a distraía com suas histórias que Jenny também ouvia, embora em silêncio. Desde o começo, ela percebera que as palavras dele eram somente para Isabel.

— Deixe-me contar-lhe, *milady*, sobre o Salão dos Passos Perdidos, em Poitiers — começava Bleddri. Enquanto o resto das pessoas cantava músicas, contava histórias e jogava jogos de adivinhação, Isabel e Bleddri construíam um pequeno mundo apenas para si. Depois, ele contava a ela sobre as suas próprias terras em Languedoc.

— Onde as uvas crescem em todas as vinhas.

Mas ele havia usado suas terras para financiar a viagem para a Terra Santa. Na época, era apenas um rapaz, porém seu pai já havia morrido, deixando-o encarregado da sua fortuna. Os cruzados haviam prometido incontáveis riquezas, mas a Cruzada fracassara e Bleddri perdera as terras, tornando-se apenas um cavaleiro errante.

Jenny passara o inverno todo ansiosa, imaginando se Bleddri pediria a mão de sua irmã. Isabel podia querê-lo, porém o pai delas, não. Vendo o passado à luz das palavras do Irmão Bertrand, Jenny deu-se conta de que seu pai devia ter protegido Isabel de Bleddri. Em vez disso, parecia que o pai usara Isabel como um atrativo para manter o promissor jovem cavaleiro na sua casa.

Naquele mês de fevereiro, o tempo estivera úmido demais para caçar e todos haviam ficado enjoados de estar presos em casa. Um dia, Bleddri encontrara Jenny sozinha no estábulo, escovando La Rose para espantar o tédio.

— Você cavalgaria comigo, *lady* Jeanette? — perguntara ele.

— Eu não monto quando está úmido. — Era mentira e ela imaginava que ele sabia, mas falara antes de parar para pensar. Alguma coisa no jeito dele a incomodara. Será que estava perto demais? Seu sorriso era muito íntimo? Ao recordar, Jenny só conseguiu lembrar do desconforto que sentira.

Pensara ter visto um brilho de raiva nos olhos de Bleddri, mas ele se recompusera tão depressa que era difícil ter certeza. Bleddri olhara em volta para certificar-se de que estavam sozinhos.

— Então, conversaremos aqui. Sua irmã não tem pretendentes?

Jenny sabia por que Bleddri estava perguntando. Também sabia que o pai jamais consideraria aquele cavaleiro sem terras um bom marido para Isabel, mesmo que ela o amasse. Jenny desejara poder mentir novamente, mas a verdade não podia ser escondida. Falara lentamente e com relutância:

— Minha irmã não tem pretendentes.

Ele sorrira.

— Pretendo pedir a mão dela a seu pai. Ele parece gostar o bastante de mim. Como você acha que o meu pedido será recebido?

Jenny falara a verdade, esperando desencorajá-lo.

— Meu pai pretende arranjar um bom casamento para minha irmã, e você não possui terras.

As palavras bruscas suscitaram um olhar tão escuro em Bleddri que Jenny sentira o próprio coração disparar. Agora, percebia que o vira como quem era naquele momento. Mas ele rapidamente voltara a ser o homem educado e cortês que sempre fora com Isabel.

— A minha posição social é o único bem que possuo. Seu pai, porém, já sabia disso antes. Ele é capaz de relevar.

— E, dito isso, Bleddri saíra, deixando-a.

Uma risada trouxe Jenny de volta ao presente. Agora, o pai estava brincando com os homens mais animadamente. Nem ela, nem Isabel haviam falado durante a refeição. O pai estava ficando desesperado para manter a impressão de felicidade. Se fracassasse, Jenny temia que a sua raiva se voltasse novamente para Isabel. Nesse momento, ela avistou Cospatric, o harpista, entrar pela porta do salão.

— Ah, papai, o harpista vai tocar perto do fogo esta noite? — perguntou Jenny. Então, prosseguiu sem pensar: — Talvez Isabel cante. — No mesmo instante, soube que havia dito a coisa errada. Isabel olhou-a, chocada, mas os cavaleiros se animaram.

— Uma canção da *lady!* Sim! Uma canção.

Jenny ficou perplexa.

Galiene costumava dizer que cavaleiros constituíam um problema maior que uma matilha de cães, e era verdade. Eles iam e vinham vezes demais para que pudessem ser acompanhados. Podiam ser oito ou dez num dia e dois ou três no dia seguinte. Eles eram sujos e preguiçosos, não faziam trabalho algum além de caçar, tinham modos terríveis e poucos podiam ser deixados a sós com uma mulher. Ainda assim, o pai os amava porque, aos olhos dele, o visconde era um grande lorde.

Rapidamente, as mesas de cavalete foram desmontadas e afastadas e todos foram para perto do fogo, que havia sido aceso sobre o piso de pedra, atrás da mesa alta. O fogo era feito ali para tornar a mesa alta a mais quente do salão. Na verdade, o buraco para a fumaça no teto deixava o vento entrar com a mesma freqüência com que deixava a fumaça sair. Felizmente, naquela noite o ar de primavera estava suave e parado e a fogueira, efetivamente, ofereceu um calor agradável.

Todos se sentaram nos bancos que haviam sido arrastados da área de refeição ou no chão, menos o pai de Jenny, que permaneceu sentado na única cadeira do salão, como sinal do seu *status*. Antes mesmo que alguém pedisse, Cospatric iniciou uma melodia alegre que fez todo mundo bater os pés. A música pareceu poupar Isabel, mas quando ele terminou, os cavaleiros recomeçaram a pedir sem parar: "Uma canção da *lady*".

Jenny estava preparada para ver Isabel sair correndo do salão. Em vez disso, ela se virou para o harpista.

— Você conhece *L'Anneau d'Or?* — perguntou ela.

O harpista meneou a cabeça.

— Tenho muito a aprender sobre as músicas normandas, *milady*. Mas seguirei o seu comando.

Assim, Isabel começou. Sua voz era clara, pura e ágil de tirar o fôlego. Depois do primeiro verso, o harpista entrou com delicadeza, escolhendo as notas de uma forma que surpreendeu Jenny por se adequarem perfeitamente à música. A canção *O Anel de Ouro* era sobre um rapaz que se afoga enquanto mergulha em busca de um anel perdido por uma moça. Como a maioria das músicas antigas, a história era vaga. Na infância, Isabel, Jenny e Eudo haviam passado horas discutindo os significados daquelas canções, de forma que Jenny sabia que Isabel achava que a moça da música atirara seu anel de noivado ao mar para livrar-se de um noivo não desejado.

Era a primeira vez que Isabel cantava desde a noite em que desaparecera com Bleddri. Jenny não conseguia se livrar da sensação de que ele se encontrava ali, em pé, bem atrás dela.

Lembrava-se de haver se sentado perto do fogo naquela última noite. Por causa da conversa no estábulo, Jenny observara Bleddri e a irmã mais de perto. Na ocasião, Isabel não havia cantado *L'Anneau d'Or*. Todas as suas músicas falavam de amor. Seus olhos brilhavam. Mesmo para Jenny, seu rosto e olhos nunca haviam estado tão bonitos. Todos os homens presentes pareciam inebriados por ela, e o pai bradara:

— Vejam que jóia é a minha filha.

Quando Isabel terminara de cantar, Bleddri dissera:

— Deixe-me contar-lhe uma história, *milady*. — À medida que o inverno passava, as histórias dele iam mudando. Bleddri não falava mais em si. Agora, suas histórias eram todas sobre cavaleiros que amavam fielmente damas que jamais poderiam ter, histórias que, segundo ele, eram populares nas cortes da França. Naquela noite, ele falara em um cavaleiro que permanecera fiel à sua dama, mesmo depois que ela se casara com um homem de melhor posição e fortuna. Depois, o fiel cavaleiro se atirara na frente de um javali feroz para salvar a vida da dama e morrera nos braços dela. Jenny achara a história fraca, mas Isabel ficara profundamente afetada, enxugando lágrimas dos olhos quando Bleddri terminara.

Depois de semanas de tempo úmido e nublado, o céu de repente clareara naquela noite. Alguém sugerira uma cavalgada ao luar. Verdade que era muito cedo para tal passeio, mas os homens entediados abraçaram a idéia com ansiedade.

— Então, lá vão vocês — dissera o visconde. — Eu estou velho demais para tais frivolidades.

Apesar de estar cansada, Jenny ficara com medo de deixar Isabel sozinha com Bleddri.

Agora, quando se lembrava, parecia que aquela noite fora um pesadelo no qual alguma coisa terrível estava prestes a acontecer e, apesar de saber, tudo o que a pessoa que sonhava podia fazer era assistir, incapaz de agir. Jenny tentara ficar perto de Isabel, mas os outros cavaleiros cercaram-na, exigindo atenção. Era como se Isabel tivesse deixado todos ansiosos por companhia feminina. Por melhores que fossem as suas intenções, Jenny não conseguira escapar deles. Pouco depois de chegarem à floresta, Isabel e Bleddri tinham desaparecido. Havia trilhas de neve branca brilhando sob as árvores escuras, quase brilhando sob a luz da lua, mas Jenny não conseguiu avistar casal algum entre as árvores.

Agora, Jenny sabia que o pai nunca deveria ter deixado as filhas desacompanhadas, porém, na época, Jenny ficara com a sensação de que a culpa havia sido sua. Ela jurara alertar Isabel sobre Bleddri assim que se deitassem. Se Isabel não a ouvisse, dissera Jenny a si mesma, falaria com o pai. Nunca tivera essa chance.

Quando Jenny voltara para o pavilhão da família, Isabel ainda não tinha voltado. Jenny não tivera coragem de dar o alarme. A virtude de Isabel ficaria abalada se todos na casa fossem alertados para procurá-la, juntamente com Bleddri. Assim, Jenny fora para a cama sozinha e tivera um sono agitado, pontilhado de pesadelos.

Em algum momento durante a noite, ela despertara acreditando ter ouvido Isabel voltar, mas quando amanhecera, continuava sozinha. Na manhã seguinte, no momento em que se descobrira o sumiço de Isabel e de Bleddri, as chuvas do final do inverno haviam voltado, tornando impossível para os cachorros acharem o rastro do casal. Seis dias depois, quando Jenny tivera certeza de que a irmã havia partido para sempre, Isabel voltara sozinha, com dois cavalos.

O silêncio trouxe Jenny de volta ao presente. A canção de Isabel havia terminado. Como de hábito, sua voz tinha enfeitiçado os ouvintes. Ninguém se mexeu nem falou nada por um longo momento.

— Cante outra — pediu um cavaleiro. — Cante *Blanche Comme La Neige*.

Mas Isabel meneou a cabeça. Uma péssima escolha, pensou Jenny. Uma escolha cruel se o homem tivesse parado para pensar, porque como Isabel conseguiria cantar uma canção sobre uma moça que fingira estar morta e fora colocada em um caixão por três dias para não perder a honra para os três cavaleiros que a haviam raptado?

O harpista virou-se para o pai de Jenny:

— Sua filha canta como um anjo, milorde.

O visconde suspirou.

— Como a mãe, antes dela. Cante outra, Isabel.

Isabel pensou por um momento.

— *La Triste Noce* — disse, finalmente.

O Casamento Trágico. Jenny se lembrou que até o final daquela canção, a noiva, o noivo e a amada do noivo estariam todos mortos. A noiva mata a amante do noivo em um acesso de ciúme. Então, o noivo apunhala a noiva e cai sobre a própria espada. Jenny sabia que os criados cantavam a mesma canção em inglês. Eles chamavam de *Lorde Thomas e a Bela Annette*, e a melodia era diferente, porém a história era exatamente a mesma. Isabel não cantaria nenhuma música alegre naquela noite. Mas, pelo menos, estava mais parecida consigo mesma.

Quando chegou o momento de irem para a cama, o harpista chamou a atenção de Jenny. Ninguém na família pensara em agradecer-lhe pela bela apresentação. Ela poderia fazer pelo menos isso.

— Uma voz como essa faria qualquer harpa soar doce, *milady* — disse ele, em resposta ao elogio. — Sua irmã canta exatamente como me disseram.

Jenny olhou-o, confusa.

— Quem lhe disse que ela cantaria?

Ele corou.

— O povo do outro lado da floresta. Quando eu ouvi as histórias, pensei que a sua casa poderia receber bem um pouco de música.

Jenny se encolheu. Gostaria de ser forte o suficiente para se afastar sem perguntar, mas precisava saber.

— O que mais lhe disseram a respeito de minha irmã? Falaram na desgraça dela?

Ele olhou-a, espantado.

— *Milady*, a senhorita não sabe? Para o povo comum, ela é uma heroína. Eles até cantam uma música sobre ela.

Capítulo 7

— Agora, você está vendo quantos barris de aveia restam e quantos de trigo e de farinha de cevada. A colheita deste ano não vai acontecer até depois do começo de agosto. Você sabe quem come pão de trigo e quem não come. Como faremos para dividir essa quantidade e alimentar a todos sem que falte?

Jenny gemeu.

— Ah, Isabel, como você resolve isso?

— É uma questão de prática, Jenny. — Isabel quase sorriu.

Os carvalhos distantes haviam ficado verdes com a chegada do mês de maio, mas Jenny resistiu a eles. Em vez disso, ficou perto de Isabel, ajudando-a a inserir-se novamente neste mundo. Será que o Irmão Bertrand sabia que se forçasse Isabel a retomar a sua vida, ela se recuperaria? Jenny gostaria de saber. Isabel ainda era uma sombra pálida da irmã que Jenny amava, mas, de muitas outras formas, estava bem mais parecida com a pessoa que era. A própria Isabel tivera a idéia de ensinar Jenny a administrar a propriedade. As duas sabiam que aquelas responsabilidades logo recairiam sobre Jenny, porque Isabel parecia destinada ao priorado em Coldstream.

Enquanto trabalhavam juntas, Jenny desejou que Isabel falasse sobre o que acontecera depois que ela partira com Bleddri. De sua parte, Jenny não sabia mais que qualquer estranho. Se Isabel pudesse lhe dizer, ela poderia finalmente entender o que a irmã havia passado. Então, talvez Jenny conseguisse arranjar um jeito de contar a Isabel o que Cospatric tinha dito. A princípio, Jenny tivera dificuldade de entender a idéia de que alguém pudesse considerar Isabel uma heroína, mas, gradualmente, estava compreendendo. Os bandidos e o povo que os ajudava em segredo tinham uma forma muito diferente de ver as coisas. Porém a paz de espírito recém-encontrada de Isabel parecia frágil demais para ser perturbada tão cedo, de forma que Jenny manteve seus pensamentos para si. Os segredos escondidos lhe lembraram que, agora, ela também tinha um segredo.

Enquanto organizava a tecelagem ou supervisionava a lavagem das roupas, Jenny de repente se lembrava do aroma das árvores da floresta, do vôo dos falcões e de Tam Lin. Não havia contado sobre o encontro a ninguém e, agora, tudo não parecia passar de um sonho. O cavaleiro sensível que encontrara na floresta não lembrava em nada o homem louco a respeito do qual todos faziam mexericos, mas Jenny tinha de admitir que a lembrança possuía algo mágico. Não só por causa da velocidade com que o tempo passara enquanto estivera com ele, mas pelo formigamento que sentia mesmo agora, quando se lembrava daqueles braços envolvendo-a.

— Ela deve estar distante com as fadas — brincou Galiene com Isabel. Só então Jenny percebeu que Galiene havia feito uma pergunta que ela não ouvira. No mesmo instante, obrigou-se a voltar de novo a atenção para o inventário.

— Você acha que elas me quereriam? — brincou Jenny de volta. Porém, em seguida, colocou seus pensamentos secretos de lado e tentou se concentrar no trabalho.

Naquela tarde, Jenny e Isabel supervisionaram a limpeza do jardim da cozinha enquanto Isabel se certificava de que Jenny conhecia o uso para as diversas ervas. Quando as sombras ficaram maiores, Jenny viu o menino Alric vir mancando na direção delas.

— Milorde, seu pai, disse para irem cumprimentar a família nobre — disse ele.

Quando deu a volta no estábulo, Jenny avistou um casal usando os chapéus de abas largas e os trajes lisos dos peregrinos. Mas as roupas humildes não escondiam em nada a origem nobre do homem. O casal não parecia habituado a viajar a pé, sobretudo a mulher, que era gorducha e tinha o rosto vermelho. Antes que Jenny pudesse cumprimentá-los, quatro criados fortes chegaram, carregando uma liteira aberta. A esposa apressou-se para cuidar da criança que carregavam.

Isabel recuou.

— Venham conhecer o *thane*[1] Ethenan mac Askil — disse o pai a Jenny, em inglês. Ela estendeu a mão para o homem, imaginando se ousaria perguntar o que trazia um cavaleiro tão nobre à casa deles. Os nobres escoceses leais ao rei não eram inimigos, mas procuravam manter-se afastados dos normandos.

O *thane* Ethenan parecia estar esperando a curiosidade dela.

— Você deve estar imaginando o que nos traz aos seus portões. — Ele gesticulou para a liteira. — Avece, minha filha mais nova, foi acometida por uma doença devastadora. Quando o rei ficou hospedado em nossa propriedade, em Lent, o capelão contou-nos sobre o poço de Santa Coninia. Minha esposa, *lady* Bethoc, pediu que peregrinássemos para o sul, até a Abadia de Broomfield, assim que o

---

1 *Thane* era o título escocês dado ao cavaleiro que possuía terras e cuja categoria era idêntica à dos filhos de condes. Também denominavam-se *thanes* os chefes de clãs. (N. da T.)

tempo ficasse mais ameno. Fomos de barco para Berwick, a fim de poupar a criança, e partimos de lá. Quando ficamos no hospital em Rowanwald, o esmoler, Irmão Bertrand, nos disse que poderíamos buscar a caridade de vocês por uma noite.

A criança tinha cerca de quatro anos e jazia, pálida e lívida, sobre os travesseiros da liteira. Seus cabelos loiros estavam colados ao rosto por causa do suor, e seus olhos eram opacos e vidrados; *lady* Bethoc tentava convencê-la a aceitar um pouco de água.

— Fiquem no pavilhão da família — disse Jenny, sem parar para pensar no que os outros pensariam disso. Era uma prática incomum. Os viajantes, mesmo nobres, sempre dormiam no chão do salão principal com o resto das pessoas da propriedade.

Lady Bethoc pegou a filha no colo e foi para o lado do marido.

— Você deve ser *lady* Jeanette — disse. — O Irmão Bertrand falou muito bem sobre você, e eu vejo que ele estava certo. Você é gentil e bondosa. — Ela trocou um olhar com o marido, que fez Jenny corar até a raiz dos cabelos.

O pai de Jenny parecia satisfeito.

— Vocês são bem-vindos ao nosso pavilhão. Venham refrescar-se no salão enquanto os criados preparam as camas. — Ao sair, ele olhou por sobre o ombro. — Isabel, avise os criados. — Era a primeira vez que alguém falava com ela.

Jenny percebeu que o pai estava constrangido. Certamente, os mexericos sobre Isabel haviam chegado aos ouvidos do *thane* em Rowanwald ou mesmo antes. Mas aquela atitude seca parecia cruel. Jenny ficou para trás enquanto o pai se afastava com os visitantes.

— Isabel, eu gostaria que papai a tratasse com mais gentileza.

Isabel deu um sorriso triste.

— O *thane* é um homem poderoso e nosso pai tem o seu orgulho. De qualquer forma, foi em você que eles repararam. Eu não ficaria surpresa se eles tivessem um filho mais velho precisando de uma esposa.

Jenny corou.

— Posso ajudar com os criados?

— Não. Vá ser a *lady* da propriedade para o *thane* e sua esposa. A criança parece gravemente doente e é você que eles querem ver. E, Jenny — disse Isabel, enquanto se virava para sair —, espero que o filho tenha puxado a beleza do pai.

No salão principal, o pânico se instalou enquanto os criados se empenhavam para oferecer hospitalidade à altura do posto do *thane*, sem nenhum aviso prévio. Mas o *thane* Ethenan e *lady* Bethoc nem pareceram perceber. Estavam concentrados na criança, que se debatia e chorava nos braços da mãe. Jenny não sabia o que fazer e, quando Cospatric veio falar em seu ouvido, ela pulou de susto.

— *Lady* Isabel disse que talvez os meus serviços fossem necessários, *milady* — disse ele. — Devo tocar para as visitas?

Jenny suspirou, aliviada.

— Sim, Cospatric. Você conhece alguma cantiga de ninar?

O harpista apenas assentiu. Então, sentou-se a uma distância respeitosa e começou a tocar. Com as primeiras notas, a criança doente foi ficando menos assustada e, no momento em que a música terminou, dormia pacificamente, com um dedo na boca. No mesmo instante, Cospatric começou outra música.

Quando a harpa silenciou, o *thane* Ethenan inclinou-se para o harpista e disse alguma coisa, baixinho, em gaulês que fez Cospatric sorrir. Então, virou-se para o pai de Jenny:

85

— Uma moeda de ouro para o seu harpista, *sir* Philippe — disse ele. — Faz muitos dias que minha filha não dorme tão tranqüilamente.

— Eu daria qualquer coisa para restaurar a saúde desta criança — declarou *lady* Bethoc, com uma lágrima escorrendo pela face.

— Vocês só têm ela? — perguntou o pai de Jenny.

O *thane* sorriu.

— Não. Temos uma filha, que completa onze anos neste verão, e o meu filho e herdeiro, Neis, que um dia será o *thane* mac Ethenan.

— Ah, eu também tenho um filho. Ele está em Lilliesleaf, na propriedade de *sir* Robert. Recentemente, ele recebeu as esporas de cavaleiro. Seu filho já é um cavaleiro?

Jenny ficou feliz pelo salão ser tão escuro. As perguntas abruptas do pai faziam-na corar. Mas o *thane* limitou-se a sorrir novamente.

— Neis ainda é um menino pequeno e vive em casa. Ele não tem nem sete anos.

Jenny percebeu que a resposta deixara seu pai confuso. Como ela, ele também imaginara que o Irmão Bertrand havia recomendado Jenny como possível noiva. Mas o *thane* não contou mais nada sobre a família e, pouco tempo depois, Galiene chegou para mostrar as acomodações aos visitantes.

— Deixe a minha velha babá cuidar da criança enquanto vocês descansam — sussurrou Jenny a *lady* Bethoc quando ela se levantou, com a menina adormecida nos braços. — Ela é muito gentil.

— Minha querida — respondeu *lady* Bethoc —, você é um tesouro, exatamente como nos disseram. — Ela apertou o braço de Jenny com a mão livre. — Tenho a sensação de que você poderá ser a resposta às nossas preces.

Jenny ficou imaginando o que ela quereria dizer. Certamente, não a desejavam como noiva do filho de seis anos. Às vezes casamentos estranhos assim aconteciam, mas só quando havia reinos em jogo.

Lady Bethoc recusou-se a deixar a filha aos cuidados de Galiene até a hora do jantar. Mesmo então, ela comeu pouco e passou o tempo olhando ansiosamente na direção do pavilhão, como se seu amor lhe desse o poder de enxergar através das paredes. O Irmão Turgis apareceu antes do final da refeição. Jenny nunca ficara tão satisfeita ao vê-lo. Aquilo era obra de Isabel, evidentemente. Ela havia ficado fora da vista, fazendo o que era necessário durante toda a tarde. Jenny percebeu, com uma ponta de dor, o buraco terrível que a ausência de Isabel deixaria na vida de todos.

O Irmão Turgis ofereceu-se para rezar diante da criança doente. Quando *lady Bethoc* levou-o para o pavilhão, o *thane* Ethenan ficou mais um pouco.

— Qual é a distância daqui até a Abadia de Broomfield? — perguntou ele.

— Broomfield é mais perto de Rowanwald — respondeu o visconde. — Vocês devem levar cerca de meio dia para andar até lá, não mais.

— *Lady* Bethoc gostaria de saber se *lady* Jeanette nos acompanharia. Ficaremos na abadia apenas por uma noite. Seria uma imensa gentileza. Eu fico arrasado ao ver minha esposa assim. Se preferir, *lady* Jeanette poderá ir a cavalo.

Jenny nem esperou o pai falar.

— Eu certamente não irei a cavalo enquanto vocês estiverem a pé, milorde, mas terei prazer em acompanhá-los.

O *thane* sorriu e levantou-se.

— Eu direi a *milady*. Obrigado, menina. Você ajudará a aliviar a carga dela e, quando a viagem terminar, provavelmente estaremos conhecendo você melhor.

Assim que o *thane* saiu do salão, o pai de Jenny disse:

— Eu acho que eles pretendem arranjar uma marido para você. O rei se hospeda na propriedade do *thane* Ethenan todos os anos. Eles devem conhecer muitos homens que seriam bons maridos.

— Sim, papai, mas eu gostaria que me dissessem. — Jenny baixou os olhos para descobrir que estava amassando o vestido. Rapidamente, parou e alisou o tecido.

— Não pergunte nada. Não é digno de uma donzela parecer ansiosa demais para se casar.

— Eu não estou ansiosa para me casar. Só quero saber que tipo de homem eles proporão e se é gentil ou cruel.

— Um casamento sugerido pelo *thane* Ethenan pode significar a nossa sorte, menina. O jovem rei me conhecerá pelo nome.

Jenny sabia que o seu bem-estar não era prioridade na cabeça do pai. Aquela podia ser a oportunidade de recuperar tudo o que havia sido perdido com o deslize de Isabel. Mas ela não conseguia deixar de imaginar o pior que um marido poderia ser.

Naquela noite, Jenny dormiu muito mal. A parede interna do pavilhão era pouco mais que uma divisória, e as preces anasaladas do Irmão Turgis se prolongaram por horas e horas. Tarde da noite, ela havia acordado de um cochilo leve para ouvir *lady* Bethoc chorar. Pouco depois, Jenny tivera um sonho incômodo. Estava de volta à floresta, mas havia uma grande reunião de cavaleiros com cavalos, estandartes e tendas. Jenny descobriu-se vestida com um traje de seda escarlate, o vestido mais elegante que já vira na vida.

— Adiante-se para conhecer o rei — dissera *lady* Bethoc, tomando-a pela mão. Jenny se ajoelhara diante do trono. Quando erguera os olhos, vira Tam Lin sorrindo para ela, com uma coroa na cabeça. Ele descera do trono, passara os braços em torno de Jenny, e ela se sentira inundada por uma forte sensação de familiaridade.

Ao acordar para a luz acinzentada do alvorecer, Jenny estava com dor de cabeça. O sonho havia sido tão vívido que ela imaginou se continha algum prenúncio para o futuro, como Galiene dizia que acontecia com freqüência. Seria possível que o *thane* Ethenan e *lady* Bethoc estivessem procurando uma esposa para Tam Lin? Não, aquilo não fazia o menor sentido. Um escocês do norte não poderia estar agindo pelo conde normando de Roxburg. Ela se aninhou na cama quente ao lado de Isabel e estava quase voltando a dormir quando Galiene cutucou-lhe o pé por entre os cobertores. A velha babá tinha os olhos nublados de quem não dormira a noite inteira.

— Hora de levantar, querida — sussurrou ela. — O *thane* e a sua *lady* estão ansiosos para partir. Hawise providenciou comida para a viagem.

Quando deixaram o pátio, havia uma garoa fina caindo, mas logo que passaram pela vila de Langknowes, ela se dissipou na bruma da manhã. Ia ser um dia quente e claro. Em outras circunstâncias, a viagem teria deixado Jenny alegre. Porém a criança parecia ainda pior, de forma que a jornada ganhou ares de urgência. Caminharam rápido, sem falar.

A grande floresta das fadas erguia-se intocada do outro lado do rio Tweed, mas a terra daquele lado era suave. Os terrenos arados pareciam mais macios, polvilhados dos verdes da cevada e da aveia. A estrada acompanhava o Tweed, porém não de perto. Às vezes o rio sumia das vistas por um longo trecho. Então, no topo de uma colina ou em uma curva da estrada, era visto de novo, serpenteando pela paisagem como uma sinuosa serpente negra, com as oscilações da superfície brilhando feito escamas. O sol já estava alto no céu quando os campos cultivados deram novamente lugar à floresta. A essa altura, estava tão quente que Jenny ficou grata pela sombra. Não pararam para comer, apenas seguiram a viagem.

No começo daquela tarde, Jenny ouviu um barulho novo e estranho vindo da liteira, algo entre tosse e engasgo. Sem perder tempo, *lady* Bethoc ordenou que a liteira fosse baixada e pegou a criança nos braços.

— Eu conheço bem esse chiado. A morte veio buscar minha filha — disse ela.

Jenny notou tristeza na voz, mas também alívio. *Lady* Bethoc embalou a menininha e cantou baixinho. Uns poucos momentos depois, os olhos da criança perderam a profundidade, e Jenny soube que sua alma havia partido. Depois de um longo momento, *lady* Bethoc colocou a filha na liteira com imenso carinho, fechou seus olhos e cobriu o pequeno corpo com um cobertor. Então, levantou-se e cruzou as mãos.

— Deus ouviu as nossas preces. O sofrimento dela está terminando.

A mãe enlutada caminhou em silêncio, mas o *thane* Ethenan falou suavemente com Jenny:

— A morte não é uma estranha em minha casa — disse ele. — Três dos nossos filhos morreram no nascimento, mas esta é a primeira vez que um sofre tanto. Pobrezinha, ela aceitou a dor com a coragem de um guerreiro.

Pouco tempo depois, as árvores se partiram e todos avistaram a Abadia de Broomfield em um vale abrigado do rio, logo abaixo. As paredes lisas e fortes de uma igreja de pedra começavam a emergir por entre o confuso labirinto de cabanas de madeira e anexos. Parecia mais o acampamento de um exército do que um lugar sagrado. Perto dos primeiros edifícios, um homem sorridente usando os trajes marrons e lisos de um irmão leigo veio recebê-los, porém o sorriso desapareceu do seu rosto quando viu o pequeno volume na liteira.

— Sigam-me — disse ele, conduzindo-os para uma cerca de madeira tão alta e forte quanto as de uma fortaleza. — Nenhum visitante pode ir além daqui — declarou. — Vou chamar nosso mestre-de-cerimônias. — E ele desapareceu atrás do portão robusto que enclausurava as ordens sagradas, separando-as do resto do mundo.

Quando o Irmão Turgis falara de Broomfield, Jenny imaginara um lugar quieto e separado, mas o terreno da abadia era abarrotado de gente. Dezenas de irmãos leigos andavam de um lado para outro como abelhas operárias. O cheiro inconfundível de um curtume se impunha, vindo de construções distantes. Pedreiros iam e vinham, diferenciados pelos calções engraçados que saíam das suas jaquetas e pela fina poeira branca que os cobria. Vendedores ambulantes anunciavam suas mercadorias ao povo. Todo espaço não utilizado estava apinhado de peregrinos que vinham em busca do poço, alguns muito avançados em suas enfermidades. Jenny desviou os olhos rapidamente para evitar a figura de um leproso sem nariz.

Os barulhos e os cheiros se misturavam sob o sol quente. Já fazia muito tempo que a criança havia morrido. Jenny sentiu-se tonta. Quando pensou que talvez precisasse se sentar, o irmão leigo voltou com um monge vestido de branco, um homem alto de corpo curvado e cabelos ralos.

— Bem-vindos, viajantes — disse ele, num inglês carregado de sotaque. — Sou o Irmão Marius, o mestre-de-cerimônias. Vocês nos trazem o corpo de uma criança para ser enterrado?

As maneiras francas e diretas do religioso tornavam desnecessárias as longas explicações. Enquanto se apresentavam, Jenny percebeu como os pais enlutados estavam gratos pelo tato dele. O Irmão Marius fez um gesto abrangendo a área que os cercava.

— A natureza da nossa abadia nos fez ter um pátio antes de termos a igreja. O corpo da criança ficará em terreno consagrado. Siga-me, *milady*, e peça aos seus homens para trazerem o corpo.

O *thane* Ethenan abriu a bolsa e colocou uma generosa quantidade de moedas nas mãos do Irmão Marius.

— Para rezar pela alma da nossa Avece — disse ele.

O monge aceitou as moedas, porém avisou:

— Por favor, esconda bem a sua bolsa dentro da túnica, milorde. Alguns que vêm como peregrinos acabam ficando como mendigos e nem todos são honestos. Nós mandaremos chamá-lo quando o corpo estiver pronto para ser enterrado. Irmão Freskyn — disse ele ao irmão que os levara ao portão —, leve o *thane* e a jovem *lady* ao nosso hospital.

— Com o tempo, teremos um hospital adequado para visitantes e uma enfermaria também — esclareceu o Irmão Freskyn. — Mas, por enquanto, está tudo improvisado. A abadia foi fundada há oito anos, porém, desde que o poço ficou famoso, o lugar cresceu além do controle. — Seu orgulho era evidente.

— Há quanto tempo os peregrinos vêm para visitar o poço? — perguntou o *thane* Ethenan.

— Ainda não faz um ano. Um dia, no verão passado, perto da Festa da Colheita, um menino pastor e coxo mergulhou seu pé na água do poço e ficou milagrosamente curado. As notícias se espalharam. Agora, vemos até peregrinos de outras terras, como vocês. — Ele hesitou. — Vocês gostariam de ver o poço?

Jenny compreendeu a hesitação dele. Talvez fosse amargo para o *thane* ver o poço que poderia ter salvo a vida da sua filha. Mas ele apenas assentiu e o Irmão Freskyn levou-os para uma pequena cabana de madeira. O chão do lado de fora estava abarrotado de doentes, alguns deitados em estrados. A porta se encontrava bloqueada. Quando o Irmão Freskyn fez um gesto para que outro irmão leigo a abrisse, a multidão avançou. Ele falou brutalmente com os peregrinos:

— Afastem-se. O lorde nobre e sua *lady* desejam ver o poço. Ele não será reaberto até o entardecer. — Depois, acrescentou mais calmamente: — Os peregrinos destruiriam o lugar se não os controlássemos.

Jenny ficou quase cega com a repentina escuridão, mas conforme seus olhos se ajustaram, ela viu que as paredes eram forradas com finas tapeçarias.

— Cenas da vida de Santa Coninia — explicou o Irmão Freskyn, sabendo que os olhos de todos seriam atraídos pelas cores. — Depois que a igreja estiver terminada, construiremos aqui um santuário à altura.

O poço em si era um simples círculo de pedras, agora coberto de bengalas, muletas e até alguns tampões de olho que atestavam as curas. Também havia dúzias de pequenos ex-votos, as esculturas de cera ou madeira de órgãos ou partes do corpo que os peregrinos deixavam para indicar o local da sua enfermidade.

— É maravilhoso que os peregrinos encontrem aqui alívio para o seu sofrimento — disse o *thane* Ethenan depois de um longo silêncio.

— Sim, apesar de alguns se curarem e outros, não. Creio que deva depender do tamanho do pecado que causou a doença — declarou o Irmão Freskyn, levando-os de novo para fora. — Talvez as enfermidades causadas pelos pecados dos antepassados sejam mais prontamente curadas do que aquelas causadas pelo maus atos dos próprios peregrinos. — Então, ele pareceu lembrar-se. — É claro que isso é apenas o que eu penso. Os irmãos das ordens religiosas sabem que não é assim.

O hospital onde passariam a noite era composto por apenas dois longos galpões, um para mulheres e um para homens. Jenny mal tivera tempo de olhar em volta quando um noviço chegou para levá-los aos portões do pátio, onde *lady* Bethoc e seus criados esperavam, juntamente com o Irmão Marius e um padre.

O corpo da criança, enrolado em um lençol de linho, mais parecia um saco que os restos mortais de um ser humano. O *thane* ergueu-o da liteira. Jenny nunca vira um peso que parecesse tão difícil de agüentar. Quando a procissão se aproximou, dois irmãos leigos ainda estavam cavando um buraco na terra macia e avermelhada. A criança foi posta no chão com pouca cerimônia, e a terra úmida começou a cair, manchando o tecido de linho, como uma chuva fina.

— Os céus certamente sorrirão para alguém tão jovem e inocente — declarou o padre quando deixaram o pátio.

— Agora, ela está a salvo nas mãos de Deus — disse *lady* Bethoc. — Uma mãe não poderia querer mais.

Jenny teria achado a pressão do povo, o cheiro fétido e a atividade constante de Broomfield opressivos, mesmo sem a morte da criança. Sentia-se como se estivesse longe de casa havia meses. Assim, foi um alívio quando *lady* Bethoc a acordou às primeiras luzes da manhã seguinte.

— Ainda temos bastante comida de ontem — sussurrou ela a Jenny. — Partamos agora.

O *thane* mandara os criados na frente com a liteira vazia, para que eles não tivessem de se lembrar da morte da filha o tempo todo. De vez em quando, enquanto andavam, lágrimas escorriam pelas faces de *lady* Bethoc, mas ela não disse nada sobre o seu sofrimento.

Ao deixarem Broomfield para trás, o *thane* e sua *lady* começaram a perguntar a Jenny sobre sua vida. Ela caçava? Gostava de cavalgar? Já havia viajado para o Exterior? Sabia ler em latim? Aquilo era mais que apenas curiosidade. Quando pararam ao meio-dia, o *thane* Ethenan se desculpou. *Lady* Bethoc não perdeu tempo:

— Os caminhos de Deus são misteriosos — disse ela. — Viemos em busca de uma cura, e não de uma noiva, apesar de sabermos que precisávamos de ambos. Não encontramos a cura, mas, ainda assim, talvez tenhamos encontrado a noiva.

Jenny imaginou se *lady* Bethoc podia ouvir seu coração batendo alto, enquanto ela esperava para ouvir mais.

— Minha querida, você deve saber que o rei jurou nunca se casar. Não é uma decisão sábia para um monarca, mas ele não será contrariado. Este ano, sua irmã, Adeline, deverá se casar com o conde da Holanda, de forma que as duas irmãs ficarão casadas e felizes. Porém há dois irmãos mais jovens, David, que ainda é um menino, e William, que tem dezenove anos e é só um ano mais novo que o rei Malcolm. — Ela fez uma pausa, aparentemente escolhendo as palavras. — Eu devo ser franca: o conde William não partilha as virtudes santas do irmão. Ele tem o sangue quente em diversos sentidos, se é que você me entende.

Jenny imaginou o que *lady* Bethoc queria dizer. Como ficou constrangida demais para dizer que não entendera, apenas assentiu, corando, confusa.

— O rei deseja que seu irmão se case, mas é claro que a escolha deve ser de William. O rei Malcolm encarregou seus mais confiáveis nobres da tarefa de encontrar donzelas adequadas. O esmoler de Rowanwald falou muito bem de você quando lhe contamos isso, e estamos vendo que ele não se enganou. Talvez você não seja a única a ser considerada. O que me diz disso?

Jenny respirou fundo.

— *Lady* Bethoc, na noite em que a senhora veio a nós, eu sonhei que era apresentada ao rei — disse Jenny. Não mencionou Tam Lin. Aquela parte da história era secreta e confusa demais.

Lady Bethoc riu.

— Se você fosse escocesa, eu diria que é sensitiva.

Jenny endireitou os ombros.

— Mas eu sou escocesa. O povo de minha mãe sempre viveu aqui.

— Perdoe-me, querida. Achamos difícil pensar em alguém que viva ao sul do mar do Norte como escocesa. Aos olhos do meu povo, nem mesmo Edimburgo é propriamente escocês. — Jenny sabia que não adiantava discutir. *Lady* Bethoc continuou: — A mãe de William é normanda, como o povo de seu pai. Ele recebeu o nome da família da mãe, de Warenne, e é em tudo um cavaleiro normando, com as virtudes e os pecados que você deve conhecer bem.

Jenny pensou em um marido com as características de seu pai e meneou a cabeça, sem conseguir imaginar.

— Então, você não está disposta a domar o nosso jovem leão? — perguntou o *thane* Ethenan, voltando.

Jenny sorriu.

— Não é isso. — Ela se lembrou de mais um detalhe do sonho, da forma como se sentira nos braços de Tam Lin, e ergueu o queixo. — O conde William também precisaria me agradar.

O *thane* Ethenan bateu palmas.

— Chamam-no de Rufus,[1] por seus cabelos cor de cobre, e na nossa língua ele é chamado de *garbh*, que significa vigoroso. Mas ele é mais que a sua aparência, Jeanette.

---

1   Do latim *rufus* = ruivo; rufo em português. (N. do E.)

O nosso rei sempre teve uma saúde delicada. Se Deus não quiser, ele talvez não viva muito. O conde William é o herdeiro do rei. Nós não procuramos apenas uma esposa para um conde poderoso. Podemos estar em busca da rainha da Escócia.

Capítulo 8

Quando, no dia seguinte, Jenny acenou em despedida ao *thane* Ethenan e a *lady* Bethoc, nos portões do castelo, sentiu-se como se estivesse se separando de amigos. O pai ficou ao lado dela, radiante. Ele não havia parado de sorrir desde que o *thane* lhe contara as novidades da volta da Abadia de Broomfield. Naquela noite, durante o jantar, a descrição que o *thane* Ethenan fizera do conde William havia sido altamente elogiosa.

— A flor da virilidade escocesa — dissera ele. — Hábil nas batalhas, afável nos modos.

O pai de Jenny quisera arranjar um encontro imediatamente, mas *lady* Bethoc o acalmara.

— Tudo na sua hora — dissera ela. — A Casa Real está muito ocupada com o casamento de *lady* Adeline.

Na hora da despedida, ela havia sussurrado no ouvido de Jenny:

— Eu darei um jeito de estar presente na ocasião em que você conhecer o jovem conde. Quando as coisas estiverem acertadas, o nosso escriturário escreverá ao Irmão Bertrand.

— Jenny ficara grata a *lady* Bethoc. Uma vez na vida, teria uma acompanhante adequada.

— Você vai se casar com um dos homens mais poderosos da Escócia — disse o pai assim que os portões do castelo se fecharam. — O que me diz disso, pequena?

Jenny sorriu.

— Seria maravilhoso, papai. — A idéia de casar-se com o irmão do próprio rei lhe agradava.

O visconde Avenel começou a viajar para Rowanwald com regularidade a fim de discutir o futuro de Jenny com o Irmão Bertrand e o abade. Antecipando o encontro, a generosidade do pai parecia ilimitada. Os comerciantes de Rowanwald passaram a conhecê-lo bem e começaram a vir a Langknowes com suas mais finas peças. Jenny não ficou inteiramente surpresa quando a peça de seda vermelha chegou.

— Ah, Jenny, sinta só — dissera Isabel, passando as mãos pelo tecido. Não havia inveja em sua voz. A irmã estava aceitando a boa sorte de Jenny com a graça habitual.

Galiene estendeu a peça de tecido sobre o ombro de Jenny. Mas o toque da seda trouxe de volta o sonho de Jenny de maneira vívida, e, com ele, todas as dúvidas que vinha tentando esconder de si mesma.

— Se o conde William não me agradar, como eu poderei recusá-lo? — As palavras saíram sem aviso.

Isabel olhou-a, alarmada.

— Vamos, vamos — disse Galiene, passando o braço em torno de Jenny —, muitas futuras noivas ficam com um frio na barriga antes de conhecer seu prometido. Vai dar tudo certo. Espere e verá, minha querida.

Todos falavam como se o noivado já estivesse decidido. Jenny sentia-se encurralada. Será que a esposa de um conde teria permissão para cavalgar sozinha pela floresta? E a rainha da Escócia, se ela chegasse a tanto? De repente, as paredes do pavilhão pareceram oprimi-la.

— Eu preciso de tempo para pensar — disse ela, afastando o tecido vermelho. — Irei dar um passeio com La Rose. — Ninguém tentou detê-la. Foi mais uma coisa em que Jenny reparou. Todos já a tratavam como se ela estivesse acima deles.

Pelo menos, La Rose não estava mais presa no estábulo escuro. Os cavalos haviam sido levados para pastar devido ao clima ameno. Quando Jenny assobiou, a égua se aproximou sacudindo a cabeça de prazer. Jenny levou-a ao estábulo e montou-a antes que qualquer pessoa tivesse tempo de fazer objeções.

Àquela altura, o trigo já crescia alto nos campos e a aveia e a cevada começavam a ficar douradas. O verão estava passando, aparentemente sem ela. Será que sempre se sentiria tão presa e confinada se fosse esposa de um conde? Jenny cutucou La Rose com os calcanhares, estimulando-a a galopar. De repente, sua ânsia pela floresta se tornara insuportável. Como havia agüentado viver sem aquilo por tantas semanas? As copas das árvores estavam cheias e verdes e o sol penetrava, lançando raios dourados pelas raras aberturas. Sem parar para pensar, Jenny virou La Rose na direção de Carter Hall, onde sempre se imaginara vivendo com um marido.

Àquela altura, os jardins de Carter Hall estavam crescidos e as flores plantadas continuavam brotando. As campainhas forravam o chão na primavera e havia rosas durante todo o verão. As favoritas de Jenny eram as de botão rosaclaro, que se abriam em flores cor de creme. Essas rosas estariam brotando naquela época. Talvez se sentisse melhor se pudesse colher algumas e sentir seu aroma. La Rose cruzou o rio rapidamente por uma passagem larga e rasa e Jenny guiou-a pelas florestas das fadas.

Logo depois de passar o Tweed, Jenny entrou num vale estreito e de bordas íngremes, onde um pequeno riacho chamado Lin Burn desaguava no rio. As colinas rochosas e arborizadas dos dois lados davam ao lugar um ar abrigado e cheio de paz. Jenny brincara ali com Eudo desde que montara pela primeira vez. Com o passar dos anos, a floresta havia reclamado a terra, de forma que, de repente, as construções em ruínas emergiram subitamente da vegetação.

A primeira coisa que Jenny avistou foi um cavalo branco amarrado ao velho poço de pedra. Lembrava-se de que o nome do animal era Snowdrop, o cavalo de Tam Lin. No momento seguinte, ela desceu de La Rose. Como ele ousava tratar o lugar como se lhe pertencesse? Carter Hall pertencia a ela. De súbito, todas as emoções que vinha tentando conter subiram à superfície e Jenny explodiu em lágrimas. Então, lançou-se nas roseiras com fúria, arrancando as flores e deixando que os espinhos a arranhassem até sangrar. Se aquele lugar não era dela, não seria de ninguém.

— É assim que o espírito da floresta cuida do meu jardim? — perguntou um homem atrás dela.

Jenny virou-se, preparada para lutar, mas não havia sinal de raiva na voz dele ou em seus olhos, apenas um divertimento sereno que a deixou com ainda mais raiva.

— Você não tem o direito de estar aqui. Vá para casa! — Ela sabia que estava gritando.

Em resposta, ele ergueu uma sobrancelha.

— Acho que algo a aborreceu. Venha e sente-se.

A gentileza dele desarmou-a. De repente, toda a sua raiva havia desaparecido. Jenny sentiu-se pesada e esgotada. Ele colocou as duas mãos nos braços dela e a conduziu delicadamente para um velho banco de pedra.

— Fique aqui — disse ele, e desapareceu.

Jenny sentiu o rosto queimar de vergonha. Não podia acreditar que tivesse se comportado tão mal. Jurou que quando Tam Lin voltasse, agiria de acordo com alguém merecedor de uma casa nobre.

Ele voltou com um pano limpo e úmido, sentou-se ao lado dela, ergueu a manga da túnica de Jenny e começou a limpar o sangue de um dos braços com paciência e gentileza. A água fria ardeu, mas Jenny não tirou o braço. Em vez disso, tentou manter a dignidade.

— O outro braço — disse ele, alguns minutos depois. O pano estava manchado de sangue. Jenny obedeceu, no que imaginou serem os modos da realeza. Ao terminar, ele se levantou.

— Quando eu voltar, talvez possamos conversar.

Ele demorou tanto tempo que Jenny imaginou se deveria ir procurá-lo. Mas, então, ele voltou, carregando um cálice de chifre e outro pedaço de pano limpo e úmido.

— Beba isto — disse. A água fresca acalmou a garganta de Jenny. — Agora, fique quieta. — Ele tomou-lhe o queixo entre as mãos e enxugou-lhe o rosto. Jenny ficou surpresa ao perceber como estava suja. — Você fica toda manchada quando chora, sabia? — comentou ele. Então, sentou-se novamente e estudou-a, como se inspecionasse o seu trabalho. — Você é mesmo a mais estranha das criaturas.

As palavras doeram tanto quanto os espinhos das rosas.

— Você é a pessoa certa para falar — disse Jenny. — Sabe o que o povo diz a seu respeito? — Imediatamente, ela se arrependeu das suas palavras.

O rosto dele ficou petrificado.

— Isso eu sei. Duvido que você seja capaz de me contar alguma novidade.

Houve um longo silêncio e Jenny baixou os olhos para o colo.

— Desculpe — disse finalmente, bem baixinho. — Eu ando meio tola hoje — Então, depois de uma pausa: — Obrigada pela sua gentileza.

Quando ela ergueu os olhos novamente, ele estava sorrindo.

— Todos agem tolamente de tempos em tempos. Você pode me contar qual é o problema?

— Talvez eu tenha de me casar com um homem em quem nunca pus os olhos.

— Não há nada de estranho nisso para uma moça da sua posição, há?

— Creio que não, mas ele é um nobre poderoso, sabe? E talvez eu não seja a única moça.

— Ele seria um tolo se optasse por outra que não você — disse ele.

Jenny olhou-o, surpresa. Como ele podia provocá-la quando estava tão aborrecida?

— Pare com os seus galanteios normandos bobos. E se eu decepcionar a todos? Principalmente meu pai?

Ele recuou como se ela o tivesse esbofeteado.

— Eu não tencionava constrangê-la. Você também é meio arisca, sabe? — Se aquela honestidade foi uma tentativa de fazê-la sentir-se melhor, não deu certo. Ele deve ter percebido, porque prosseguiu depressa: — Talvez eu possa ajudar. Será que esse nobre poderoso é alguém que eu conheça?

De repente, Jenny lembrou-se de que ele não era apenas um estranho na floresta, mas o neto do conde de Roxburg.

— Conde William de Warenne. O irmão do rei — revelou ela.

Tam Lin sorriu.

— Nesse caso, ele pode até bancar o tolo e escolher outra. Porque William é um tolo.

Jenny explodiu numa risada.

— Ninguém mais fala dele assim. Dizem que é a "flor da virilidade escocesa".

— Ah, sim. Se derrubar um cavaleiro do cavalo com um bastão faz um homem, o conde William é um. Para mim, os torneios parecem uma besteira. Já Malcolm, o rei Malcolm, daria um bom marido. Gentil, culto, a flor do cavalheirismo. Ele, porém, jurou a si mesmo manter o celibato. Uma noção mais adequada para um monge do que para um rei, mas que parece fazer parte da família. Da família do pai dele, e não da família da mãe. O jovem William puxou mais o povo da mãe. Um normando do começo ao fim.

— É o que dizem — respondeu Jenny.

— Bem, agora eu entendo o seu estado. A idéia de se casar com William deixaria qualquer jovem fora de si. — Antes que Jenny pudesse protestar, ele continuou: — Mas por que disse que este lugar é seu? Você sabe que eu nasci aqui.

Jenny assentiu.

— Sim, mas você deve saber que agora meu pai é dono das terras. Ele deu Carter Hall a mim, para ser o meu dote.

— Carter Hall é tudo o que você possui?

Jenny assentiu e Tam Lin sorriu.

— Bem, isso aumenta sensivelmente o seu apelo.

— Por que você diz isso?

— O conde William tem dívidas e não possui nenhum condado para apoiá-lo. Ele recebeu Northumberland quando seu pai morreu, mas o rei da Inglaterra o exigiu, juntamente com outras terras, depois que Malcolm foi coroado. As terras da fronteira estão sempre em disputa. Cedendo, Malcolm provavelmente evitou a guerra. Foi uma atitude prudente, porém William ficou muito amargurado. Nosso jovem conde deve estar procurando uma donzela com dote. Grave as minhas palavras.

Jenny baixou os olhos.

— Meu pai vai ficar muito decepcionado — disse ela, depois de um longo silêncio.

Quando ergueu os olhos, Tam Lin encarou-a.

— E quanto a você? A idéia de ser futura rainha não chega a incomodá-la, não é mesmo? — Ele parecia olhar diretamente na alma de Jenny.

Ela não tinha como mentir.

— Acho difícil saber o que sinto. Talvez eu goste da idéia de ser esposa de um nobre importante. Se pudesse conhecer o conde William, eu me sentiria mais segura. Mas o encontro está a semanas e semanas de distância. — Uma lágrima escorreu pela sua face.

— Ora, ora, eu acabei de limpá-la agora mesmo. As suas lágrimas vão estragar o meu trabalho. — Ele suspirou. — A esposa de um homem poderoso é mais um enfeite que qualquer outra coisa, moça, como o falcão no punho dele. Você parece geniosa demais para contentar-se com um papel desses.

Jenny sabia que "geniosa" era uma palavra bastante gentil para a forma como ela havia se comportado naquele dia, mas aceitou em silêncio a gentileza dele.

— Talvez. Eu me sinto como se estivesse sendo empurrada em todas as direções ao mesmo tempo, até não ter a menor idéia do que quero.

Tam Lin passou o braço em torno dela. Se qualquer outro homem tivesse feito tal coisa, Jenny teria se desvencilhado, porém aquela atitude era tão natural, tão gentil que não havia como se ofender. Em vez disso, ela se inclinou no ombro dele. Como no sonho, sentiu que o seu lugar era ali.

Depois de um longo momento, Jenny perguntou:

— Por que você vive aqui sozinho?

Ela sentiu o ombro de Tam Lin enrijecer, como se a pergunta o chocasse. Então, ele relaxou e suspirou.

— Acho que posso lhe contar uma parte. Eu estou com problemas e preciso pensar. Este lugar é tão tranqüilo... Isso parece me ajudar.

Jenny assentiu contra o ombro dele.

— Este lugar é tranqüilo. Mais que qualquer outro que eu conheça. — Ela imaginou que tipo de problema Tam Lin poderia estar enfrentando, e então lembrou-se do que ele havia dito sobre o conde William. — Você também está endividado?

Tam Lin riu.

— Pode-se dizer que sim. Afinal, há muitos tipos de dívidas.

Será que ele poderia estar falando nas fadas? Jenny achou impossível perguntar. Tam Lin parecia muito equilibrado e ela já havia bancado a tola o suficiente por um dia. De repente, deu-se conta de que estava sentada sozinha na floresta, com a cabeça no ombro de um estranho. Aquilo não era possível. Ela obrigou-se a se levantar.

— Eu preciso ir.

Foi a vez de ele baixar os olhos.

— Eu compreendo — disse Tam Lin, mas Jenny achou ter ouvido tristeza em sua voz. Devia ser terrivelmente solitário ali. Ela tentou imaginar algo para confortá-lo como ele a confortara.

— Se eu tivesse dinheiro, Tam Lin, daria a você.

Ele sorriu, levantou-se e ficou ao lado dela.

— Obrigado, Jeanette Avenel. Mas, o que eu preciso lhe custaria mais que ouro. Agora, vá e tente decidir onde está o seu coração.

Jenny sorriu.

— Obrigada pela sua gentileza. Eu me sinto melhor.

— É claro que se sente. Eu tenho talento para cura. Assobie para a sua égua. Gosto de ver como ela vem até você.

Assim Jenny fez. Quando tomou o caminho da trilha, virou-se para acenar, mas Tam Lin já havia desaparecido.

Enquanto cavalgava para casa, os arranhões em seus braços desapareceram como a água borrifada numa pedra sob o sol. Ele tinha mesmo talento para cura, pensou ela.

Capítulo 9

— Aulas de canto! Mas, papai, o senhor mesmo disse que eu tenho a voz de um corvo!

Atrás do pai dela, Jenny viu Cospatric tentando disfarçar um sorriso.

— Se você pensa que é modéstia de donzela, Cospatric, logo terá a chance de reconsiderar. Galiene diz que a minha voz é um pesadelo.

— Uma dama na sua posição deve conhecer as músicas normandas antigas — disse o pai.

— Eu sei as canções de cor, papai. Só que, para cantálas, precisaria ter voz.

A expressão do visconde escureceu.

— O conde William vai ficar satisfeito em ouvi-las.

— Como o senhor conhece tão bem os desejos do conde William se nunca pôs os olhos nele? — perguntou Jenny.

Isabel colocou-se entre eles.

— Eu ajudarei Cospatric com as aulas, papai. Apesar da voz, ela poderá aprender.

— Muito bem. Meus caçadores avistaram sinais de um javali na floresta. Estaremos fora o dia todo. Vocês podem trabalhar aqui no salão.

Quando ele saiu, Isabel disse:

— Jenny, não provoque tanto nosso pai. Ele só quer que você conquiste a simpatia do conde William. Além disso — acrescentou ela —, só assim faremos uma pausa na costura.

Durante a última semana, Galiene havia mantido Jenny, Isabel e uma jovem criada chamada Hilde quase o tempo todo trabalhando no vestido de seda vermelha.

— Vai ser um prazer descansar os meus olhos, mas você sabe que eu não tenho ouvido para música. Por tudo o que sabemos, pode ser que o conde William deteste música.

— Nesse caso, ele seria um cavaleiro realmente estranho — disse Cospatric. — Mesmo aqueles que não têm o menor ouvido para música, fingem que têm. *Milady* pode fazer o mesmo. — Ele virou-se para Isabel: — A senhorita conhece músicas normandas. Como poderemos ensiná-las à sua irmã?

— Nas rondas e nas danças de salão, há sempre dois cantores — respondeu Isabel. — Um repete cada frase depois do outro, para que o ritmo seja constante. Poderíamos começar com essas. Se Jenny aprender a cantar para as danças, isso talvez satisfaça nosso pai. Algumas das melodias são monótonas. Isso talvez ajude.

Jenny fez uma careta.

— Então, estou prestes a ser instruída em monotonia. Sem dúvida, isso vai conquistar o coração do conde William. — Isabel parecia estar prestes a gritar. — Ah, Isabel, desculpe — disse Jenny no mesmo instante. — Eu devia ser melhor. — Ela sabia que, no lugar de Isabel, outra irmã qualquer não seria tão gentil.

Isabel deu um sorriso cansado.

— Ficarei satisfeita quando marcarem a data do seu encontro com o conde William, Jenny. Você e nosso pai ficam mais rabugentos a cada dia que passa.

— Talvez a senhorita pudesse cantar uma música para sua irmã, *milady* — disse Cospatric —, para mostrar a ela como elas devem soar.

Então, Isabel cantou uma ronda.

— Agora, podemos tentar juntas — disse ela, quando terminou.

Mesmo ciente das próprias limitações, Jenny ficou impressionada ao ver como a sua voz podia desafinar tanto em apenas uma frase da canção. Isabel entrava no final de cada frase para guiá-la, mas, pela expressão no rosto de Cospatric, Jenny percebeu que não estava indo bem. Depois de alguns versos, ele as interrompeu.

— Talvez fosse melhor se a senhorita cantasse com a sua irmã, *milady*, em uníssono.

Jenny sentiu vontade de gritar, porém tentou. Apoiada pela voz suave e clara de Isabel, ela terminou a música inteira sem se perder.

— Muito bem — elogiou Cospatric, quando terminaram.

— Agora, vamos tentar do jeito certo — disse Jenny.

— Ainda não. E, por favor, não faça caretas. — O harpista surpreendeu Jenny com rigor repentino. — Cantaremos as músicas até elas ficarem perfeitas, e então cantaremos de novo. É assim que se aprende música.

Atrás dele, Isabel assentiu. Compreendia-o perfeitamente.

Então, todas as tardes, por algumas horas, Jenny fazia como eles queriam. Certo dia, Jenny avistou Alric, o menino manco, se esgueirar para dentro do salão. Ele se manteve nas sombras, escutando com atenção. Jenny desejou poder partilhar o interesse dele.

— Tudo em música é monótono — ela disse um dia. — Mesmo as músicas mais interessantes precisam ser cantadas à exaustão.

Isabel sorriu.

— Mas você está aprendendo. Agora, já consegue cantar.

— Sim, porém a minha voz nunca será como a sua, Isabel. Justiça seja feita.

Isabel sentou-se no banco ao lado de Cospatric e sorriu. Também estava ensinando a ele as canções normandas, as baladas longas e complexas que Jenny nunca dominaria. O harpista aprendia as melodias facilmente, mas tinha uma certa dificuldade com as letras. Jenny e Isabel riam ao ouvir seu francês desajeitado, e Cospatric ria com elas, posto que não era um homem orgulhoso. Jenny ficava maravilhada com a paciência e a habilidade dele. No fim da aula, Isabel sempre cantava uma música só por prazer. Sua linda voz lembrava a Jenny o vôo livre de um pássaro gracioso. Cospatric e Isabel cantavam lindamente juntos.

As aulas de música proporcionavam apenas uma breve folga da costura. A confecção do vestido de seda vermelha parecia demorar para sempre. Mas, três semanas depois, quando chegou o mensageiro de Rowanwald, estava quase pronto. Jenny ergueu a vista para o menino que entrou no pavilhão. Seus olhos ardiam e ela massageou a ponta dos dedos com o polegar. Já havia quebrado três agulhas de osso.

— E então, rapaz? — disse Galiene. — Por mais que estejamos ansiosas para ouvir as suas palavras, precisamos esperar pelo visconde Avenel. — Antes que ela terminasse de falar, o pai de Jenny chegou, com o rosto vermelho e sem fôlego.

— Diga logo, menino — ordenou ele. Mas as palavras do mensageiro foram para Jenny.

— O Irmão Bertrand manda seus cumprimentos e notícias de *lady* Bethoc mac Askil, *milady* — começou o rapaz. — Que as bênçãos de Deus estejam com os senhores. É pedido que *lady* Jeanette Avenel viaje para a propriedade do conde Robert de Burneville, em Lilliesleaf, daqui a uma semana, para conhecer o conde William de Warenne. *Lady* mac Askil acaba de ter um filho e não poderá viajar. Ela implora que a senhorita a perdoe.

O pavilhão explodiu em vivas e risos, como se Jenny tivesse ganho um prêmio. Ela tentou sorrir, mas as notícias sobre a ausência de *lady* Bethoc deixaram-na alarmada. Sempre que Jenny se imaginara com o conde William, havia sido sob os olhos atentos de *lady* Bethoc.

— Quem irá comigo a Lilliesleaf? — perguntou ela, quando a comoção diminuiu.

— Bem, eu irei — respondeu o pai. — Será bom rever meu velho amigo *sir* Robert. E também posso arranjar para que o conde William também conheça Eudo. Podemos fazer planos esta noite. Neste momento, o moleiro está aqui para discutir o estado das pedras do moinho. Eu preciso ir falar com ele. — Então, ele se lembrou: — Ah, Jeanette, Ranulf disse que há dois filhotes no ninho que você localizou no topo do penhasco. Um deles parece ser um falcão. Talvez, neste outono, você tenha um falcão-peregrino para o conde William.

— Vamos voltar ao trabalho. Precisamos terminar o vestido — disse Galiene, batendo no ombro de Jenny. — Você sabe que eu não posso viajar, menina, mas os ossos de Hilde são suficientemente jovens para fazer o trajeto. Ela a acompanhará.

Jenny tentou desfrutar a conversa excitada em torno dela, porém ansiava por falar a sós com Isabel. A menos que agisse, Galiene as manteria o dia todo no pavilhão.

— Galiene — disse ela. — O dia está bom. Isabel e eu nos sentaremos lá fora, onde a luz está boa, e terminaremos estas mangas.

Galiene fez uma expressão de quem ia protestar, mas então parou.

— Como quiser, *milady* — disse. — Mas, por favor, deixe o tecido na sombra para não desbotar.

Jenny ficou satisfeita por fazer as coisas ao seu modo, embora estivesse desanimada.

— *Milady?!* Quando Galiene me chamou de outra coisa que não Jenny? — disse ela, assim que saíram de perto da criada. — Podemos costurar na sombra da capela. Ah, Isabel, eu quero que você vá comigo.

Isabel não disse nada até se acomodarem na grama. Então, manteve os olhos fixos no trabalho.

— Eu adoraria ver Eudo, mas todos em Lilliesleaf devem saber da minha desgraça, Jenny. Eu só prejudicaria as suas chances com o conde William.

Jenny suspirou.

— Isabel, você está enfrentando isso tudo com tanto otimismo... Eu não consigo me imaginar agindo tão bem se estivesse no seu lugar.

Isabel sorriu.

— Acho que a sua boa sorte me fez pensar, finalmente.

— E você está pronta para se confessar?

Isabel ficou com os olhos marejados de lágrimas.

— Jenny, se eu confessar, serei mandada para Coldstream. Quanto mais o Irmão Turgis me fala sobre a vida lá, mais eu temo. Os cistercienses acham que o banho é um prazer grande demais para o corpo. Eles só lavam as mãos e o rosto. Que vida dura será!

— Deve haver algum meio de sair disso.

Isabel meneou a cabeça.

— Papai não vai me manter aqui para sempre. Precisaria haver um homem que me aceitasse como esposa do jeito que sou. Ninguém aceitará. — Seus ombros caíram. — Sobretudo agora que... — Ela parou abruptamente.

— Agora que o quê? Por favor, vamos acabar com os segredos entre nós, Isabel — pediu Jenny.

— Papai soube pelo Irmão Bertrand que o conde William não considerará uma donzela sem dote. E ele passou a maior parte do meu dote para você.

Então, Tam Lin havia dito a verdade.

— Mas, Isabel, a Igreja permitirá isso?

Isabel assentiu.

— O rei é um grande amigo da Igreja e ele quer que o conde William se case. Assim, o abade de Rowanwald pediu permissão para o nosso pai, e ela foi concedida. Eu só sei porque o Irmão Turgis me contou para me ajudar a ver a bondade da Igreja. Ele disse que é uma grande bondade me aceitarem sem um dote, apesar de isso comprometer o meu posto no priorado.

Jenny sabia que a posição de todos nas ordens religiosas era determinada pela classe social e a riqueza, da mesma forma que no resto do mundo.

— Então, você será pouco mais que uma criada. Ah, Isabel, eu a deixei sem esperança.

— Jenny, a esperança me deixou no dia em que eu voltei para cá sozinha. Até então, imaginava que o que havia feito pudesse ser compreendido, mas quando contei a minha história a papai, eu sabia que estaria desgraçada para sempre aos olhos dos homens.

— Não, Isabel, não aos olhos de todos. Você sabia que há gente do povo que a vê como uma heroína?

— Como pode ser? Como você saberia de uma coisa dessas?

— Cospatric me contou. Ele veio para cá porque ouviu as histórias. O povo tem até músicas sobre você.

Jenny percebeu a irmã lutando para absorver aquilo.

— Mas ninguém vai me perdoar pelo que fiz. Você vê como papai me trata, como o Irmão Bertrand me tratou.

— Sim, Isabel, entre os nobres, você está desgraçada. Mas por quê? Aprendemos que uma mulher deve sempre se curvar ante um homem da sua classe ou de classe superior, mesmo que ele lhe deseje mal. Porém aqueles que precisam se curvar sempre a vêem com outros olhos. Para eles, você agiu com honra, Isabel. Você deve acreditar nessas pessoas.

Isabel pegou a costura, e Jenny não disse mais nada, dando à irmã tempo para pensar.

Depois de um longo silêncio, Isabel disse:

— O harpista é um bom homem, Jenny, não é?

— Sim, Isabel, eu creio que sim.

Isabel sorriu ligeiramente.

— Eu nunca soube que ele havia vindo até aqui por minha causa. Você acha que ele se importa com a riqueza?

— Acho que nem um pouco.

Nada mais foi dito, mas naquela tarde, durante a lição de canto, Jenny olhou para Cospatric com outros olhos. Ele era mais velho que Isabel, porém ninguém achava que isso fosse um demérito em um homem. Tinha uma aparência bastante agradável, olhos castanhos, gentis e um rosto vincado pelas risadas. Seus cabelos escuros e cacheados e sua barba possuíam apenas um toque de cinza. Cospatric era um professor paciente e gentil, sério e habilidoso com sua música, mas não excessivamente vaidoso. Em outras circunstâncias, sua posição social o teria desabilitado como provável marido para Isabel. Mas, agora, pensou Jenny, com as coisas que haviam acontecido com Isabel, nada parecia impossível.

E quanto a Cospatric? Como ele se sentia com relação a Isabel? À medida que as aulas de canto prosseguiam, Jenny procurou algum sinal. Ele continuava gentil e educado como sempre, porém não havia nada além disso. Seus sentimentos estavam escondidos sob uma pesada capa de deferência. Ela suspirou. Cospatric se comportaria exatamente da mesma forma se amasse Isabel ou se a detestasse. Era parte do papel dele.

Naquela noite, enquanto penteava os cabelos antes de dormir, Jenny pensou em seu novo dote — um dote de verdade, porque a maior parte da riqueza do pai que não estava presa às terras havia sido usada no pagamento da taxa de casamento de Isabel ao longo dos anos. Se as coisas não tivessem mudado tanto, nada teria convencido Jenny a aceitar o que era de Isabel por direito, como filha mais velha. Mas se os pensamentos de Jenny sobre Cospatric não estivessem totalmente enganados, a perda do dote poderia ajudar a libertar Isabel de uma vida nas ordens religiosas. A Igreja não lutaria para receber uma moça sem fortuna.

E de que forma aquele dote serviria a Jenny? Certamente ajudaria a torná-la mais atraente para o conde William. Sim, pensou Jenny, porém que moça deseja ser amada apenas por sua riqueza? Ela imaginou o que Tam Lin diria se soubesse que agora ela era uma moça com dote. *"Ele" não me amaria pela minha riqueza*. O pensamento surpreendeu-a tanto que ela deixou cair o pente. *Na verdade, eu não sei nada sobre ele*, pensou, enquanto procurava o pente. Repassou o último encontro com Tam Lin na memória. O que mesmo ele havia dito? "O que eu preciso lhe custaria mais que ouro." O que será que Tam Lin quisera dizer, falando em enigmas daquele jeito? Talvez ele fosse louco, como todos diziam. Jenny não voltara mais a Carter Hall desde o encontro. *E não voltarei*, pensou naquele momento. *Nunca mais.* Aquilo só era aceitável para uma moça descompromissada.

Quando subiu na cama ao lado de Isabel, Jenny ficou surpresa ao dar-se conta de que agir de modo correto poderia fazê-la sentir-se péssima.

Capítulo 10

O movimento estranho, meio flutuante da liteira a cavalo deixou Jenny levemente enjoada. Sentia-se sufocada e confinada sob o toldo de tecido que a cobria. Desejava pôr a cabeça para fora para tomar ar fresco, perguntar a Hilde o que ela estava vendo, mas o pai ordenara que ficasse escondida à medida que se aproximavam de Lilliesleaf.

Jenny ficara chocada quando o pai a proibira de levar La Rose.

— Você deve parecer gentil e feminina no momento em que o conde William a vir pela primeira vez — dissera ele.

— Mas, papai, só os velhos e os doentes viajam de liteira... — começara ela, mas o pai a interrompera.

— Não se discute. — Aquilo era novidade. Enquanto a maioria das pessoas da casa havia se tornado mais cerimoniosa com Jenny no decorrer das últimas semanas, o pai ficara arbitrário e mandão. Porém a idéia de ir até Lilliesleaf em uma liteira puxada por cavalos era mais do que Jenny podia suportar.

— Por que está me dando ordens, papai? — perguntara ela. — O senhor nunca me tratou assim antes.

Ao encará-lo, a dureza nos olhos dele também era novidade.

— Você acha que os grandes homens deixam as suas esposas fazerem o que quiserem? Se você se tornar esposa de um conde, precisa aprender a fazer o que lhe for mandado. Eu fracassei solenemente com você nesse aspecto, e agora precisamos corrigir isso. — Era inútil discutir.

Jenny quase gritara ao ver a desajeitada liteira. Os cavalos que a sustentavam, um na frente e um atrás, estavam quase mancos devido ao peso. A viagem a Lilliesleaf levaria a vida toda.

Nesse momento, novos barulhos penetraram pela cobertura pesada — um martelo de ferreiro, gritos de crianças brincando — abafados, mas suficientemente distintos para serem reconhecidos como sons de uma cidade. Lilliesleaf. Jenny esperava que a propriedade de *sir* Robert não fosse longe, mas a viagem se arrastou por muito tempo depois que os ruídos cessaram. Finalmente, Jenny sentiu a liteira parar. Ela esperou. Nada aconteceu. *Será que eu precisarei ficar sentada aqui para sempre?*, pensou. Queria tanto puxar aquela cobertura odiosa para o lado. Deviam estar esperando pelo conde William, considerou. Mas quando a cobertura foi erguida, ela viu o pai.

— Pode descer — disse ele, aparentemente desolado. — O conde William está ocupado. O valete disse que ele irá encontrá-la esta noite, no jantar.

Jenny apenas assentiu e ergueu o queixo para que os criados não percebessem nenhuma reação. Não esperava que o conde William se apaixonasse por ela à primeira vista, mas nunca imaginara que ele a ignoraria. Rapidamente, seu desapontamento e humilhação se transformaram em raiva. Teve de se forçar a sorrir quando uma dama em belos trajes veio na direção deles.

— *Sir* Philippe, *lady* Jeanette, eu lamento que o seu anfitrião não possa ter vindo recebê-los. *Sir* Robert e o conde William estão discutindo questões de grande importância. Sou *lady* Margaret de Burneville... — De repente, ela parou e olhou para além de Jenny. — Mas aqui há alguém que os esperou com muita ansiedade.

Jenny foi surpreendida por um abraço caloroso.

— Eudo! — gritou. O irmão ergueu-a no ar. — Será possível que você esteja ainda mais alto do que no Natal? — perguntou ela, rindo e empurrando-o para olhá-lo melhor, depois que ele a colocou no chão. Eudo era nitidamente irmão de Isabel, moreno como ela, com as mesmas feições delicadas e, no caso dele, sem sombras de tristeza.

— E você, pequena, acho que está menor do que nunca — provocou-a. Então, virou-se para abraçar o pai.

— Veja que jóia é minha irmã, *lady* Margaret — disse Eudo, quando os cumprimentos terminaram. — O conde William tem grandes chances de se apaixonar por ela, não?

Jenny sorriu e corou.

Lady Margaret sorriu, claramente aprovando Eudo, mas não disse nada. Seu silêncio deixou Jenny desconcertada.

A propriedade de *sir* Robert era de longe mais elegante que a do visconde Avenel. Uma fortaleza de pedras erguia-se, orgulhosa e sozinha, distante dos outros edifícios.

— *Sir* Robert deve ter emprestado os pedreiros das abadias — disse o visconde.

— Nós não pensaríamos em reduzir o ritmo do trabalho nas abadias. Os pedreiros de *sir* Robert vieram da Inglaterra — explicou *lady* Margaret com um sorriso, mas seu tom era de reprovação.

— A fortaleza é resistente, papai — disse Eudo, rapidamente. — Se alguém ousar atacar *sir* Robert, ela servirá como uma excelente base de defesa. Nenhum inimigo poderá atear fogo em nós ali.

Jenny examinou a fortaleza. A torre alta de pedras não tinha portas nem janelas no nível do chão. Parecia indestrutível.

— Mas que uso vocês fazem dela no dia-a-dia? — perguntou ela.

Eudo olhou-a, surpreso.

— Ora, nenhum. A fortaleza está provisionada com água e comida, de forma que pode ser usada a qualquer momento.

Jenny não disse nada, embora achasse aquilo um terrível desperdício de dinheiro e trabalho. Sabia que se o conde William a tivesse recebido com um sorriso, se *lady* Margaret não tivesse feito a família dela parecer um bando de caipiras do campo, talvez ela achasse a torre de pedra uma maravilha. Ir até ali havia sido um erro, pensou.

Pelo menos, Eudo estava extasiado por encontrá-los e falou animadamente enquanto comiam um almoço frio, sob o olhar distante de *lady* Margaret. Não fosse por eles, estariam sozinhos por terem chegado tão tarde. Jenny lamentou o fato, porque estava claro que *lady* Margaret não tinha a menor intenção de se tornar sua amiga.

Quando terminaram de comer, Eudo ofereceu-se para mostrar-lhes as terras de *sir* Robert.

— Se acharmos um cavalo para minha irmã... — disse ele, olhando para *lady* Margaret em busca de permissão.

— Há alguns pôneis no pasto que as crianças usam — declarou ela.

Era uma esnobação tão deliberada que Jenny não conseguiu agüentai-la em silêncio.

— Pois eu pensei, *lady* Margaret, que uma propriedade deste tamanho tivesse um cavalo apropriado para uma moça.

A expressão de choque no rosto de *lady* Margaret disse a Jenny que havia atingido seu objetivo. *Ela, provavelmente, achava que eu era inofensiva como um coelho*, pensou Jenny. Mas a mulher mais velha recompôs-se rapidamente.

— Muito bem, Eudo. Ela pode ficar com Le Vent. — E, após dizer isso, ela saiu sem nem mais uma palavra.

— Jenny, você não tem nada a ganhar fazendo inimizade com *lady* Margaret — sussurrou Eudo quando se aproximaram dos estábulos. — Onde estão seus bons modos? — O pai não falou nada, mas Jenny pôde sentir a raiva emanando dele, palpável como o calor.

— Vamos conversar enquanto cavalgamos — disse ela. Da mesma forma que o pai, não queria ser ouvida pelos criados.

Le Vent provou ser uma montaria grande e desobediente. Jenny mal alcançava seu pescoço, e Eudo teve de ajudá-la a montar. Ela se sentiu ridícula em cima de um animal tão alto, porém não teve medo, como com certeza *lady* Margaret julgara.

O nome em francês, Le Vent, significava O Vento.

— Muito bem — disse Jenny. — Cavalguemos como o vento. — Ela enfiou os calcanhares no animal com muito mais força do que jamais usara para La Rose. Le Vent disparou para o pátio do estábulo, onde Jenny quase atropelou um grupo de homens que parecia ter saído do nada. Viu-os por apenas um instante, mas foi fácil adivinhar quem era o conde William, uma vez que todos os outros se encontravam em volta dele. Jenny observou-o correr para a segurança quando ela passou voando. Talvez até fosse bonito, se não estivesse com o rosto tão vermelho de raiva. Ele gritou algo que Jenny não conseguiu ouvir, porém imaginou o que poderia ter sido. *Ótimo*, pensou. *A minha primeira impressão de você também não foi boa.* Jenny cavalgou a pleno galope através dos amplos portões da propriedade, deixando o pai e Eudo para trás.

Foi um alívio tão grande estar novamente ao ar livre que Jenny não fez nenhum esforço para reduzir a velocidade de Le Vent, cujo nome lhe fazia justiça. Os criados que trabalhavam nas plantações pararam para observá-los passar.

Jenny agarrou-se ao pescoço de Le Vent e abaixou-se na sela, saboreando o vento que fazia seus cabelos voarem como uma bandeira. O cavalo era grande demais, mas parecia partilhar o seu amor que Jenny sentia pela liberdade, e ela achou surpreendentemente fácil dominá-lo.

Só quando, por fim, reduziu o passo, Jenny se lembrou do pai e de Eudo. Olhou para trás e os viu se aproximando. Mesmo antes de ver a expressão no rosto do pai, Jenny soube que estava em apuros.

— O que pensa que estava fazendo? — perguntou o pai.

— Você poderia ter matado o conde William. Nós tivemos de parar para nos desculpar.

— Alguns momentos antes, não havia ninguém no pátio do estábulo — disse Jenny. — Como eu poderia saber que ia estar cheio de homens? — Então, ela parou e respirou fundo. Não estava entre amigos ali. Não adiantaria nada brigar também com o pai. — Na verdade, papai, eu fiz o cavalo andar mais rápido do que esperava. Eu mesma pedirei desculpas quando encontrar o conde William. — O pai pareceu abrandado. — Mas por que *lady* Margaret é tão fria comigo, Eudo? — perguntou Jenny, virando-se para o irmão.

Eudo deu de ombros.

— Ela agiu da mesma forma com todas as jovens que vieram a esta propriedade desde que eu estou aqui — respondeu ele, e então sorriu. — Você deveria ficar envaidecida, Jenny. Dizem que quanto mais bela é a moça, mais fria é *lady* Margaret. Parece que ela a achou uma beleza. — Ele riu, assim como o pai.

Jenny tentou sorrir, mas seu coração ansiava pela presença de *lady* Bethoc. Como as coisas seriam diferentes se ela estivesse ali para suavizar o caminho.

— Olhe em volta — disse Eudo. — Todas estas terras pertencem a *sir* Robert — A paisagem se estendia diante deles como um cobertor, as áreas cultivadas ordenadamente dispostas uma ao lado da outra, ligadas por pequenas valas que dividiam as plantações, expondo o solo rico.

— *Sir* Robert é um homem rico? — indagou Jenny.

— Sim — respondeu o pai. — Nós crescemos juntos, na cavalaria do conde Henry. — Ele suspirou. — Na época, nem *sir* Robert nem eu tínhamos terras. Quem poderia imaginar que ele nos trataria a todos de maneira tão diferente? O conde Henry está morto, *sir* Robert é um homem poderoso e a minha filha pode se casar com o filho do conde Henry.

Jenny corou.

— Isso parece improvável, papai.

— Você ainda terá a sua chance com o conde William, Jenny — disse Eudo. — Hoje, no banquete, você se sentará com ele e dividirá o seu prato. Provavelmente, *lady* Margaret lhe disse isso.

Jenny sentiu o coração bater mais rápido do que Le Vent conseguia galopar.

— Mas nós nunca partilhamos pratos em casa, Eudo. Você sabe que não somos tão requintados. Como eu saberei o que fazer?

— Eu tive de aprender quando vim para cá, Jenny, e você também terá. A pessoa de menor posição ajuda a de maior. Você deve partir o pão, passar a caneca e escolher e cortar a melhor parte para que o conde William coma sem esforço.

Jenny gemeu.

— Eu perdi esse tempo todo em aulas de canto, quando deveria ter aprendido modos à mesa. Corro o risco de cometer erros, Eudo.

— Não se incomode. Enquanto cavalgamos de volta, eu lhe direi tudo o que puder. Se você tiver um belo vestido e uma criada para pentear o seu cabelo, o conde William vai reparar pouco na comida do prato.

De repente, o vestido de seda vermelha pareceu justificar todo o trabalho que dera para ser confeccionado.

Quando a cavalgada terminou, Jenny estava com a mente focada em questões mais importantes: água quente, a localização dos pentes de marfim de morsa que Isabel emprestara, se o vestido de seda vermelha fica muito amassado durante a viagem. Havia feito a Eudo todas as perguntas nas quais conseguira pensar e ainda se sentia despreparada. À medida que a tarde transcorria, ela ia ficando cada vez menos parecida com a amazona de cabelos desalinhados que irrompera pelos portões algumas horas antes e, para seu desânimo, cada vez mais parecida com *lady* Margaret. Falou bruscamente com Hilde quando a jovem e nervosa criada tentou pentear as mechas assanhadas pelo passeio em Le Vent.

— Galiene não me machucaria tanto — gritou Jenny, arrancando o pente da pobre moça. Jenny sabia que estava se comportando mal, mas não conseguiu se desculpar. Quase gritou ao descobrir que uma das fitas das mangas do vestido havia sumido na bagagem, e explodiu em lágrimas quando a encontraram.

Pareceram passar-se horas antes de ouvirem o sinal para o jantar. Quando entraram no salão, o próprio *sir* Robert veio recebê-los.

— Bem-vindo ao meu lar, meu velho amigo — disse ele ao visconde Avenel, segurando-o pelos braços com as duas mãos. Falou alguns momentos com o pai de Jenny antes de pegar o braço dela. — A senhorita é mais radiante que o sol, querida — murmurou ele no ouvido dela, aproximando-se demais. De repente, Jenny entendeu por que *lady* Margaret era tão pouco gentil.

O próprio *sir* Robert encarregou-se de mostrar o lugar a Jenny.

— E aqui — disse ele, com um floreio — está o irmão do nosso rei, conde William de Warenne.

O conde William conversava com um homem do outro lado da mesa e só se virou quando *sir* Robert disse o seu nome. Ele era mesmo bonito, alto, de cabelos loiros avermelhados, de pele alva e com penetrantes olhos azuis. Ao ver Jenny, ergueu uma sobrancelha.

— Será possível que a senhorita seja a jovem amazona que tentou me abater esta tarde? Está muito mudada.

Jenny teria se desculpado, mas ele se virou para o companheiro e continuou a conversa. *Sir* Robert havia se afastado, de forma que Jenny se sentou sem dizer uma palavra.

Depois da oração, Jenny agiu de acordo com as instruções apressadas de Eudo, fazendo contato visual com o mordomo quando a caneca ficava vazia, sem chamar atenção para si, separando e cortando os melhores pedaços de carne e partindo o pão do conde William. A comida estava excelente, mas ela mal a provou. O conde William comeu pausadamente, conversando com os homens à sua volta sobre o comércio da Escócia com a Holanda e como isso poderia ser mudado com o casamento da sua irmã. Ele não voltou a falar com Jenny e ninguém pareceu achar aquilo estranho.

Apesar da indiferença do conde, Jenny descobriu-se no centro das atenções. Para todos os lugares que olhava, sempre havia alguém pronto para lançar-lhe um sorriso ou um aceno, menos *lady* Margaret que, aparentemente, teria tido prazer em envenenar a comida de Jenny se esta não a estivesse partilhando com o irmão do rei. *Ela tem inveja de mim*, pensou Jenny. Apesar de estar fortemente desapontada com a rudeza do conde William, era lisonjeiro receber tanta atenção.

O conde William não se virou para ela até os doces serem servidos. Então, de repente, ele disse:

— Onde a senhorita aprendeu a montar assim?

— Em casa — respondeu Jenny. Queria causar uma boa impressão, porém aquela conversa estava longe de ser brilhante. — Meu irmão, Eudo, me ensinou — acrescentou.

— Ah, sim, *sir* Eudo Avenel. O conde de Burneville fala muito bem dele. Seu pai é um homem próspero?

Era uma pergunta tão ousada que Jenny baixou os olhos.

— Meu pai não é tão rico quanto *sir* Robert — disse, com sinceridade, mas o orgulho impulsionou-a a prosseguir e Jenny ergueu o queixo. — Mas eu tenho um belo dote, milorde.

— Tem mesmo? Bem, isso conta pontos em seu favor. E, aliás, a senhorita nem é feia.

Jenny ficou satisfeita pelo homem do outro lado da mesa, que chamou o conde William, porque o seu rosto estava queimando de vergonha. Aquilo não era cortejar.

Quando a refeição terminou, ela se levantou para escapar para perto do pai e de Eudo.

— Aonde a senhorita vai, *demoiselle?* — quis saber o conde William.

— Eu pensei que preferisse a companhia dos seus amigos, milorde — explicou Jenny.

— Mas a senhorita é a minha companhia para esta noite. — Para surpresa de Jenny, ele pegou-a pela mão enquanto todos saíam. Ela olhou para o pai por sobre o ombro e recebeu um sorriso de encorajamento em resposta. Seu ânimo se elevou ligeiramente. Talvez aquele fosse o modo de um conde fazer a corte.

Uma lua quase cheia havia se elevado e uma brisa soprava, suave. *Sir* Robert tinha ordenado que se fizesse uma fogueira no pátio interno. Alguém tentou sentar o conde William na pesada cadeira que fora arrastada para fora em seu benefício, mas ele a afastou com um gesto.

— Venha se sentar. Assim eu poderei conhecê-la melhor — disse ele a Jenny. Ela se sentou no banco ao lado dele e o conde William pressionou a perna contra a sua com uma intimidade mais que excessiva, porém Jenny sabia que não podia se afastar.

Ainda assim, ele a ignorou, parecendo preferir a diversão. O harpista de *sir* Robert tocou, mas nem de longe tão bem quanto Cospatric, pensou Jenny. Então, ele contou uma história sobre o rei Artur. Quando terminou, o conde William virou-se para Jenny e disse:

— Uma bela história, não foi?

Jenny percebeu que ele não esperava que ela discordasse, de forma que não disse nada. Jenny havia descoberto que se importava muito pouco com as histórias do rei Artur e sua corte. As mulheres eram ou passivas ou demoníacas. Ela preferia as velhas baladas, em que as mulheres freqüentemente salvavam o dia por sua bravura ou virtude. Imaginava o que o conde William acharia da sua opinião. A idéia de discordar dele a fez sorrir para si mesma. O conde William olhou-a nesse exato momento e pensou que Jenny estivesse sorrindo para ele. Então, colocou a mão no joelho dela, de um jeito íntimo. Se ele não tivesse tirado a mão em seguida, Jenny certamente teria se afastado.

— Vamos dançar um pouco. A noite está tão bonita — disse *sir* Robert.

— Minha filha canta as velhas rondas — declarou o pai de Jenny, deixando-a mortificada. — A senhorita canta, *milady?* — Ele dirigiu a pergunta a *lady* Margaret.

Até aquele momento, Jenny acreditara que "baixar os olhos" fosse apenas uma figura de linguagem, mas *lady* Margaret efetivamente baixou os olhos ao responder:

— Mantemos uma criada para esse tipo de coisa. Mande chamar Mary na cozinha.

A moça chegou, enxugando as mãos na saia e com a cabeça baixa, de vergonha. Ela possuía flamejantes cabelos vermelhos e um belo rosto pálido e oval. Jenny não teve opção a não ser ir até a criada. Enquanto escolhiam a música, o resto do grupo iniciou um jogo de adivinhação para se entreter.

Jenny descobriu rapidamente que Mary era profunda conhecedora de músicas antigas. Ela conhecia todas as canções que Jenny havia aprendido e outras mais.

— Você pode fazer a primeira voz? — pediu Jenny.

— A primeira voz para a senhorita, *milady?* — A moça parecia perplexa.

— Sim, Mary, por favor. Minha irmã sempre faz a primeira voz em casa e ela não está aqui esta noite.

A criada deve ter percebido o tom de súplica na voz de Jenny, porque nem discutiu.

Quando as adivinhações terminaram, todos se voltaram para a dança outra vez. Rapidamente, *lady* Margaret arrumou-os em um imenso círculo em volta do fogo.

— Comece com algo simples — pediu Jenny à moça.

Mary começou uma ronda simples. Seu francês era tão estranho que Jenny teve certeza de que ela não fazia a menor idéia do que estava dizendo. Mas aquilo não importava, porque a sua voz era belíssima. Ela ecoou no ar suave da noite como o canto de uma cotovia, deixando Jenny para trás como um pardal de asa quebrada. Os movimentos simples da ronda que acompanhavam a música criaram uma dança sincopada — um-dois-três, *um*, um-dois-três, *um* — que ajudou a esconder a voz de Jenny, mas ela sabia que havia sido ofuscada. Os olhos do conde William brilhavam, porém ele estava olhando para a criada, e não para Jenny.

A dança continuou mais e mais, até Jenny finalmente implorar para ser dispensada. Outro cantor ocupou o seu lugar, porém Mary continuou cantando como se tivesse nascido para aquilo. Jenny foi para o círculo ao lado de Eudo. O conde William não solicitou novamente a sua presença. Sua admiração pela criada era tão evidente que Jenny viu outros homens trocando piscadelas.

Quando a dança terminou, o céu já estava escuro e Jenny finalmente pôde ir se deitar com os outros visitantes, no salão principal. Dormiu quase ao mesmo tempo que fechou os olhos, exausta demais para sentir a decepção que sabia que a estaria esperando pela manhã.

O sol começava a entrar no salão quando as criadas começaram a pôr a mesa com estardalhaço, para que os visitantes soubessem que estava na hora de se levantarem. No caminho para a capela, para assistir à missa com todos os demais, Jenny piscou os olhos sob a luz forte. O lugar de honra destinado ao conde William encontrava-se vazio, e ele também não apareceu para o desjejum.

Assim que pôde, Jenny falou com o pai a sós.

— Papai, vamos embora daqui.

Ele não discutiu.

— Eu direi aos meus homens para se aprontarem e me despedirei de *sir* Robert. Encontre-me no pátio do estábulo.

Pouco tempo depois, Jenny despediu-se de Eudo com um abraço. Ao fazê-lo, percebeu que havia estado absorta demais nas próprias preocupações para achar um tempo para falar com ele sobre Isabel. Ao olhar por sobre o ombro do irmão, avistou a criada, Mary, a distância, perto das instalações da cozinha. Ela estava apoiada em uma parede, com aparência exausta. Quando avistou Jenny, desviou os olhos depressa. *Ela teme haver desmascarado a péssima cantora que eu sou, pobrezinha*, pensou Jenny. *Ela não tem culpa da minha voz.* Mas gostava ainda mais de Mary por sua modéstia. A vida devia ser dura para uma moça bonita como ela, na casa de *lady* Margaret. *Bem, eu não sou* lady *Margaret e nunca serei*. Então, Jenny tirou uma longa fita branca dos cabelos e chamou um dos homens do pai.

— Dê esta fita à criada de cabelos vermelhos que está perto da porta da cozinha — disse ela. — Com os meus cumprimentos pela sua adorável voz.

A moça olhou para a fita e depois para Jenny, com o rosto pálido e tenso. Então, virou-se e saiu correndo. Jenny ficou confusa. *Mary deve estar esgotada de tanto trabalho e tão pouco sono*, pensou Jenny. *Estou me sentindo da mesma forma.*

Jenny ficou feliz em subir na odiosa liteira puxada por cavalos. Ali, finalmente, pôde ficar sozinha com seu desapontamento. *Lady* Bethoc e o Irmão Bertrand haviam errado ao pensar que o conde William se casaria com ela. Ainda assim, toda a atenção recebida lhe agradara — até mesmo sentir o ciúme de *lady* Margaret e saber que ele não poderia atingi-la enquanto estivesse à sombra do conde William. Triste, Jenny deu-se conta de que talvez gostasse de ser a esposa do irmão do rei.

De repente, Jenny ouviu uma confusão. O toldo foi puxado para o lado, e ali estava o conde William, de rosto vermelho e com raiva.

— A senhorita pretende sair sem se despedir de mim, *lady* Jeanette? — pressionou ele. — Que modos são esses?

Jenny estava chocada demais para responder. As palavras a haviam abandonado. Seu silêncio pareceu acalmar o conde William.

— Espere um pouco — disse ele, um pouco mais gentil. — Eu vou falar com seu pai. — Dito isso, puxou o visconde para um lado.

Quando voltaram, o pai de Jenny estava sorrindo amplamente. O conde William fez uma mesura para Jenny, que havia se recuperado o suficiente para se lembrar de que não era educado continuar sentada, estando ele em pé. Ela desceu da liteira. O conde William não era tão alto quanto havia parecido na noite anterior.

— Dê-me sua mão, *lady* Jeanette — ordenou ele.

Nem que quisesse, Jenny poderia ter desobedecido. O olhar do conde era totalmente hipnótico. — Separemo-nos como amigos — disse ele, beijando-lhe a mão.

Jenny voltou para a cadeira em uma espécie de transe.

Capítulo 11

Jenny gostaria de saber o que o conde William havia dito a seu pai, mas o orgulho não a deixaria perguntar enquanto os criados pudessem ouvir, e, durante toda a viagem para casa, os criados estavam sempre por perto. Ela se distraiu ao longo do extenso percurso, revivendo incontáveis vezes a cena no pátio do estábulo, com diferentes testemunhas. Tentou imaginar a expressão que *lady* Margaret teria feito se tivesse visto o conde William beijar sua mão. Não se permitiu pensar sobre a noite anterior.

Sempre que olhava para ela, o pai sorria. Na segunda noite, quando pararam para pedir abrigo numa pequena fazenda, ele deu uma pista.

— Da próxima vez que for ver o conde William, ele diz que você deve ir a cavalo. — Jenny queria saber mais, mas também queria provar que era capaz de se comportar como uma dama.

Naquela noite, estava excitada demais para dormir. *Se eu me casar com o conde William*, pensou, *talvez possa manter Isabel comigo, como dama de companhia.* E dormiu acreditando que talvez fosse a salvação da irmã.

Quando chegaram a Langknowes, Jenny viu tudo com novos olhos: a cidade era apenas um conjunto de cabanas rústicas e malfeitas, e até o salão do pai parecia pequeno e pobre.

Isabel estava esperando por eles perto do estábulo.

— Que notícias vocês me trazem de Eudo? — perguntou.

— Ora, ele manda o seu amor, evidentemente — respondeu Jenny, beijando a irmã para não ter de encará-la. Não queria que Isabel soubesse que ela nem pensara em pedir a Eudo para enviar uma mensagem à irmã.

Mas não era da natureza de Isabel concentrar-se em si mesma.

— E quanto a você, Jenny? Como foi com o conde William?

— Nosso pai sabe melhor do que eu — disse Jenny, olhando por sobre o ombro. — Porém eu acho que teremos de esperar até ele falar com os seus homens, para sabermos o que tem a dizer. — Enquanto caminhava para o pavilhão, Jenny disse a Isabel: — Eu me sentei ao lado do conde William no banquete. Comi no mesmo prato que ele e todos sorriram para mim. — Jenny sabia que estava mudando a história enquanto contava, fazendo as coisas soarem melhores do que haviam sido. Descobriu que não podia dizer a Isabel que o conde William a ignorara, ou que a criada a ofuscara na hora da dança. Já havia aprendido a não prestar atenção na forma como o conde William olhara para Mary. *Se vou ser uma grande* lady, pensou, *tais pensamentos estarão abaixo de mim.*

Quando o pai, finalmente, juntou-se a elas, Jenny pegou-o pela mão.

— Agora, diga-me, papai, porque eu fui boazinha e esperei até podermos falar a sós.

O pai sorriu.

— Você foi uma *lady* em todos os aspectos, Jeanette, assim que a tiramos daquele cavalo. O conde William disse que gosta de moças geniosas. Ele a convidou para vê-lo na semana que vem, em Roxburg, onde participará de um torneio.

— Na próxima semana! Por que tão logo?

— Porque depois ele disse que estará fora para o casamento da irmã.

Jenny bateu o pé.

— Mas eu não terei tempo para me preparar. Preciso de pelo menos mais um vestido novo. — Tarde demais, ela percebeu que havia gritado as palavras e que metade dos presentes devia tê-la ouvido. Isabel e o pai olharam-na. Jenny baixou os olhos para o chão, mas não se desculpou. *Alguém na minha posição deve perder o hábito de se desculpar,* disse a si mesma. — Ele não falou em casamento, papai? — Ela não conseguiu disfarçar o desapontamento.

O pai parecia disposto a perdoá-la e meneou a cabeça.

— Não. Mas podemos ter esperanças.

Jenny torceu as mãos.

— Como eu poderei me preparar? O senhor sabe alguma coisa a respeito desse torneio?

O pai meneou a cabeça.

— Houve muitas mudanças desde que eu era jovem. O rei Malcolm e seu irmão aprenderam as novas técnicas na França quando foram, com o rei da Inglaterra, a Toulouse para defender a demanda da rainha Eleanor pelas terras de lá.

Jenny suspirou.

— Se ao menos Eudo estivesse aqui para me ensinar o que eu preciso saber... — De repente, o pai e Isabel pareceram inúteis. E não havia como Jenny aprender nada com os cavaleiros do pai.

— Vamos lá, Jenny, sorria — exortou-a Isabel. — Você vai viajar até Roxburg.

— Sim — disse o pai. — E poderá ir a cavalo.

Jenny ergueu o queixo.

— Sim, e o conde William deve esperar por mim.

Mas naquela noite, na cama, Jenny receou. Como saberia o jeito certo de se comportar em Roxburg? Estava quase pegando no sono quando, de repente, seus olhos se arregalaram. Claro! Tam Lin sabia sobre torneios e sobre Roxburg também. A promessa que havia feito a si mesma de nunca mais ir a Carter Hall agora parecia uma tolice. Tam Lin poderia lhe ser útil. Mas precisaria de uma desculpa para visitar a floresta. Lembrava-se do que o pai havia dito acerca dos jovens falcões. No dia seguinte, iria ver Ranulf no aviário.

Jenny não conseguiu se desvencilhar de Galiene e Isabel até a tarde. O aviário se encontrava mergulhado na escuridão, para manter os falcões calmos, mas estava limpo e arejado. Ao contrário dos abrigos dos outros animais, não cheirava mal. Os falcões de caça do seu pai repousavam tranqüilamente em seus poleiros, no fundo do abrigo.

Ranulf estava sentado em um banco, aproveitando um raio de sol, amarrando pequenos sinos em tiras de couro. Quando a viu, seu rosto desfigurado curvou-se num sorriso.

— Vou precisar de mais sinos, de um caparão[1] e de couro para fazer novas peias para o jovem falcão, *milady*.

Jenny sorriu.

— Será que você consegue encontrar o que precisa em Roxburg?

— Claro que sim. Os burgos reais têm todo tipo de coisa.

— Meu pai e eu iremos para lá na próxima semana. Pergunte a ele se você pode vir também. Agora, eu gostaria de ver o ninho. Leve-me até lá, por favor.

— Certamente, se a senhorita apenas puder esperar até...

— Não. Agora — disse Jenny, tentando fazer a voz soar autoritária. Se esperasse, talvez alguém a visse e a detivesse.

— Sim, *milady*. Se é o que deseja. — Ranulf não parecia satisfeito.

---

1 Carapuça que cobre a cabeça de algumas aves de rapina (falcão, p.ex.). (N. do E.)

Jenny sentiu-se mal por tratá-lo daquela forma, porém afastou rapidamente tais pensamentos. *Meu pai é delicado e tolerante demais com os criados*, pensou, o que talvez fosse apropriado para um homem na posição dele, mas não para ela.

Enquanto os cavalos eram selados, Ranulf ficou em silêncio, porém Jenny fingiu não se importar. Se o silêncio amuado viesse acompanhado da obediência aos seus comandos, teria de se habituar com aquilo também. Jenny não cavalgou La Rose com o vigor que teria usado antes da viagem a Lilliesleaf. Em vez disso, tentou imaginar-se cavalgando ao lado do conde William. A pequena égua teria preferido um galope e estava rebelde, mas Jenny ignorou-a. *Certamente que os desejos de um criado ou de um cavalo não devem significar nada para mim*, disse a si mesma.

— Como você examina o ninho sem incomodar os pássaros? — perguntou Jenny quando chegaram ao topo do penhasco.

— Eu achei uma crista abaixo do ninho, a uma boa distância dele. De lá, tem-se uma visão boa. E eles parecem saber que eu não tenho como machucá-los de lá — explicou Ranulf, enquanto amarrava o cavalo. — É claro que precisaremos ficar quietos, *milady*; caso contrário, eles poderão se assustar. — Ele deu as costas a Jenny e começou a subir sem esperar. — Os pássaros não ligam para posição social.

Só restou a Jenny desmontar e segui-lo o mais rápido que pôde. Ranulf não havia dito nada que pudesse ser usado numa acusação de insolência. Ainda assim, ela sentira censura em suas palavras. À medida que a subida foi ficando mais íngreme, Ranulf não diminuiu o passo. Jenny mordeu o lábio, lembrando-se de como ele havia sido amistoso na primavera.

Ela cruzou uma crista e encontrou Ranulf esperando na beirada de um precipício. Ele fez um sinal para que Jenny se abaixasse ao seu lado, com as costas de ambos contra um penhasco de pedra. Sem falar nada, Ranulf apontou para um rochedo além do abismo. Ali, na base de uma árvore atrofiada, estava o ninho. Jenny nunca o avistaria sem as indicações de Ranulf.

Os dois pássaros na saliência abaixo da árvore pareciam tão grandes que Jenny imaginou se os filhotes já teriam partido. Mas, então, um falcão chegou com uma andorinha morta nas presas, metade das penas já arrancadas do corpo. Os dois pássaros no ninho começaram a se sacudir e a piar, um empurrando o outro em seus esforços de atrair os pedaços de carne que a mãe arrancava do corpo da andorinha. Apesar de os dois já estarem do tamanho de pássaros adultos, eram mesmo filhotes. O falcão olhou para Jenny e Ranulf, além do abismo, apenas uma vez, como para mostrar que sabia que estava sendo observado. E não deixou o ninho depois que os filhotes terminaram de comer.

Finalmente, Ranulf fez um sinal para que Jenny o seguisse penhasco abaixo. Ela deixou aquele local de observação com relutância. A trilha era acidentada e difícil e a princípio Jenny nem tentou falar.

— Eles são maravilhosos — disse ela finalmente, quando se aproximaram dos cavalos. — Eu poderia passar o dia todo observando-os.

O entusiasmo de Jenny pareceu amolecer Ranulf, que sorriu.

— Eu venho aqui sempre que posso. Como a senhorita viu, eles agora mal percebem a minha presença. Tenho certeza de que um dos filhotes é uma fêmea.

— Quando você vai pegá-la?

— Não até eles saberem voar. Nessa fase, são chamados de "galheiros" por causa da forma como voam de galho em galho na floresta, ainda meio incertos das suas asas. A fêmea e o macho adultos voam com a presa nas garras, para ensinar os "galheiros" a caçar. É a época certa para pegá-los, quando já aprenderam o suficiente, mas ainda não estão prontos para caçar sozinhos. Em poucos dias, esses filhotes devem ganhar o céu, mas ainda leva semanas até o jovem falcão estar pronto para o aviário.

— Você precisa treiná-la bem, Ranulf. Um dia, é provável que ela voe com o rei da Escócia em pessoa.

Quando chegaram aos cavalos, Jenny lembrou-se do real motivo que a levara à floresta.

— Foi muito gentil de sua parte me trazer aqui. Agora, eu gostaria de passar um tempo sozinha na floresta. — Enquanto falava, ela virou-se para La Rose, para não se trair. Certa vez, havia prometido a Ranulf não ir a Carter Hall.

— *Milady*, tenho certeza de que seu pai não gostaria que a senhorita ficasse sozinha na floresta.

Jenny o encarou.

— Meu pai não está aqui agora. Você deve fazer o que eu quero.

— Mas ele é o meu patrão. Se eu lhe desobedecer...

— Você já lhe desobedeceu, Ranulf. Lembra-se? Na última vez que cavalgamos para cá. Ele não gostaria de saber disso.

O falcoeiro olhou-a, chocado, mas disse simplesmente:

— Como quiser, *milady*. — E saiu sem se despedir.

Jenny sentiu-se ligeiramente mal. Nunca antes havia ameaçado contar sobre o comportamento de qualquer criado ao pai. E aquilo, sem dúvida, era ruim, porque Ranulf relutara em deixá-la sair sozinha na primavera. Jenny esperou antes de montar em La Rose para não ter de encarar Ranulf de novo. Então, suspirou e sacudiu as rédeas da égua. Se assumisse uma posição mais elevada, será que iria ser assim com todos os criados? Silêncios amuados e ressentimento da parte deles, opressões e ameaças da parte dela? De repente, Jenny imaginou como aquela vida seria solitária, ignorada pelo marido e temida pelos criados que povoassem a sua casa.

Mas não precisaria ser daquela forma, disse a si mesma, enxugando uma lágrima. A excitação dos últimos dias a deixara esgotada. *Em vez disso, eu deveria estar pensando em Roxburg. Que vestido devo levar?* O de lã vermelha, que já fora o seu melhor vestido, parecia uma escolha pobre naquele momento. *Talvez tenha que usar novamente o de seda vermelha*, pensou, *e o conde William vai ver como eu tenho poucos trajes.*

A floresta agora estava no auge da sua glória de meio de verão, porém Jenny mal reparou enquanto passava. Pouco antes do rio, o som de vozes adiante chamou a sua atenção. Ela guiou La Rose para fora da trilha, com cuidado para não tropeçar em nada enquanto prosseguiam. Desmontou atrás do tronco de um velho carvalho e segurou as rédeas da égua. Pouco depois, ouviu homens na trilha. Quando eles passaram, Jenny espiou pela lateral do tronco.

Contou seis homens. Não eram de seu pai. Vestiam-se como criados, mas todas as peças das suas roupas estavam sujas e rasgadas, trajes típicos de homens que viviam sem mulheres para cuidar deles. Eram bandidos. Apesar de estar muito bem escondida, Jenny sentiu o coração disparar. Até aquele momento, eles mal pareciam reais para ela. Quando teve certeza de que haviam se afastado, Jenny pegou as rédeas de La Rose e manteve-se fora da trilha, com medo de montar e que o ruído dos cascos do cavalo chegasse aos ouvidos dos bandidos. Sentia como se não tivesse voltado a respirar até estar em segurança, do outro lado do rio.

O que eles teriam feito se a tivessem encontrado sozinha na trilha? Sua posição lhe daria uma certa proteção, porque eles perderiam a vida se a machucassem, mas poderiam se sentir tentados em seqüestrá-la para pedir resgate. Com La Rose, talvez Jenny conseguisse fugir deles, porém ficou satisfeita por não ter precisado tentar. *Não virei mais por este caminho*, pensou.

Capítulo 12

Carter Hall parecia abandonado. Jenny tivera certeza de que Tam Lin estaria lá. Ela se sentou na ponta do velho banco de pedra, com as rédeas de La Rose na mão. Os bandidos a haviam perturbado tanto que Jenny ficou com medo de soltá-las. A idéia de que talvez tivesse feito aquele trajeto à toa era mais do que podia suportar.

— Teremos que esperar um pouco, La Rose, para que aqueles homens vão embora, porque eu não quero encontrar com eles de jeito nenhum. — Ela suspirou. — Gostaria que estivéssemos em casa, a salvo. Eu nunca deveria ter vindo aqui. — Jenny colheu uma rosa branca de uma roseira ao seu lado e começou a arrancar as pétalas.

— Aí está você, estragando as minhas rosas outra vez — disse alguém, bem perto.

Uma fração de segundo antes de compreender o que ouvira, Jenny estava de pé, com o terror destituindo-a de qualquer pensamento racional. Só então ela viu Tam Lin. Claro. No mesmo instante, sentiu-se abalada e ridícula.

— Algum problema? — perguntou ele.

Jenny assentiu, ainda tentando recuperar o fôlego depois do susto que ele lhe dera.

— Bandidos. Eu os vi do outro lado do rio.

Tam Lin aproximou-se e pôs a mão no ombro dela.

— Eles viram você?

A preocupação confortou-a. O receio dele não era à toa. Jenny meneou a cabeça e explicou como os ouvira perto do rio e se escondera.

— Eu não gostaria que eles a vissem — disse Tam Lin, quando ela terminou o relato.

Jenny olhou-o, confusa.

— Você os conhece?

Ele corou.

— Sim. De tempos em tempos, eles trazem as coisas de que eu preciso. Na verdade, estavam saindo daqui quando você os viu.

— Mas eles são fora-da-lei. Como você pode fazer negócio com eles?

Tam Lin deu de ombros.

— Às vezes escolhemos o menos pior entre dois demônios.

— Isso quer dizer que comprar mercadoria roubada é melhor do que roubá-la você mesmo?

Ele pareceu surpreso, mas assentiu.

— Pode-se pensar dessa forma. Agora, diga-me, você já conheceu o jovem William?

Jenny sentou-se novamente com um suspiro.

— Sim. E ele quer me ver de novo. Vamos vê-lo montar num torneio na próxima semana.

— Ele a deixou nas nuvens, não foi?

Jenny ergueu os olhos para ele. Tam Lin não a estava provocando, porém o contraste entre ficar nas nuvens e o que realmente acontecera era tão grande que ela explodiu numa risada. Seu alívio por escapar dos bandidos e seu prazer de reencontrar Tam Lin transbordaram e ela riu até ficar com os músculos da barriga doloridos.

— Eu devo estar parecendo louca — balbuciou, finalmente.

— Eu prefiro isso a chorar. Você pode me contar a piada?

Jenny descobriu que podia. A indiferença de William, que parecia um segredo tão vergonhoso em casa, de repente virou algo do que ela podia rir.

— E depois que cantamos — concluiu —, ele só tinha olhos para a criada. A voz dela é muito melhor que a minha, e a moça é bonita, mas eu fiquei envergonhada. Ele poderia ter sido melhor comigo.

— E devia ter sido — disse Tam Lin, sentando-se ao lado dela. — Você merece mais que isso, moça. Como concordou em vê-lo novamente?

— Eu tentei escapulir sem ser notada, porém o conde William soube que estávamos partindo. Ele foi até o pátio do estábulo me encontrar e pediu a meu pai para levar-me para vê-lo novamente. Eu fiquei envaidecida, mas achei estranho. — Até aquele momento, Jenny não havia admitido aquilo nem para si mesma.

Tam Lin franziu o cenho.

— Isso não me surpreende. William só quer o que não pode ter. Ele sempre foi assim. Uma vez, eu tive uma cadela, uma *terrier* ossuda que era uma boa caçadora de ratos. Estava longe de ser a cadela apropriada para um nobre, mas ela me seguia por todo canto e eu a amava. William tinha dez anos e eu, doze. Lembro porque foi no ano em que o pai dele morreu. William choramingava por causa daquela cadela. Todos me diziam para lhe dar o que ele queria, meu avô e até o rei David em pessoa. Finalmente, eu dei. Pouco tempo depois, saí para caçar com os homens. Enquanto eu estava fora, William amarrou a cadelinha com uma corda e a atormentou-a com um pedaço afiado de pau. Quando voltei, ela estava morta.

— Mas é freqüente os meninos serem cruéis com animais — disse Jenny.

Tam Lin assentiu.

— Sim. É. Mas veja que William só quis a *terrier* enquanto não podia tê-la. A devoção que me fez amá-la tanto era apenas uma chatice para ele.

— Mas ele era só uma criança. Agora, é um homem de dezenove anos. Certamente mudou. — Jenny flagrou-se querendo muito acreditar naquilo.

Tam Lin abriu a boca para dizer alguma coisa, porém se deteve.

— Talvez — disse, sem convicção. — Agora, diga-me o que a trouxe até aqui. — Ele estava mudando de assunto deliberadamente, e Jenny ficou grata. A história que acabara de ouvir era algo em que não queria ser obrigada a pensar demais, como tantas outras coisas a respeito do conde William.

— Eu esperava que você me contasse sobre os torneios, porque nunca assisti a nenhum. E não quero parecer pouco culta quando for a Roxburg.

— Roxburg? O torneio vai ser lá? — Tam Lin parecia alarmado. — Você vai contar a alguém que falou comigo?

— Como eu poderia? Escapei para visitar você às escondidas de todos. Meu pai ficaria terrivelmente bravo se soubesse.

— Mas o meu avô pode perguntar. Mesmo que ele pareça triste e que você se sinta tentada, promete não contar?

— Juro — respondeu Jenny. Por que aquilo era tão importante? Se o velho homem estava tão preocupado com ele, por que Tam Lin continuava se escondendo daquela forma? Jenny descobriu que estava com medo de perguntar o motivo, pois era possível que a resposta dele não fizesse o menor sentido.

Mas a promessa dela pareceu fazê-lo voltar a si.

— Bem, o que eu posso lhe contar? Os jogos de guerra feitos em um torneio são chamados *hastiludes*. Em sua maioria, os torneios têm duas partes, a justa e a *mêlée*. A justa é a parte nova, o tipo de coisa que Malcolm e William trouxeram da França. Os cavaleiros tentam derrubar um ao outro dos cavalos com varas longas chamadas de lanças. Na verdade, é uma insensatez. Se um cavaleiro cai do cavalo, ele perde tudo para o seu oponente: armas, cavalo e o resto. Um torneio pode facilmente arruinar um homem. Na *mêlée*, todos são divididos em duas companhias, como exércitos de mentira, e eles lutam em uma espécie de "liberdade para todos". Um cavaleiro capturado é retido em troca de resgate. Se não tiver recursos consigo para comprar sua liberdade, é libertado dando sua palavra de que irá buscar a taxa. Você conhece a palavra francesa *parole*? É claro que conhece. Bem, ele é liberto com base na sua palavra, ficando em liberdade condicional.

— Marchmont, a propriedade do meu avô, situa-se em uma colina, com o Teviot de um lado e o Tweed, a apenas um campo de distância, do outro. — Tam Lin mergulhou profundamente em suas lembranças, até seus olhos parecerem focados no passado. — Para fazer o torneio, eles com certeza vão escolher o belo campo plano que fica entre Marchmont e o Tweed.

— Quando os oponentes se encontram, os cavaleiros lutam até o último sangue, com armas de verdade, desferindo golpes mortais. — Ele meneou a cabeça. — Mas o rei Malcolm não permitiria um jogo tão duro entre amigos. Assim, eles lutam *à plaisance*, com armas cegas, e tomam cuidado com seus membros e suas vidas, apesar de, mesmo assim, os ferimentos acontecerem. O torneio em si terá pouco interesse para você, mas Roxburg é um belo lugar. — Tam Lin se virou para ela com olhos brilhantes. — Você já esteve lá? — Jenny meneou a cabeça. — Fica um pouco abaixo de Marchmont, onde o Tweed e o Teviot finalmente se encontram. A Abadia Kelso também se encontra muito próxima. O rei David a transformou em um burgo do rei, como você sabe. Meu avô deu a ele o condado inteiro para que pudessem mostrar como uma cidade real deveria ser. Todos os homens livres que vivem lá, os burgueses, são homens do rei. As riquezas produzidas na cidade vão direto para os cofres reais.

Jenny sabia que as terras eram tudo para um nobre.

— Deve ter custado muito ao seu avô fazer tal coisa.

Tam Lin deu de ombros.

— Ele e o rei David eram amigos de infância na Inglaterra. Quem primeiro deu a terra a meu avô foi o rei. Marchmont ainda é a sua casa e ele abriga a corte do rei quando eles viajam a Roxburg, mas não paga mais a conta. Acho que meu avô acabou ficando com a melhor parte da barganha. — Ocorreu a Jenny que o conde também havia se desfeito do direito de nascimento de Tam Lin, porém ele não parecia nutrir ressentimentos. Jenny lembrou-se do que Tam Lin havia dito sobre William não ter nenhum condado para apoiá-lo.

— Foi mais que uma barganha para os dois lados, sabe? — continuou ele. — Eles acreditavam que a Escócia só iria aumentar sua prosperidade com o comércio. Os estrangeiros só fazem comércio nos burgos reais. Roxburg foi o primeiro burgo do rei, juntamente com Berwick. Lembro de como o meu avô e o rei David costumavam ficar acordados até tarde, falando sobre as vantagens a serem obtidas. Eu acabava dormindo ao lado de meu avô, e ele me levava para a cama. — Tam Lin suspirou.

— Mas eu pensei... — começou Jenny, mas imediatamente percebeu que havia cometido um erro.

Ele sorriu.

— O que você pensou?

Ela sabia que estava corando.

— Eu pensava... Pelo menos, tinha ouvido que... que você havia perdido a memória. Em um acidente de caça. — Então, Jenny se lembrou da história que ele contara sobre William e o cachorro, e corou ainda mais. Era claro que Tam Lin se lembrava do passado. Os mexericos de Galiene só podiam estar errados.

Mas ele a surpreendeu:

— Eu esqueci — disse. — Por um bom tempo. As coisas voltaram a mim lentamente. Agora, eu me lembro da maior parte do meu passado, mas ainda há buracos. — Tam Lin sentou-se e a examinou até ela desejar desaparecer. — Você parece conhecer bem a história da minha vida, moça.

Jenny não sabia que era possível corar ainda mais, porém corou.

— O povo daqui gosta de você. Você tem que saber disso. Eles se lembram do seu pai e tudo. — Ela esperava que aquilo parecesse uma explicação razoável. O fato de que talvez ela própria gostasse dele era algo que não queria explorar. Talvez fosse o momento de partir. Jenny se levantou. — Obrigada. Agora, eu me sinto preparada para Roxburg. — Ela suspirou. — Se ao menos eu tivesse um vestido novo...

— Você precisa de um vestido?

— Sim, mas leva semanas para fazer um, e o torneio é daqui a apenas alguns dias.

— Espere aqui. — E Tam Lin desapareceu antes que Jenny pudesse detê-lo.

Por que Tam Lin teria um vestido? Coisas finas eram valiosas e raras. Roupas boas podiam ser trocadas por coisas de que ele precisava, como comida, por exemplo. Talvez aquele fosse o motivo de haver trazido alguns vestidos consigo de Roxburg. Os malfeitores que ela vira na trilha não teriam como trocar coisas finas localmente, sem despertar suspeitas, mas talvez conhecessem um mascate que aceitasse gêneros assim por uma fração do seu valor e sem fazer perguntas.

Era claro que ela nunca aceitaria roupas finas de presente de um homem com quem não fosse casada, disse a si mesma. Porém mal podia suportar a idéia de ir a Roxburg sem um vestido novo. *Eu preciso ver o que ele tem*, pensou. *Sempre posso devolvê-lo.*

Tam Lin ficou desaparecido por um bom tempo. Jenny olhou em volta na ponta dos pés, mas a vegetação estava tão crescida que mal dava para ver alguma coisa de Carter Hall. Ela forçou-se a parar de olhar. *Onde ele vive, não me interessa. Onde ele vive, o que sente, o que fará da vida, todas essas coisas não me interessam*, pensou. Estava começando a ficar com raiva de si mesma por se recusar a acreditar naquilo, quando Tam Lin finalmente voltou.

— Aqui está — disse ele, estendendo um vestido. — Este deve servir.

Jenny quase engasgou. Era como se todas as cores da floresta no meio do verão tivessem, de alguma forma, sido capturadas pelo tecido. O verde, tremeluzindo como se estivesse vivo, era polvilhado de ouro e de traços de um marrom quente. Ela correu os dedos pela trama, muito delicadamente, como se temesse que seu toque pudesse estragá-la.

— Pelo céus — disse Jenny. — Eu nunca imaginei que veria uma coisa tão fina quanto esta.

O prazer dela ecoou na risada de Tam Lin.

— Pegue — ofereceu ele. — O vestido não vai rasgar nas suas mãos. — O tecido flutuava quando era mexido, mais leve que seda. Jenny segurou o traje diante do corpo e ergueu os olhos para receber a aprovação de Tam Lin. — Deve sempre usar verde — disse ele. — Faz você ficar parecida com o espírito da floresta, que é. Todo jovem nobre que a vir neste vestido se apaixonará por você.

O sorriso desapareceu do rosto de Jenny.

— Mas todos vão querer saber de onde ele veio.

— Quem irá acompanhá-la a Roxburg?

— Só meu pai e os homens dele, e uma jovem criada para me ajudar. A minha babá é velha demais para viajar e minha irmã é... — O constrangimento fez com que parasse.

— Eu sei dos problemas da sua irmã — disse Tam Lin, gentilmente. — Não precisamos falar nisso. E se você esconder o vestido até estar em Roxburg? Os homens sabem muito pouco sobre roupas femininas. Se seu pai perceber, diga a ele que você o comprou de um mascate. Isso não resolveria?

Jenny baixou os olhos para o vestido. Não suportaria sair dali sem ele.

— Seria arriscado — disse, lentamente. — Mas eu estou disposta a tentar. Ah, obrigada. Ninguém nunca me deu nada tão fino. — De repente, ela ficou envergonhada. — Eu o devolverei, claro.

Tam Lin fez um gesto de desdém.

— Não é necessário. Eu quero que fique com ele.

Nesse momento, ocorreu a Jenny um pensamento terrível. E se o vestido tivesse pertencido à mãe dele?

— Alguém em Roxburg conhece este vestido? Seu avô, talvez? Com certeza, alguém que já o tenha visto antes vai se lembrar.

— Este vestido nunca foi visto em Roxburg. Eu juro. — Algo no tom de voz dele tornou impossível para Jenny perguntar de onde o traje vinha.

— Não há nada que eu possa lhe dar em troca? — ela falou inocentemente, mas logo corou ao pensar no que as suas palavras poderiam significar para um homem jovem.

Ele não a interpretou mal.

— Eu continuo amando Roxburg, e meu avô também, apesar de não poder estar lá. Quando você voltar, venha e me conte como foi. Isso é tudo o que lhe peço.

— Certamente, é o que farei. — Parecia um preço baixo por um vestido daqueles.

— Ótimo — disse Tam Lin, contente com a perspectiva. — Venha na lua cheia, jante comigo e me conte tudo. Jenny assentiu, entorpecida. — Algum problema? — perguntou ele.

Ela mal sabia por onde começar. Mesmo que pudesse sair despercebida à noite, ainda estava abalada demais pelo encontro com os bandidos.

— Aqueles homens... — começou.

— Não irão machucá-la. Eu cuidarei disso. Prometo. — Tam Lin ergueu os olhos para o céu. — Devem estar preocupados na sua casa. Você precisa ir. — E ele beijou-a na testa.

Um beijo de irmão, disse Jenny a si mesma enquanto cavalgava de retorno. *Tam Lin não é como todo mundo que já conheci. Gentil, educado e sensível. Quando eu falo com ele, todos os meus problemas parecem desaparecer. Um beijo de irmão*, pensou de novo, *mas parecia outra coisa bem diferente.*

Capítulo 13

Antes mesmo de sair de Langknowes, Jenny já se sentia ansiosa para conhecer Marchmont. Mas quando, finalmente, deixaram a floresta, a colina que abrigava a propriedade estava envolta em uma cortina de chuva e de névoa do rio.

La Rose não parava de baixar a cabeça, seguindo o pai de Jenny, montado em Bravura, como bem lhe aprazia. Jenny não fizera nada para guiar o cavalo naquelas últimas horas. Desistira depois de haverem entrado num terreno alagado pela chuva, que transformara a estrada da floresta em uma margem de rio. Quando La Rose tropeçara na lama, o cinturão da sela escorregara e Jenny caíra na água suja. Ranulf rapidamente ajeitara a sela, e Hilde fizera o melhor possível para arrumar as roupas de Jenny, mas o cuidado com que Galiene e Isabel a haviam vestido fora desperdiçado. Jenny estava encharcada até os ossos. Cheirava a terra, a lã úmida e a couro. Porém, apesar de tudo, sorrira para si mesma porque sabia que o vestido verde e dourado estava guardado em segurança, no fundo de um robusto baú de madeira. Não importava se parecesse um rato afogado quando do chegasse, pensara ela, desde que o vestido estivesse seco e em segurança.

Agora, Jenny percebia que Tam Lin intuíra corretamente. Havia tendas dispostas em um grande campo aberto ao lado do Tweed. Deviam ser as arenas onde o torneio ocorreria, apesar de estar tudo abandonado por causa da chuva. De repente, La Rose saiu da estrada e Jenny voltou a atenção para o pequeno animal. Mas a égua continuava seguindo Bravura.

— Esta é a trilha dos fundos para Marchmont — disse o pai. — Em um dia bonito, teríamos ido em frente até Roxburg e seguido a estrada de volta ao longo do Teviot, para fazer uma grande entrada. Mas os bancos do rio estão moles e o Teviot deve estar cheio demais por causa da chuva. Esta estrada é humilde, porém vai impedir que você leve outro tombo.

Jenny ficou tocada por aquela sensibilidade pouco habitual.

— Eu gostaria de me lavar e trocar de roupa antes que alguém me veja, papai.

— Seu temperamento melhorou muito, pequena. Você está mais parecida consigo mesma do que quando voltamos de Lilliesleaf.

Jenny ficou grata por La Rose estar atrás de Bravura. Assim, o pai não poderia ver seu rosto. O que ele havia dito certamente era verdade, mas ela não queria pensar no porquê. Era só o vestido, disse a si mesma. O vestido fazia toda a diferença.

Subiram uma trilha íngreme que ladeava o poço ao lado do muro da propriedade. Mesmo dali, Jenny percebeu que Marchmont era o lugar mais fino que já visitara. Àquela altura, o conde William provavelmente já se esquecera do convite feito às pressas em Lilliesleaf. Mas, mesmo que fosse para ser ignorada de novo, Jenny não teria perdido aquela viagem por nada no mundo.

De repente, o portão principal apareceu no cume de uma colina. Assim que entraram, Jenny desmontou La Rose com prazer. A comitiva pequena e enlameada do pai devia ter ficado bem atrás, em comparação com os outros que vinham para o torneio, porém imediatamente chegaram criados para levar os cavalos ao estábulo e um homem bem-vestido veio recebê-los.

— Sou Brice — disse ele —, o administrador desta casa. Milorde sente muito não se encontrar aqui para dar as boas-vindas aos visitantes. Este clima atrapalhou muito os nossos planos para o torneio. Venha por aqui, *sir*. Separamos um dos compartimentos do salão para todas as jovens damas. Há tantas que nos pareceu melhor mantê-las juntas. Sua filha poderá se acomodar lá.

Jenny não havia esperado por aquilo. Quem eram aquelas outras moças?

O salão principal parecia mais gelado que o ar livre e, de alguma forma, mais úmido que a chuva. Jenny começou a tremer. Dos dois lados do salão, viu duas áreas grandes que eram quase salões em si. Adiante, uma das áreas estava fechada por cortinas. Ela ouviu as outras moças antes mesmo de vê-las.

— Deixaremos a jovem aqui, milorde. Eu lhe mostrarei o local em que os homens estão acomodados. No alto do salão, está o pátio de alimentação, onde o senhor poderá comer quando quiser. Com grupos chegando a toda hora, pareceu-nos inútil manter os horários das refeições hoje.

Jenny não queria deixar o pai. Não conhecia nenhuma moça da sua idade além de Isabel. Será que as outras jovens seriam pouco gentis?

O pai pareceu ler a apreensão nos olhos dela.

— Agora vá, pequena, faça amizade com as outras moças. Os criados já vão trazer o seu baú. — Dito isso, ele sumiu.

Jenny olhou para a criada. Galiene teria entrado no meio de tudo e exigido um lugar para a sua *lady*, mas Hilde continuou onde estava, torcendo as mãos.

— Você está com os meus pentes? — sussurrou Jenny.

— Sim, *milady*. — A moça parecia péssima. Provavelmente estava se lembrando de como Jenny brigara com ela em Lilliesleaf. Hilde era pouco mais que uma criança. Por que havia sido tão pouco gentil com ela?

— Então, venha — disse Jenny.

Havia pelo menos uma dúzia de jovens mulheres nobres, a maioria delas com as mães, todas com criadas. Jenny percebeu que haviam estabelecido uma certa ordem, como galinhas fariam. As mais determinadas estavam reunidas em volta de um braseiro que fora aceso para aquecer o ambiente. As moças olharam para Jenny e suas roupas enlameadas com franco desdém. Não havia esperança de conseguir um lugar no círculo interno. Jenny olhou em volta. Em um canto, uma jovem bonita de cabelos loiros sorriu. Aquela fagulha de encorajamento era tudo do que precisava.

— Venha, Hilde — disse Jenny, caminhando em direção ao sorriso tímido. — Há espaço aqui? — perguntou, mas apenas para ser educada. Aquele canto escuro do compartimento estava quase vazio.

— Eu creio que sim — respondeu a moça. — Meu nome é Adèle — acrescentou rapidamente. — *Lady* Adèle de Montgommeri de Maxwell, para dizer ao certo. Quem é você?

Jenny suspirou, aliviada. A moça não estava se exibindo.

— *Lady* Jeanette Avenel de Langknowes

— Até as suas coisas chegarem, você pode usar a minha mesa, se quiser — ofereceu Adèle. — E o meu espelho.

Jenny aceitou a oferta de coração. Não tinha nem mesa nem espelho. Adèle devia vir de uma família elegante, para viajar com as duas coisas.

— Hilde — disse Jenny. — Pode pentear os meus cabelos.

Hilde pegou os belos pentes de marfim de morsa que Isabel emprestara a Jenny mais uma vez. Adèle admirou-os muito e insistiu em mandar a própria criada à cozinha para buscar água morna. Ela suspirou.

— Eu acho duro estar aqui sem minha mãe — disse. — Certamente me sairia melhor aos seus cuidados. Porém mamãe acaba de ter mais um filho e ainda está de cama. Até a babá ficou em casa para cuidar dela. Sua mãe também está doente?

Quando Jenny contou a Adèle que não tinha mãe, os olhos da moça se encheram de lágrimas, como se a mãe de Jenny tivesse acabado de morrer.

— Então, temos que cuidar uma da outra.

Nenhuma das outras moças havia feito qualquer movimento na direção de Jenny, e a generosidade de Adèle aqueceu-a como uma chama. Jenny sorriu.

— Temos mesmo — disse.

Quando as roupas de Jenny chegaram, ela vestiu sua boa túnica de lã e manteve o vestido especial no fundo do baú. Então, sentou-se sobre ele e olhou para a nova amiga.

— Você está adorável — disse Adèle. Então, inclinou-se para a frente e sussurrou: — Conte-me, por causa de quem você veio aqui?

A princípio, Jenny não entendeu. Então, percebeu que todas aquelas jovens nobres estavam ali para serem cortejadas. Mas quantas teriam sido convidadas pela realeza? Ao responder, ela ergueu o queixo:

— Do conde William de Warenne, irmão do rei. — Para satisfação de Jenny, Adèle abriu a boca de pura surpresa.

— E por quem você está aqui? — indagou Jenny, incapaz de evitar uma certa condescendência na própria voz.

Adèle baixou os olhos e corou.

— Eu vim — disse ela — pelo próprio rei.

— Mas como pode ser? — perguntou Jenny, num tom mais alto do que pretendera. Deslocou-se para perto de Adèle para desfazer a atenção que havia atraído para si e sussurrou: — Como pode ser? O rei jurou que não se casaria.

Adèle assentiu.

— Sim, mas a mãe dele não aceita isso. Minha mãe disse que é dever de *lady* Ada colocar mulheres jovens no caminho dele, esperando que alguma consiga tentá-lo a se casar, como deve fazer um rei. — Adèle baixou a voz até Jenny ter de se debruçar ainda mais para ouvi-la. — Mamãe disse que é minha obrigação ser tal mulher. — Jenny começou a pensar que talvez fosse uma sorte a mãe de Adèle não ter podido viajar. A moça parecia prestes a chorar. — Eu temo que o rei nem olhe para mim.

À luz de tal honestidade, o falso orgulho de Jenny desapareceu.

— Para dizer a verdade, o conde William não me cortejou nem um pouco da última vez que nos vimos. Tenho certeza de que ele se preocupa mais com os seus cavalos do que comigo. Você é muito bonita, Adèle. Se alguém pode tentar o rei Malcolm a repensar seu voto, é você. — A jovem sorriu por trás das lágrimas. — Agora, acalme-se — continuou Jenny, soando muito mais ousada do que realmente se sentia. — Passaremos por isso juntas. Talvez nós é que devêssemos esnobar o rei e seu irmão. — Adèle sacudiu a cabeça e riu. Jenny concluiu que nunca ninguém lhe dera uma sugestão tão escandalosa. — Diga-me, Adèle, você sabe como serão as coisas? Não nos disseram nada quando chegamos.

A moça assentiu.

— Quatro dos meus irmãos vieram para os *hastiludes*, e o velho conde é um grande amigo de meu pai. O torneio iria começar esta noite com uma procissão às arenas, e depois haveria alguns *hastiludes* de demonstração. Eles chamam de vésperas. Mas com esse tempo, é improvável. Quando chegamos, estavam todos correndo de um lado para outro, fazendo planos para entreter os cavaleiros, se eles não puderem lutar, para que não briguem entre si. Amanhã, se a chuva parar, haverá justas a manhã inteira, e depois eles lutarão a grande *mêlée* de tarde. Nós poderemos assistir das plataformas no topo dos muros do pátio.

Jenny ficou perplexa.

— Isso é tudo? Nós ficamos assistindo de longe enquanto eles brincam de guerra?

— Dizem que não é seguro para as mulheres ficarem mais perto — Adèle riu. — A *mêlée* é perigosa, mas os meus irmãos fazem justas em casa. Podemos assistir a tudo sem medo, ao lado das arenas. Eles fingem estar preocupados com o nosso bem-estar, mas acho que querem usar uma linguagem que não é apropriada para os nossos ouvidos.

Jenny suspirou.

— Vai ser muito monótono para nós. Ficar assistindo a distância a eles lutarem.

— Mas não será tão chato assim. É claro que haverá um banquete e diversões. E eu ouvi dizer que a cidade está abrigando uma feira.

Jenny lembrou-se de como os olhos de Tam Lin haviam brilhado quando ele falara de Roxburg.

— Ah, Adèle, nós temos que ir ver a feira. Roxburg não é longe.

— Mas jamais poderemos ir sem escolta. E quem deixaria o espetáculo do torneio para nos acompanhar?

Ranulf. Ele iria a Roxburg. Porém Jenny quase estremeceu, lembrando-se de como o tratara. Sabia que ainda não era um bom momento para pedir um favor a ele, mas queria ver Roxburg para dividir suas impressões com Tam Lin. Ela respirou fundo.

— Eu darei um jeito. — Jenny sentiu o estômago roncar. — Você está com fome, Adèle?

— Sim. Papai disse que mandaria me buscar, mas eu receio que ele tenha se esquecido. Isso sempre acontece quando meu pai está entre amigos. Às vezes mamãe briga com ele.

Jenny se levantou.

— Eu não como nada desde o desjejum. Vamos procurar comida.

Adèle assentiu.

— Eu desmaiarei se ficar esperando por meu pai. Quando ele perceber que se esqueceu, não se incomodará de eu ter saído daqui.

No momento em que elas saíram, nenhuma das outras mulheres olhou em sua direção. Jenny sabia que aquilo mudaria quando elas descobrissem por que ela e Adèle se encontravam ali. Mas aí seria a vez delas esnobar as outras. Que sorte a sua de encontrar uma amiga sincera como Adèle.

Ao deixarem o compartimento das mulheres, Adèle pegou Jenny pela mão.

— Ali na frente é o pátio de alimentação. Atrás é o solário, os aposentos privados do conde.

Passaram por setores que abrigavam dúzias de homens que estavam ali para o torneio. Modesta, Adèle manteve os olhos baixos, mas Jenny não resistiu a olhar em volta. Ninguém foi ousado o suficiente para falar com elas, porém alguns piscaram e um olhou de soslaio, quase com indecência. Jenny deu-se conta de como a vida era arriscada. Adèle tinha razão: qualquer passeio para fora requereria uma escolta.

No pátio de alimentação, Jenny avistou o pai quase imediatamente, sentado com outros homens, mas a nova amiga segurou-a pela mão.

— Ah, ótimo. Estou vendo meu pai — disse Adèle. — Eu receava que ele estivesse se escondendo no solário — Ela caminhou diretamente para a mesa principal, rebocando Jenny, e parou diante de dois homens mais velhos, sentados bem no centro.

— Adèle, minha filha — disse um deles. — Eu esqueci de novo de você. Por favor, me desculpe. — Ele parecia velho demais para ser pai de uma criança recém-nascida, mas Jenny ficou apenas ligeiramente surpresa. Era freqüente nobres escolherem esposas muito mais jovens. — Lembra-se da minha filha, milorde? — perguntou ele ao outro homem. Jenny sabia que aquele só podia ser o conde de Roxburg. Os cabelos prateados eram divididos exatamente como os de Tam Lin e os olhos tinham o mesmo humor gentil.

— Lembro, sim — respondeu ele. — *Lady* Adèle desabrochou, tornando-se uma bela mulher desde que eu a vi pela última vez. — Até a voz era parecida com a de Tam Lin. Jenny mal pôde tirar os olhos dele.

O pai de Adèle suspirou.

— A própria *lady* Ada convocou-a. Aliás, onde ela está? Eu ainda não a vi hoje.

O conde de Roxburg olhou para trás de uma forma que, em um homem menos poderoso, teria parecido quase com medo.

— Ela se encontra no solário, em conselho com seus filhos — disse ele. Então, se corrigiu. — Ou melhor, o rei está em conselho com a mãe e o irmão. — O conde pareceu constrangido pelo deslize, mas o pai de Adèle, não.

— Bem, que mãe fica satisfeita quando seus filhos se recusam a casar? Ela tem um bom motivo para se opor a eles. *Lady* Ada e a minha esposa querem que Adèle provoque no rei pensamentos matrimoniais. Temo que seja um erro. — Ele era tão aberto quanto a filha.

O conde de Roxburg riu ante a honestidade.

— Esperemos que não. Uma moça tão bonita. O rei Malcolm pode voltar atrás e resolver se casar.

O conde de Montgommeri reparou em Jenny.

— E você encontrou uma amiga, minha querida.

Adèle sorriu e apresentou Jenny.

— Quem imaginaria que tantas moças jovens viriam a um torneio? — disse o conde de Roxburg.

— Creio que os cavaleiros gostam que as damas assistam aos seus feitos valorosos — respondeu o pai de Adèle.

O conde suspirou.

— Bem, a justa pode ser apropriada para as mulheres assistir, mas eu temo que a *mêlée* seja brutal demais.

Jenny viu sua chance.

— Milorde, *lady* Adèle e eu gostaríamos de visitar a feira em Roxburg amanhã, se o senhor permitir. Talvez durante a *mêlée*...

— Sim — interrompeu-a Adèle. — Nós realmente gostaríamos. Por favor, papai.

O pai riu.

— É claro, menina. Temo que esta viagem já esteja sendo suficientemente entediante para você.

— Elas vão precisar de escolta — disse o conde de Roxburg. — Se o tempo estiver melhor, eu mandarei um homem com elas amanhã à tarde. — O conde lançou um olhar ansioso para a janela, ainda pingando de chuva. Então, virou-se para Jenny: — Então, você é a filha do visconde Avenel. Onde está seu pai, menina? Estou em débito com ele.

Jenny torceu para que o conde pensasse que ela corou de timidez e levou-o até o pai. Sabia que ele estava se referindo a Tam Lin. Gostara do conde à primeira vista e não tinha vontade de mentir para ele, mas precisava manter uma promessa. Assim que o conde de Roxburg apertou a mão do pai dela, Jenny correu de volta para Adèle, quase sem falar. Esperava ter parecido mais tímida do que rude.

Quando, após comerem, estavam voltando ao triste compartimento das mulheres, Jenny avistou uma figura do outro lado do salão. Sem parar para dar explicações, ela correu para longe de Adèle e atirou-se diretamente nos braços dele. Eudo ergueu-a bem acima da cabeça e abraçou-a. Terminados os abraços e os risos, ela se virou e avistou Adèle parecendo tímida e chocada.

— *Lady* Adèle de Montgommeri, este é *sir* Eudo Avenel, meu irmão.

— Ah — disse Adèle. — Seu irmão. Eu deveria ter imaginado.

De repente, Eudo ficou sem fala. Jenny precisou cutucá-lo.

— Sim — disse ele. — Já faz dezesseis anos. Que eu sou irmão dela, quero dizer. Desde que ela nasceu. Eu sou mais velho, é claro.

Jenny olhou-o. Ele estava gaguejando. Adèle levou uma mão à boca e riu.

Eudo corou e perguntou:

— Você sabe onde papai está?

Jenny pegou-o pelo braço.

— Eu vou lhe mostrar. Você participará do torneio amanhã? Papai vai ficar tão satisfeito... Adèle, eu irei encontrá-la em breve.

Foi com muita dificuldade que Eudo tirou os olhos de Adèle.

— Ela é uma beleza — sussurrou ele, quando se afastaram um pouco. — A sua amiga está aqui por causa de alguém?

Jenny assentiu, surpresa com o fato de o irmão querer saber tanto.

— Do rei em pessoa — respondeu. — Isto é, aos olhos de todos "menos" do próprio rei.

— Então, eu não devo ousar nem falar com ela.

O desapontamento na voz do irmão surpreendeu Jenny. Até aquele momento, ela nunca havia pensado em Eudo com uma esposa.

Capítulo 14

No dia seguinte, havia pesadas nuvens cinzentas no céu, mas ao menos não chovia. Em pé, em cima do muro do pátio, Jenny sentiu o vento vigoroso e frio e ficou satisfeita por ter levado a capa. Ela e Adèle haviam arranjado um canto para si. Naquele momento, as outras mulheres certamente teriam sido mais amistosas se Jenny tivesse lhes dado alguma abertura, porém ela teve um certo prazer em rejeitá-las.

— Eu creio que esses cavaleiros lutarão hoje, mesmo que chova — disse Jenny.

— Eu espero que sim — respondeu Adèle. — Nenhuma outra coisa nos livrará dos seus gênios podres.

Jenny apenas assentiu. Depois das vésperas terem sido canceladas por causa da chuva, a reunião da noite anterior havia azedado. A família real ficara no solário. Todos os rapazes tinham evitado Jenny e Adèle. Jenny supunha que por causa do rei e do seu irmão. Mas até os irmãos de Adèle e Eudo agiram como estranhos. À medida que a noite transcorrera, foram trocados mais insultos que piadas em volta do fogo. Por fim, uma briga irrompera. Então, o conde de Roxburg declarara o fim da noite e ordenara que todos se recolhessem. Havia sido horrível.

Agora, os cavaleiros montados pareciam andar sem rumo nas arenas.

— O que você acha que eles estão fazendo lá? — perguntou Jenny a Adèle.

— Se a justa for bem organizada, os cavaleiros de fora, ou suseranos, poderão escolher os homens com quem desejam duelar, tocando os escudos de cavaleiros daqui, os vassalos.

— Mas quais são os suseranos e quais os vassalos?

— É uma boa pergunta. Quando os homens de um conde se encontram com os de outro, a gente sempre sabe. Mas, aqui, são todos homens do rei. Eles podem se agrupar como quiserem. Pode ter certeza de que um pouco daquele mau humor que vimos na noite passada tinha a ver com a escolha desses grupos.

— Você conhece muito sobre esse assunto, Adèle — disse Jenny.

A amiga suspirou.

— Eu tenho seis irmãos. Não, agora sete. O bebê ainda não recebeu as esporas de cavaleiro, apesar de seu choro já parecer um grito de guerra. Meus irmãos nos visitam com freqüência, e meu pai aceita qualquer quantidade de jovens para viver conosco. Aparentemente, eles acham que os *hastiludes* são o único assunto apropriado para uma conversa. Minha mãe diz que o meu conhecimento a respeito de torneios não é apropriado para uma dama. Se eu tivesse uma irmã, talvez pudéssemos conversar sobre outros assuntos, mas eu vivo soterrada por eles.

Jenny sorriu ao imaginar Adèle em uma casa cheia de homens. Lá embaixo, perto do rio, os cavaleiros estavam se deslocando para fora das arenas.

— Mas como saberemos quem está participando da justa? — perguntou Jenny.

Adèle franziu o cenho.

— Dizem que, na França, cada casa usa uma determinada combinação de cores para que todos saibam quais homens estão lutando caso eles desejem se identificar. Aqui, não somos tão organizados. Talvez nem saibamos quem está lutando.

Ela demonstrou ter razão. Passaram a manhã observando cavaleiros anônimos em sua maioria, derrubando uns aos outros com lances brutais. Quando um era derrubado, os homens enchiam as arenas para ver a luta. Nesses casos, Adèle e Jenny não conseguiam enxergar nada.

Jenny conseguiu reconhecer Eudo quando ele assumiu a posição com o seu cavalo.

— Aquele é meu irmão — disse ela. Seu coração disparou. Eudo derrubou o cavaleiro que investia contra ele na segunda tentativa. — Ele está ganhando? — gritou ela, quando a multidão encobriu a sua visão. Então, agarrou o braço de Adèle. O pai teria dificuldades para repor o cavalo de Eudo e suas armas, se ele perdesse.

Quando a multidão se dispersou, Jenny avistou o pai abraçando Eudo, enquanto outros cavaleiros lhe davam tapinhas nas costas. Ela suspirou aliviada.

— Ele deve ter ganho.

Adèle parecia confusa.

— Hoje, os cavaleiros são gentis. Mesmo que perdesse, ele não teria se machucado. — Jenny deu-se conta de que tal perda significaria muito pouco na casa de Adèle. A moça esticou o pescoço.

— Seu irmão é bonito, Jeanette. Ele está noivo?

Jenny se lembrou de como a beleza de Adèle havia reduzido Eudo a um idiota quando os dois se conheceram.

— Não — respondeu. — E um dia ele vai herdar as terras de meu pai. Eudo será um bom marido para uma certa dama, depois que ela recusar as ofertas do rei.

Adèle corou profundamente e riu. Então, franziu o cenho.

— Minha mãe pretende me casar com um homem poderoso. Ela acha que esse é o objetivo da sua vida.

Jenny imaginou Adèle com seu irmão. Eles formariam um belo casal. Mas a pobre Adèle corria o sério risco de terminar com um homem com a idade próxima à de seu pai.

— Eu gostaria — disse Jenny — que fôssemos livres para nos casar com os homens que escolhêssemos, como as moças comuns. Você já desejou isso, Adèle? Casar-se com um homem só porque você gosta do som da voz dele e da forma como sorri? Casar-se com um homem que faria os seus problemas desaparecer simplesmente ouvindo-os?

Adèle olhou-a, aparentemente chocada.

— Os nossos casamentos devem fazer as alianças dos nossos pais avançarem. É o nosso papel.

Jenny suspirou para si mesma. Como única filha de um homem poderoso, era inimaginável que Adèle pensasse diferente.

— Parece que o conde William está entrando na arena agora. Conhece algum homem que seria mais adequado para você? — perguntou Adèle.

Jenny baixou os olhos rapidamente para evitar o olhar da amiga. Não estava pronta para responder àquela pergunta nem para si mesma. A figura forte e robusta montando um belo cavalo cinza realmente parecia o conde William. Na disputa, seu oponente deslizou para fora do cavalo a um ligeiro toque da lança do conde.

— Você viu isso? — perguntou Jenny. — Eu acho que o cavaleiro caiu sozinho.

Adèle assentiu.

— Um homem sábio prefere perder todos os seus bens a enfrentar a ira do conde William. O gênio dele é lendário. — De repente, ela se lembrou do motivo que levara Jenny até ali. — Desculpe-me, isso pode muito bem ser mentira. Você sabe como os homens são mexeriqueiros...

— Você não é a primeira a falar dos defeitos do conde William — disse Jenny, para deixá-la à vontade.

— Sim, mas uma coroa pode encobrir uma quantidade de pecados. — Adèle levou a mão aos lábios. — Oh, Deus, agora eu estou falando como minha mãe! — As duas riram.

Na hora do almoço, as mesas foram postas apenas para as mulheres.

— Os homens comerão perto das arenas, em seus grupos, para poderem planejar a *mêlée* — explicou Adèle. — tudo bem, eles estão suados e mal-humorados demais agora para serem boas companhias.

— Todos os homens daqui estão hipnotizados pelo torneio — disse Jenny. — Aposto que o conde de Roxburg vai esquecer de nos dar uma escolta para a cidade.

Adèle assentiu.

— É bem provável. Meu pai esqueceria. — Mas quando elas acabaram a refeição, havia um homem esperando-as do lado de fora. Um guarda velho e sofrido, que mal conseguia esconder a decepção por perder o principal acontecimento do dia.

Adèle ficou eufórica.

— Espere um pouco, homem — disse, e então virou-se para Jenny: — Venha, quero vestir alguma coisa bonita na feira.

Adèle procurou em seus baús um vestido que combinasse com o seu humor, enquanto Jenny fingia partilhar o mesmo interesse. Planejara guardar o vestido verde e dourado para a noite, mas não podia admitir que não tinha nenhum outro vestido elegante para usar. Amaldiçoou a própria burrice por ter deixado o vestido de seda vermelha em casa só por não querer que o conde William a visse usando-o novamente. Relutante, ela debruçou-se no fundo do baú. Mas assim que tocou o vestido, seu humor mudou. Como alguém que possuía um traje como aquele podia ficar triste? Era tão leve que parecia ter saído de teias de aranha. Determinada, Jenny foi para trás de um dos biombos a fim de se vestir.

Adèle quase engasgou quando viu Jenny.

— É o vestido mais bonito que eu já vi — disse ela. — Onde você encontrou o tecido?

— Um mascate em Rowanwald o trouxe para nós. Talvez seja holandês — mentiu Jenny.

— Você está encantadora. Talvez devesse guardá-lo para usar à noite.

Jenny descobriu que não podia mentir de novo.

— Na verdade, Adèle, eu não tenho outro. Ninguém vai vê-lo por baixo da minha capa.

Mas, quando saíram, elas descobriram que o vento havia desaparecido, levando consigo as nuvens. O sol de agosto brilhava forte. Jenny e Adèle tiraram as capas e entregaram-nas ao velho guarda rabugento.

— Foi gentil de sua parte ter sacrificado a sua tarde — disse Adèle, como se o homem tivesse opção. — Aceite isto pelo seu incômodo. — Ela entregou-lhe uma moeda, e o humor do guarda melhorou muito. Jenny percebeu que Adèle era sempre gentil com os criados, independentemente da posição, e ficou com vergonha do próprio comportamento nas últimas semanas.

A pequena estrada para Roxburg seguia o Teviot, um rio escuro que agora brilhava sob o sol. As moças tiveram de erguer as barras das saias para evitar a lama da chuva do dia anterior. Jenny ouviu as pessoas e a música mesmo antes de cruzarem o portão do muro robusto da cidade. As ruas estreitas escondiam a área da feira e havia barracas armadas em todos os cantos, vendendo um confuso sortimento de produtos, variando de fitas novas a louças de barro lascadas. Passaram por um gaiteiro de rua. O som agudo da gaita-de-foles era ensurdecedor, mas o homem tocava bem. Adèle jogou algumas moedas em seu chapéu.

— Por que as barracas estão armadas aqui, e não na área da feira? — perguntou Jenny ao guarda.

— Hoje, a St. James Fair Green foi armada em outra área por causa das *behourds, milady* — respondeu o homem, e Jenny olhou para Adèle, sabendo que ela explicaria.

— As *behourds* são um tipo de torneio de jogos, organizado para divertir. Qualquer um pode participar, até os meninos pequenos. — Ela se virou para o guarda: — Haverá uma *quintain?*

Ele assentiu.

— Aqui, chamam de estaca, *milady*, mas, sim. Haverá uma boa.

Adèle riu.

— Isso vai ser divertido. Ah, olhe um apicultor. Deixe-me comprar um favo de mel.

Elas mascaram o favo até extraírem todo o doce da cera e então cuspiram. Jenny teve cuidado com o vestido, mas sentiu muito prazer com aquela raridade.

Roxburg era tudo o que Tam Lin havia dito que seria, uma cidade de verdade, com alguns edifícios de madeira e até uns poucos com um pavimento superior. Os prédios comerciais exibiam tabuletas do lado de fora. Uma bota de madeira indicava a loja do sapateiro; um castiçal indicava a do fabricante de velas, e várias tabuletas com ovelhas mostravam as lojas dos comerciantes de roupas. Jenny não conseguia imaginar como Tam Lin fora capaz de sair de um lugar tão maravilhoso. Seus problemas, quaisquer que fossem, deviam ser mesmo muito sérios.

Conforme Adèle prometera, as *behourds* eram mais divertidas que o enfadonho torneio. Na ponta da área da feira, havia um balanço pendendo de um grande freixo. Em um dos balanços havia um homem, com o seu oponente em um banquinho ali perto, e eles tentavam "desmontar" um ao outro, usando as pernas em vez de lanças. A *quintain* ou estaca era uma espécie de manequim preso a um poste que balançava de um lado para outro quando os homens batiam nele, derrubando o cavaleiro com uma freqüência impressionante. Um homem foi derrubado ao ser atingido pelo "braço" do manequim e precisou ser acordado com um jarro de água. A justa era conduzida em cavalos velhos e dóceis, com lanças de madeira tão cegas que pareciam ter travesseiros nas pontas. O melhor de tudo era que havia palhaços entrando e saindo de todos os jogos. Eles tiravam os escudos ou capacetes ou espadas de madeira dos combatentes desatentos e os usavam para fazer paródias ultrajantes das batalhas. Eram tão ágeis e habilidosos que Jenny teve certeza de que eram palhaços profissionais. Adèle recompensou-os com moedas de prata de sua bolsa, aparentemente sem fundo.

— É melhor voltarmos a Marchmont — disse Adèle finalmente.

Jenny olhou em volta. Mal podia acreditar que as sombras tivessem crescido tão depressa.

— Espero que os humores tenham melhorado desde ontem à noite.

— Veremos. Alguns torneios terminam com uma nota de alegria. Outros são azedos o tempo todo — disse Adèle. — Ah, estou vendo uma mulher que vende remédios. Deixe-me falar com ela. Lá em casa, o bebê tem cólicas e a enfermeira não consegue fazer nada para que ele pare de chorar.

Adiante, havia uma barraca coberta de ramos de ervas secas. A mulher que atendia não era jovem nem velha. Seus modos eram corteses, mas independentes, lembrando a Jenny que aqueles burgueses tinham aliança com ninguém menos que o rei. Adèle explicou do que precisava e a mulher reuniu as ervas em um pano limpo.

— Hortelã vai diminuir os gases, *milady*. E dê a ele apenas um pouco destas sementes de papoula, bem moídas. Apenas o suficiente para caber no dedo do seu bebê. A sua enfermeira deve procurar alface silvestre e fazer suco. Também vai ajudar, mas não pode ser seco.

Quando Adèle entregou a ela uma moeda, a mulher virou-se inesperadamente para Jenny:

— E o que você faz aqui, vestida de teias de aranha e folhas secas? — As duas moças ficaram petrificadas.

O guarda finalmente falou:

— Não incomode a dama, Meg. Boa tarde para você. — Ele pegou o pacote de Adèle e se virou para sair.

Jenny caiu em um silêncio chocado, mas Adèle disse:

— Aquela mulher devia ser açoitada por falar daquele modo com *lady* Jeanette. — O guarda não comentou nada. — O rei diria a mesma coisa. Tenho certeza — insistiu ela, enquanto saíam da cidade.

O guarda deu de ombros.

— Meg é a parteira de Roxburg — disse ele. — Ela traz as crianças para o mundo e é madrinha de mais da metade da cidade. O povo daqui gosta muito dela.

— Mas ela deve ser louca por falar assim. O vestido da minha amiga é lindo.

O guarda suspirou.

— Meg anda estranha. Isso, ninguém contesta. Há alguns anos, desapareceu por um mês ou mais. Era normal ela sair pelo campo, à procura de ervas para as suas curas, e todos pensaram que havia se perdido para sempre, talvez caído no rio ou devorada por algum animal selvagem. Mas, de repente, ela voltou. Meg disse a todos que quisessem ouvir que havia ido com dois homens que vieram buscá-la para um nascimento. O lugar para onde a levaram era sob uma colina, mas, por dentro, era mais elegante que o salão de um lorde.

Adèle tossiu.

— Você está insinuando que ela foi levada pelas fadas?

O guarda assentiu.

— É o que ela diz. Meg conta que, quando entrou no salão, os homens mergulharam as mãos em uma espécie de água e tocaram os olhos. Ela diz que fez o mesmo e que, de repente, toda a riqueza desapareceu. Meg não conseguiu ver mais nada além de folhas secas e um pouco de musgo, o encanto das fadas, como eles chamam. Desde então, ela alega ser capaz de ver qualquer coisa feita pelas fadas, da forma como realmente é. Eu imagino que ela tenha visto no seu vestido o encanto das fadas, por ser uma peça tão fina — disse ele a Jenny.

— Em casa, qualquer pessoa que falasse assim com uma dama seria punida — declarou Adèle. — Jeanette, você parece tão assustada. Não deixe uma besteira dessas incomodá-la. — Enquanto caminhavam para Marchmont, Adèle pegou a amiga pelo braço. Jenny sentia os joelhos fracos.

Ao chegarem, ouviram imediatamente o ruído das pessoas nas arenas. Marchmont parecia vazio.

— A *mêlée* acabou — disse Adèle. — Estão todos lá fora parabenizando os cavaleiros. Nós também devemos ir.

Jenny desculpou-se.

— Eu estou com uma dor de cabeça terrível.

Adèle deu um tapinha na mão dela.

— Isso não me surpreende, depois da forma como você foi tratada. Quer que eu mande chamar a sua criada? — Jenny meneou a cabeça. — Pelo menos, você vai poder descansar sozinha — disse Adèle.

Como sempre, Adèle estava certa. A área onde as mulheres dormiam se encontrava vazia. Até as criadas haviam desaparecido. Jenny pegou um colchonete de uma pilha e posicionou-o atrás de um dos biombos. Então, tirou o vestido, pendurou-o com cuidado no biombo e enfiou a veste.

O vestido brilhava na penumbra como um raio de sol na floresta, lindo como sempre. Ela ergueu a mão e tocou o tecido, macio e delicado. Parecia tão real, pensou. Por que é, disse para si mesma. A parteira estava maluca. Só podia estar. A outra possibilidade — que o vestido não fosse nada além de teias de aranha e folhas reunidas por magia de fadas — era bizarra demais para ser considerada. Mas Jenny não conseguiu evitar imaginá-la. E se a parteira estivesse certa? Aquilo tornaria o vestido uma coisa irreal, um trabalho do demônio, algo a ser evitado. *Se eu realmente acreditasse nisso, deveria queimá-lo agora mesmo*, pensou. Mas Jenny sabia que não seria capaz. Ficaria arrasada se destruísse o vestido.

E quanto a Tam Lin? Ela meneou a cabeça, lembrando-se da gentileza e de seus modos gentis dele. Será que ele seria capaz de um truque assim? Jenny fechou os olhos para afastar a confusão. Como um barco perdido do mar, flutuou para longe.

— Jeanette, Jeanette, acorde.

A princípio, Jenny não soube onde se encontrava. Então, se lembrou.

— Adèle?

— Você adormeceu. Agora, levante-se, porque o banquete vai começar daqui a pouco. A maioria das mulheres já foi. Eu pensei que o barulho delas fosse acordá-la. A sua dor de cabeça melhorou? — Adèle estendeu para ela uma veste limpa.

Jenny se levantou e trocou de roupa, ainda grogue de sono. O que havia acontecido de tarde parecia extremamente distante. O vestido verde e dourado brilhou sobre a veste branca de linho, lindo como sempre. Como poderia ter pensado em destruí-lo?

Os cabelos de Jenny estavam embaraçados por causa da tarde passada ao ar livre, mas Hilde se tornara mais habilidosa. Quando terminou, usou os belos pentes de marfim de morsa de Isabel para afastar os cabelos de Jenny do rosto.

— Você está encantadora — disse Adèle. Era muito gentil da parte dela, porque Adèle estava muito mais bonita. — Agora, venha, ou vamos nos atrasar. Eu falei com meu pai enquanto você descansava. — Elas se apressaram pelo salão. — Houve uma infinidade de mexericos sobre os lugares à mesa nesta noite. O rei queria que o banquete fosse servido à francesa, com mesas separadas para as damas, comandadas pela mãe dele. Aparentemente, *lady* Ada viu nisso um plano do rei para evitar ter de lidar com as moças. Eu, pelo menos, vi assim. No fim, ela ganhou a briga, como sempre ganha, mas não antes de trocarem um punhado de palavras duras.

— Adèle — disse Jenny —, eles parecem uma família muito infeliz.

A amiga assentiu.

— O conde de Roxburg diz que a morte do conde Henry foi responsável por tirar a peça mais importante do xadrez do tabuleiro, bem no meio do jogo. O rei Malcolm cresceu e tornou-se um bom homem e líder, mas o vazio deixado na família nunca foi preenchido. — A voz de Adèle transformou-se num sussurro no momento em que entraram no pátio de refeições lotado.

Jenny viu o pai e Eudo, mas o conde de Roxburg chamou-a antes que ela conseguisse captar a atenção deles.

— Vocês parecem duas flores esta noite, minhas queridas — disse ele. — Eu imagino que tenham apreciado a visita à cidade.

— Foi maravilhoso — respondeu Jenny, depressa, torcendo para que Adèle seguisse seu exemplo e não mencionasse o aspecto desagradável.

— Venham, *lady* Ada está muito ansiosa para vê-las. Que belo vestido — acrescentou ele, virando-se para Jenny. — Você me lembra da minha filha. Ela gostava destas cores.

Quando elas passaram, todos se viraram para olhar e, estranhamente, ficaram em silêncio. Jenny imaginou se ela ou Adèle haviam feito algo errado. Ao chegarem à mesa principal, o salão inteiro ficou quieto, como se estivesse vazio.

Foi necessário alguém forte como *lady* Ada para quebrar o feitiço.

— *Lady* Adèle — disse ela —, você fica mais adorável a cada mês, querida. E esta deve ser *lady* Jeanette. Eu estava ansiosa para conhecê-la. — Jenny achou estranho aquele comentário vindo da mesma mulher que se escondera no solário o tempo todo durante a sua visita, porém sorriu educadamente e não disse nada.

Lady Ada era uma mulher imponente, com os mesmos cabelos ruivos dourados do conde William e as mesmas feições finas. Jenny deu-se conta de que também era jovem demais para o papel que o destino lhe impusera. Ela deveria ser a rainha, e não a mãe viúva do rei. Depois de *lady* Ada, estavam seus filhos. O conde William e o rei Malcolm pareciam padecer da mesma doença estranha que acometera todos os outros homens do salão naquela noite. Eles olhavam, com a boca ligeiramente aberta, sem dizer nada.

Ninguém podia se sentar até que o rei o fizesse, mas ele parecia pregado ao chão. Jenny viu na mesma hora que ele não era como o irmão e a mãe. Suas feições eram magras e retas, e seu corpo, esguio. Não tinha barba, seus cabelos eram castanhos e lisos e pareciam finos como penas. Os olhos azuis pálidos estavam fixados em Jenny de uma forma altamente inadequada para alguém que havia feito um voto de celibato. Ela corou e inclinou a cabeça.

— Malcolm — disse a mãe. — Todos estão esperando para sentar.

Para surpresa de Jenny, o conde William tomou a frente da mãe e pegou-a pela mão.

— Você é a donzela mais adorável deste salão — disse ele, alto, para que todos que estavam perto pudessem ouvir. Era um cumprimento verdadeiramente normando, destinado a engrandecer tanto quem o fazia quanto quem o recebia, sem levar em conta os sentimentos de qualquer outra pessoa.

Jenny corou, mais de raiva que de modéstia.

— Obrigada, mas eu não concordo. *Lady* Adèle está muito mais bonita. Qualquer um pode ver isso — disse ela, esquecendo-se completamente dos bons modos.

— Não, não, meu irmão diz a verdade. Você está encantadora. — Todos se viraram para o rei Malcolm, que parecia tão espantado com as próprias palavras quanto todos os outros.

— Adèle, minha menina, sente-se aqui — disse *lady* Ada, indicando a cadeira ao lado do rei. Apesar de ainda parecer aturdido, o rei Malcolm aproveitou a chance e se sentou. Todos no salão fizeram o mesmo. Jenny percebeu que o conde William parecia estar se divertindo com o desconforto do irmão.

Jenny achou o conde William mudado desde Lilliesleaf. Durante o banquete, ele mal tirou os olhos dela e não falou com mais ninguém.

— Por favor, fique com o peito de faisão para você — disse ele, quando ela separou um pedaço da ave para servilo. — Você merece coisas boas tanto quanto eu. — Jenny ficou igualmente envaidecida e embaraçada. Mas, apesar de todas as atenções, a conversa do conde William não era sedutora. Ele praticamente só se gabava de suas vitórias. — Derrubei cinco cavaleiros e peguei sete para resgate. Ninguém mais se saiu nem remotamente tão bem. Peguei seu irmão distraído.

Jenny largou o peito de faisão.

— Meu irmão?

— Sim. Ele está em liberdade condicional comigo. Você não sabia? Ele precisa voltar com a taxa dentro de quinze dias.

— Mas, *sir*, eu não creio que meu irmão seja capaz de levantar qualquer que seja a soma necessária.

O conde William riu.

— Por que você está tão pálida, *lady*? Dê-me um beijo e eu o libertarei.

Como ele podia ser tão cruel?

— Isso não é um assunto para brincadeiras, milorde.

Ele se aproximou, seu hálito quente roçando a face de Jenny.

— Você acha que estou brincando? — sussurrou. — Eu o libertarei do compromisso em troca de apenas um beijo. O destino de seu irmão está nas suas mãos.

— Muito bem, milorde — disse Jenny, inclinando-se para ele, mas o conde William riu e se afastou.

— Aqui, não. Nem agora. Deixe-me exigir o meu direito como quiser, *milady*.

Jenny assentiu, sentindo-se péssima, imaginando se "apenas um beijo" corria o risco de se tornar mais.

O conde William não reparou no desconforto dela.

— Eu me saí bem, mesmo sem o dinheiro de Avenel. Cinco belas montarias, todas as armaduras e armas dos cavaleiros e mais seis em liberdade condicional.

Jenny lembrou-se do que Tam Lin havia dito sobre as dívidas do conde William.

— É o bastante, milorde? — perguntou.

Ele franziu o cenho.

— O que quer dizer, *lady* Jeanette? — perguntou ele, num tom subitamente sério.

Jenny percebeu, tarde demais, que havia adentrado um terreno proibido.

— Eu quis dizer o bastante para compensar o seu sacrifício em ter vindo ao torneio — mentiu ela.

Ele riu alto.

— Realmente compensou o meu sacrifício. Você é gentil por perguntar, *milady*. — Inclinou-se para ela novamente. — E muito mais bonita do que eu me lembrava.

O conde William iniciou um relato interminável de suas vitórias. O banquete se arrastou. Para piorar as coisas, sempre que Jenny corria os olhos pelo salão, via um grande número de homens jovens olhando-a com um desejo doentio. Qual era o problema com eles?

Jenny acreditava que as coisas não podiam piorar mais, porém logo descobriu que se enganara. Quando as mesas foram finalmente afastadas e todos se reuniram ao redor do fogo, os jovens se amontoaram em volta dela, buscando sua atenção.

— *Lady* Jeanette, deixe-me dar-lhe esta almofada para deixar o banco mais macio.

— Não, por favor, sente-se aqui. A senhorita verá melhor daqui.

— *Lady* Jeanette, permita-me cantar uma canção para a senhorita.

Jenny percebeu que o conde William não estava aborrecido. A inveja dos outros lhe agradava. Imaginou que ele se sentiria da mesma forma se ela fosse um belo cavalo ou uma peça de roupa. Olhou em volta em busca de uma saída. Adèle parecia oprimida pela tensão de passar a noite toda sentada entre o rei e sua mãe. Pobre Adèle. Jenny encontrou o olhar do pai, e ele sorriu amplamente, encantado por ver a filha como o centro das atenções.

Jenny suspirou para si. Teria de lidar com aquilo sozinha.

— Estou acostumada a me sentar sem almofada, obrigada. Estou vendo perfeitamente bem daqui. Não sou uma grande apreciadora de música. Alguma outra moça apreciará mais a sua canção. — Ela tentou soar tão brusca quanto possível, sem parecer rude. Mas, de alguma forma, a tática falhou. Os jovens riram e assentiram como se ela os tivesse elogiado, e se insinuaram mais do que nunca.

— Basta — disse *lady* Ada. — Parece até que *lady* Jeanette é a única moça do salão nesta noite. Dêem um pouco de espaço a ela. — O tom foi tão imperativo que os rapazes recuaram.

Jenny olhou-a com gratidão, porém o olhar de *lady* Ada era tudo menos compreensivo. Jenny soube que, sem querer, havia se tornado inimiga daquela mulher tão poderosa.

Capítulo 15

Jenny levantou-se cedo na manhã seguinte, antes que qualquer pessoa na ala das mulheres tivesse acordado. Sua cabeça latejava. Até a luz fazia seus olhos doerem — certamente, era o castigo por ter mentido sobre a dor de cabeça no dia anterior. Gostaria que o banquete não tivesse sido mais que um sonho ruim. Sempre havia imaginado como seria ser tão bonita quanto Isabel ou Adèle. Agora, sabia que o excesso de atenções era sufocante.

Ao erguer-se do colchonete, viu-se de frente para o vestido, dobrado sobre o baú, onde o colocara na noite anterior. Era um traje lindo, mas Jenny tinha certeza de que era mágico. *Nunca mais poderei usá-lo*, pensou, triste. *Quando chegar em casa, o jogarei no fogo.*

Então, apesar de tudo, ela sorriu. Todas aquelas atenções haviam servido para pelo menos uma coisa: o conde William descobrira ser impossível ficar a sós com ela para pedir o beijo. Jenny sabia que o beijo teria de ser dado, pelo bem de Eudo, porém tinha certeza de que, quando o vestido estivesse guardado, em segurança, o ardor do pedido desapareceria por completo.

Ela meneou a cabeça, pensando em Tam Lin. Descobrira que a intenção escusa por trás do truque dele era mais difícil de aceitar que a mágica em si porque, certamente, a forma como os homens a haviam tratado quando ela usara o vestido não tinha sido nada mais que uma brincadeira cruel da parte dele. De repente, Jenny deu-se conta de quanto passara a depender da amizade de Tam Lin. E agora, pensou, aquela amizade estava terminada. *Ele deve ser muito diferente do que me pareceu. Corrompido por mágica e malevolência.* Quando as outras mulheres começaram a se mexer, o coração de Jenny doía tanto quanto a sua cabeça.

— Você está tão pálida — disse Adèle ao vê-la.

Jenny assentiu.

— Talvez eu não consiga comer. Raramente tenho essas dores de cabeça, mas elas também afetam o meu estômago.

— A sua criada pode buscar leite quente na cozinha. Descanse quanto puder. A viagem para casa vai ser dura com uma dor de cabeça dessas.

Adèle era tão atenciosa. Jenny deu-se conta de que não havia perguntado nada à amiga.

— Como foi com o rei ontem à noite?

Adèle riu.

— Não melhor do que eu receava. *Lady* Ada fez tudo que pôde para atraí-lo, mas ele falou muito pouco. Ela é uma mulher bastante determinada, porém eu acho que deveria aceitar a decisão do filho e deixá-lo em paz. Afinal de contas, ele é o rei. Mas creio que será melhor para você ficar afastada do caminho dela, Jeanette. *Lady* Ada não suporta ser ofuscada.

Jenny deixou escapar um riso trêmulo.

— Eu sei que *lady* Ada não ficou satisfeita comigo. Mas ela não é difícil de evitar, e eu farei exatamente isso. Adèle, você tem sido tão gentil... Vou sentir a sua falta.

— E eu, a sua — disse Adèle, e então as duas se abraçaram.

Quando Hilde voltou com o leite, Jenny transmitiu-lhe uma mensagem para dar ao pai.

— Diga ao visconde para mandar me avisar quando for a hora de partirmos, porque eu estou com uma terrível dor de cabeça. — Ao se lembrar de Lilliesleaf, ela acrescentou: — Diga a ele também que, se o conde William quiser, eu irei vê-lo antes de sair. E diga a meu pai que lamento. — Com isso, Jenny se deitou, com um pedaço de tecido úmido sobre os olhos.

Quando chegou a hora da partida, o conde William estava esperando junto com o pai dela, no pátio do estábulo. Ele parecia bravo, mas quando a viu, sua expressão se suavizou.

— Então, você está mesmo doente — disse. — Pensei que se tratasse de um jogo para me manter interessado. Você parece tão pálida e muito... comum. Nada parecido com a dama com quem me sentei na noite passada. — O conde dava a impressão de estar decepcionado.

Jenny lembrou-se de que também na saída de Lilliesleaf ele interpretara mal sua partida. *Como o conde William pode desejar se casar comigo,* pensou, *se me conhece tão pouco?* Ela ergueu o queixo.

— Milorde — disse. — Não é do meu feitio conquistar um pretendente com jogos. Se não sabe nada sobre mim, saiba pelo menos isso. — Então, Jenny se lembrou do vestido e corou fortemente.

Ele riu.

— Você diz palavras ousadas, *milady*, mas as suas faces traem uma modéstia de donzela. Você não está bem o bastante para pagar a minha prenda. Dê-me o beijo da paz. Eu exigirei o meu prêmio quando nos encontrarmos da próxima vez. Mas seu irmão está livre da condicional.

Jenny sentiu uma enxurrada insuportável de emoções: aborrecimento, porque parecia que o conde William jamais a veria como ela era de fato, e também gratidão por ele ter liberto Eudo da dívida e relevado o beijo. Quando recebeu o beijo fraternal do conde, Jenny sentiu os olhos encherem-se de lágrimas.

— Pronto — disse ele. — Não fique triste com a nossa separação. Voltaremos a nos ver. — Novamente, ele a entendera mal.

A viagem para casa teve todas as características de um pesadelo. Não muito depois de Marchmont, Jenny precisou desmontar para livrar-se do seu mirrado desjejum.

— É melhor pararmos para que você descanse até se sentir melhor — disse o pai quando ela voltou, insegura, para La Rose.

— Não, papai — respondeu Jenny. — Esta dor de cabeça pode durar vários dias. Eu ficarei melhor em casa.

— Você tem sorte por ter essas dores tão raramente, minha criança. Sua mãe era infernizada por elas.

Quando seguiram viagem, Jenny notou que havia algo aborrecendo seu pai. Ele deveria estar mais alegre. O conde William queria vê-la outra vez e Eudo havia sido liberado da dívida que deixaria todos na casa preocupados. Ainda assim, o pai cavalgava circunspecto, com o queixo colado ao peito. O que poderia estar errado?

Ao pararem no meio do dia para comer, Jenny viu Ranulf indo encher recipientes com a água de um riacho. Passou por ele com um pedaço limpo de tecido na mão, sem que se dessem conta da sua presença em meio à confusão.

— A sua criada deveria estar fazendo isso, *milady* — disse Ranulf, quando ela mergulhou o tecido na água.

— A luz do sol faz a minha cabeça doer mais. Esta sombra é agradável. Você encontrou o que precisava em Roxburg para o novo falcão?

— Sim. Logo eu poderei pegá-lo. Talvez na próxima semana — O tom dele era gelado, lembrando-a de como o tratara.

— Quero me desculpar por ter sido tão rude quando você me levou para ver o falcão. Naquela ocasião, não era eu mesma.

— É difícil encontrar uma jovem dama educada, *milady*. Percebi isso nestes últimos dias.

Foi tudo o que ele disse, mas Jenny soube que estava perdoada. E Ranulf lhe dera a abertura que ela estava procurando.

— Temo que também seja difícil para os pais delas. Meu pai está aborrecido hoje. Você sabe por quê?

Antes de responder, Ranulf encheu o resto dos recipientes de couro. Quando terminou, encarou-a com relutância. Estava óbvio que ele sabia mais do que queria dizer.

— *Milady*, seria melhor a senhorita perguntar a seu pai. Não me cabe discutir o dinheiro dele com a senhorita.

— O dinheiro dele? Mas o conde William liberou Eudo da *parole*. Meu pai não deveria estar preocupado com dinheiro hoje.

Ranulf fez uma careta.

— Eu já disse mais do que devia, *milady*. — Ele apressou-se pela trilha que levava de volta ao acampamento, porém Jenny o seguiu, falando ansiosamente.

— Ranulf, se eu estivesse prestes a causar a infelicidade de meu pai, você não me contaria?

Ele parou e se virou.

— Se eu contar, *milady*, a senhorita deve prometer nunca revelar o que sabe a milorde. Dê-me a sua palavra.

Jenny sabia que ele nunca teria insistido na promessa se ela não tivesse ameaçado traí-lo antes.

— Eu juro pela minha própria vida.

— Muito bem — disse Ranulf. — Eu ouvi seu pai e o conde William conversando esta manhã, no pátio do estábulo. O conde ficará noivo da senhorita se o seu dote for aumentado.

— Mas toda a riqueza de meu pai já está comprometida no meu dote. Como ele poderá acrescentar mais?

Ranulf respondeu com muita relutância.

— O conde recomendou certos agiotas.

— Não!

— Quieta, por favor, *milady*. Alguém pode ouvir — implorou Ranulf.

Jenny baixou a voz.

— Isso não pode ser. O próprio conde William já está profundamente endividado com agiotas, mas ele é o irmão do rei. Meu pai não teria tal proteção. Ele não pode se arruinar por minha causa. Diga-me, Ranulf, esse acordo já foi selado?

— Eu não sei ao certo, porém me pareceu que eles ainda não se comprometeram.

Jenny ouviu Hilde chamando-a.

— Obrigada pela sua honestidade, Ranulf. Eu não esquecerei da minha promessa — disse ela, apressada. — Espere um pouco antes de vir atrás de mim.

Naquele momento, Jenny estava quase grata pela dor de cabeça, que disfarçava perfeitamente a sua nova preocupação. Enquanto os outros comiam, ela ficou à sombra de um grande carvalho, tentando entender os próprios sentimentos. *Eu posso ser esposa de um conde*, pensou, *até rainha da Escócia*. Mas aquilo não lhe trouxe nenhuma alegria, só uma onda de pânico. Ficaria presa àquele papel sufocante para sempre, casada com um homem que parecia interpretar mal todos os seus movimentos. Jenny pensou no pai. *Eu não posso permitir que ele se arruíne por minha causa*. Porém sabia que o pai não estava fazendo aquilo apenas por ela. Ele ansiava pela companhia de homens poderosos, por um lugar na corte. Até aquele momento, Jenny não percebera quanto o pai estava disposto a sacrificar em troca daquelas coisas. Não apenas o futuro dela, mas tudo o que possuía. Jenny pressionou o pano úmido sobre os olhos.

Ela pensou que nunca chegariam em casa. Assim que entraram no pátio, deslizou de La Rose para os braços ansiosos de Galiene e Isabel. Galiene viu na mesma hora o que estava errado.

— Pobrezinha. Que hora para ter uma das suas dores de cabeça. — Antes mesmo que o baú voltasse ao pavilhão da família, Jenny foi posta na cama com uma folha de tanásia dentro do pano na testa, para curar a dor de cabeça.

— Por Deus, o que é isso? — gritou Galiene ao abrir o baú. Jenny estremeceu, lembrando-se do vestido verde. Agora, teria de explicar. Mas Isabel indagou:

— Jenny, como todas essas folhas mortas vieram parar no baú com as suas roupas?

— Eu vou falar com Hilde sobre isso — disse Galiene. — Aquela menina está a cada dia mais desajeitada.

— Não. A culpa foi minha. — Jenny se esforçou para pensar em uma mentira. — Havia palhaços na feira de Roxburg. Eles jogaram folhas na platéia por brincadeira. Eu voltei tarde e precisei me vestir correndo para o banquete, de forma que simplesmente atirei as roupas no baú. Pensei que as folhas tivessem caído. Hilde nem as viu.

Então, era a prova final da mágica. O encanto das fadas que mantivera o vestido inteiro havia desaparecido no caminho para casa, deixando apenas as coisas que a parteira vira em Roxburg. *Eu nunca mais quero ver Tam Lin*, pensou Jenny, virando-se para a parede, a fim de que ninguém visse as lágrimas descendo pelas suas faces.

No dia seguinte, sua dor de cabeça havia sumido, mas esquecer Tam Lin provou ser bem mais difícil do que Jenny imaginara. Enquanto trabalhava no tear, ela se flagrava de repente pensando em algo que ele havia feito ou dito, e sorria antes de se lembrar que estava com raiva. Precisava lembrar a si mesma que o verdadeiro Tam Lin era muito diferente do homem que ela imaginava conhecer.

Jenny nem podia se consolar com pensamentos sobre o conde William. Também estava com raiva dele por tentar o pai dela a arruinar-se com agiotas. Mas, mesmo sem a raiva, as lembranças do conde William não chegavam a confortá-la. Ele era um homem cheio de si, que conseguia o que queria a qualquer custo. Jenny percebeu naquele momento que a gentileza do conde, quando haviam se despedido, provavelmente tinha a ver com o fato de ele estar tirando muito mais do pai dela do que deveria.

— Jenny, olhe para o seu tecido — disse Isabel. — Está tudo torto. Você deve estar tonta por causa da dor de cabeça. Deixe que eu cuido disso.

Jenny ficou grata por poder entregar a lançadeira e sentar-se. Sua dor de cabeça havia passado, mas ela não conseguia manter os pensamentos no trabalho.

Enquanto Isabel trabalhava, cantou uma música sobre uma moça que queria que o seu amante voltasse de Paris para se casarem. A frase no fim de cada verso, *"Marchons, joli coeur, la lune est levée"*, era alegre. "Venha, querido, a lua já saiu". Jenny sorriu ao ouvir a irmã cantar uma canção alegre outra vez. Havia estado tão imersa nas próprias preocupações que não chegara a olhar para Isabel havia várias semanas. Naquele momento, percebeu uma ligeira leveza nos movimentos de Isabel, um orgulho na linha do seu queixo, que andara caído por tanto tempo. Mas, em breve, Isabel poderia estar partindo. De repente, Jenny não pôde suportar a idéia de nunca mais ouvir a irmã cantar.

— Isabel — disse, quando a música acabou. — Você acha que podemos organizar um baile antes do verão acabar?

— Ora, Cospatric e eu falamos exatamente sobre isso enquanto você esteve fora — respondeu Isabel. — Lembra-se de que costumávamos dançar todos os meses, na lua cheia?

O sorriso de Jenny desapareceu. O que Tam Lin havia dito da última vez que o vira?

"Venha na lua cheia e jante comigo." Ela se lembrava até de como a voz dele soara. O seu sorriso, a luz em seus olhos, cada detalhe provocava nela uma dor quase insuportável.

— O que você me diz, Jenny? A lua cheia é daqui a uns poucos dias — disse Isabel. — Eu pensei que você fosse gostar.

Jenny deu-se conta de que estava em silêncio havia muito tempo.

— Sim, Isabel. Um baile seria perfeito. — Para sua surpresa, Jenny descobriu que se encontrava à beira das lágrimas. Foi um alívio ver que a irmã estava olhando para o tear. — Acho que vou tomar um pouco de sol — disse Jenny, saindo antes que Isabel pudesse se voltar para questioná-la.

Uma vez do lado de fora, ela cerrou os punhos. *Não posso andar por aí chorando*, disse a si mesma. *Tam Lin não é nada para mim. Eu preciso esquecê-lo.* Quando ergueu os olhos, ela viu Ranulf. Ele parecia muito soturno, provavelmente achava que Jenny havia quebrado a sua promessa. *Pelo menos, eu não tenho nada a temer quanto a isso*, pensou ela, já que não havia dito nada ao pai. Mas Ranulf não estava olhando para Jenny.

— Seu pai está no pavilhão, *milady*?

— Não. Ele deve estar no salão. Há algum problema, Ranulf?

Ele assentiu.

— Eu fui procurar aquele jovem falcão esta manhã. Ele se foi.

— Mas como pode ser? Talvez você não o tenha visto...

— Não, *milady*. O casal adulto está ensinando o filhote macho a voar, mas a jovem fêmea não se encontra com eles.

— Onde ela poderia estar? Será que alguém a pegou?

— Eu creio que não. Milorde, seu pai, tem direito sobre todas as criaturas nesta terra. Um homem que pegasse um falcão seria punido com ferro em brasa. Mas é freqüente jovens pássaros morrerem, *milady*. Eles são criaturas frágeis. Eu preciso ir contar a seu pai. — E, dito isso, ele se foi.

As lágrimas que Jenny vinha tentando conter transbordaram. *Pelo menos, agora eu tenho um bom motivo para chorar*, pensou. Só havia um lugar onde encontraria conforto. Antes que qualquer pessoa pudesse vê-la, La Rose estava selada e do lado de fora dos portões da propriedade.

Os campos estavam dourados de grãos amadurecidos da plenitude do verão. Uns poucos já haviam sido colhidos. Na terra não cultivada dos dois lados da estrada, flores de amoreiras silvestres desabrochavam em arbustos espinhosos, acompanhados de perto por abelhas. Borboletas cor de laranja passeavam de uma flor para outra. Jenny tentou extrair para si um pouco da paz daquele lugar, mas não conseguiu. A dor aguda em seu coração impedia qualquer forma de conforto. *Eu me sentirei melhor na floresta*, disse a si mesma.

As grandes árvores estavam pesadas de folhagens e sua sombra era fresca e profunda. Os poucos raios de sol que penetravam pelas copas espessas pareciam fortes a ponto de se poder subir neles, e as samambaias dos dois lados da estrada eram tão altas quanto La Rose. Mas a floresta não acalmava mais o coração de Jenny. Aquele era o lugar onde ela havia encontrado Tam Lin. Tudo o que olhava parecia lembrá-lo.

Jenny não pretendia ir a Carter Hall novamente, porém agora sabia que era o único jeito de se ajudar. *Preciso vê-lo como ele realmente é*, pensou, *para ver a sua malícia e a sua crueldade. Isso vai me dar uma lembrança para ser mais forte que as outras.*

Só se lembrou dos bandidos quando chegou à passagem, mas não havia sinais de rastros na lama mole, próxima ao rio. Ela forçou La Rose a prosseguir, esperando que, ao ver Tam Lin, fosse conseguir algum tipo de alívio. Ao chegar ao poço, desmontou da égua e chamou-o, porém só os passarinhos responderam. Jenny olhou em volta, até dentro do velho salão. Não havia nenhum sinal dele. O lugar estava abandonado e vazio. Não teria nem aquela chance de livrar-se dele.

— Maldito seja, Tam Lin! — gritou ela. — Vá para o inferno! — Então, percebeu que o uso que ele fazia da mágica poderia muito bem condená-lo ao inferno.

Jenny atirou-se no chão frio de pedra e explodiu em lágrimas. Mesmo enquanto chorava, uma pequena parte dela esperava sentir a mão dele sobre seu ombro a qualquer momento, esperava que ele a tomasse nos braços, secasse suas lágrimas com beijos e fizesse tudo ficar melhor. Mas Jenny chorou sozinha e ficou ali por um longo tempo, largada. Porque agora sabia que o amava, porém ele havia partido.

Capítulo 16

— Galiene, Galiene, por favor, vá buscar a *lady*. Diga a ela que venha rápido ao estábulo — a voz aguda de Alric escapou das janelas finas de palha trançada do estábulo e chegou aos ouvidos de Jenny. Depois de uma noite longa e insone, ela finalmente se entregara com o desejo cruel de nunca mais acordar. Naquele momento, abriu um olho. Pela luz, mal acabara de amanhecer.

— Há duas *ladies* nesta casa, Alric. Qual delas você quer e por que ela deve vir ao estábulo antes da missa? — A voz de Galiene era calma e firme.

— *Lady* Jeanette. Foi o cavalariço quem me mandou vir. Aconteceu alguma coisa com o cavalo dela...

Jenny levantou-se antes mesmo que Alric terminasse a frase.

— Diga ao menino que estou indo, Galiene — disse ela, pondo o vestido por cima da veste com a qual dormira. Saiu, enfiando os sapatos, com os cabelos ainda trançados. — La Rose estava bem ontem. Ela está doente?

— Não, *milady*. Não exatamente doente. Venha ver.

Do lado de fora, o ar estava cheio da bruma do rio, deixando os edifícios da propriedade envoltos num ar de magia. Na corrida para chegar ao estábulo, Jenny alcançou e ultrapassou o menino manco. Teve de passar por uma multidão de criados para chegar a La Rose.

— Ah, *milady*. Sabe como isso aconteceu? — Gilchrist, o cavalariço, encontrava-se ao lado de La Rose. Jenny engasgou. A crina da pequena égua estava completamente embaraçada.

— De forma alguma. Depois que eu a montei ontem, um dos seus rapazes a trouxe para cá. Acho que foi Thurstan. Ela estava bem, na ocasião.

— Está vendo? — disse Thurstan, um menino alto, de cabelos curtos. Era sombrio a maior parte do tempo, mas naquele momento parecia tão miserável que Jenny teve certeza de que não tivera culpa alguma naquela confusão. Gilchrist era um homem melancólico. Jenny imaginava que podia ser um chefe rigoroso.

Galiene abriu caminho em meio à multidão e foi para perto de Jenny.

— Oh, meu Deus! — exclamou. — Cachos de elfo. — Ela parecia abalada.

— Vamos lá, Galiene, você vai começar com aquela besteira de velhas? — perguntou Gilchrist.

Jenny sabia que Galiene não gostava de ser insultada sobre coisas desconhecidas. A babá endireitou os ombros.

— Eu digo que as fadas entraram aqui por meio de magia e embaraçaram a crina da égua, Gilchrist. Acredite nisso se quiser. — Ela fez uma pausa. — Ou podemos imaginar como você pôde ser tão relaxado com a guarda dos cavalos do seu lorde, a ponto de deixar alguém fazer essa brincadeira.

O cavalariço franziu ainda mais o cenho.

— Vou mandar fechar os portões e montar guarda no estábulo esta noite. Veremos quem ousará entrar aqui.

— Ótimo — disse Galiene. — E quando descobrir que apenas músculos não são suficientes para interromper as reinações das fadas, talvez eu o ajude. Agora, preciso preparar as minhas *ladies* para a missa. — Uma rainha não teria saído com mais majestade.

Mas Jenny ainda não se achava capaz de partir. Acariciou o pescoço de La Rose.

— Pobre La Rose. Mande alguém desembaraçar a crina dela e não a deixe sozinha hoje. Eu voltarei assim que puder.

Jenny prestou pouca atenção à missa. Tam Lin só podia estar por trás daquilo também. Mas por que ele a atormentaria daquele jeito? Ela não havia feito nada para incomodá-lo. Jenny sabia que Galiene logo perceberia que havia mágica dirigida para ela e começaria a fazer perguntas. Estavam a apenas duas noites da lua cheia.

Jenny agarrou-se à frágil esperança de que Tam Lin honrasse o convite e de que então fosse possível encontrá-lo em Carter Hall. Será que poderia escapulir do baile? Sentia que só encontraria paz se o visse. Seus sentimentos estavam tão confusos quanto a crina de La Rose.

Ao saírem da capela, Galiene sussurrou:

— Ponha uma moeda de prata na água e dê para a sua égua beber. Vai ajudar.

Quando Jenny voltou ao estábulo, descobriu que os dois meninos, Thurstan e Alric, haviam feito pouco progresso com os nós. Ela jogou uma moeda de prata em um balde de água e colocou-o diante de La Rose.

— Deixe-a beber um pouco antes de prosseguirem — disse Jenny. Depois disso, os nós se soltaram mais facilmente.

— Esta noite, os meninos dormirão aqui, *milady* — informou Gilchrist. — E os melhores homens de seu pai guardarão os portões.

Na manhã seguinte, Jenny acordou cedo e foi direto para o estábulo. Antes mesmo que os guardas abrissem os portões, ouviu Alric gritar:

— O que aconteceu comigo? Oh, o que aconteceu? — Jenny correu para dentro e encontrou o rapaz em pânico. Seus cabelos finos e claros estavam tão embaraçados quanto a crina de La Rose estivera. Ele se encontrava à beira das lágrimas.

Os cabelos de Thurstan eram curtos demais para embaraçar.

— Pare de guinchar, seu moleque — disse ele, erguendo o braço para dar um sopapo no menino.

— Deixe-o em paz — gritou Jenny. — Vá ver os cavalos. — Ela passou o braço em volta dos ombros de Alric, que tremia. — Não se preocupe — disse. — Eu vou cuidar de você. — Sentia-se como se ela própria tivesse machucado o menino. Sem dizer nada, ele aproximou-se de Jenny, à procura de conforto.

— Só o seu cavalo de novo, *milady* — anunciou Thurstan depois de percorrer os estábulos. — A mesma coisa de ontem.

Gilchrist chegou e franziu o cenho para os garotos.

— São vocês dois que estão fazendo isso? — perguntou ele.

— Não! — gritou Thurstan. — Isso está além da minha compreensão, senhor. Eu pensei que os meus olhos tivessem passado a noite toda abertos. — Sua indignação era sincera. Alric continuava aterrorizado.

— E os homens no portão juraram a mesma coisa. Acho melhor perguntarmos à sua velha babá o que fazer agora, *milady*. — Gilchrist não parecia nada satisfeito.

— Eu mesma mandarei buscá-la — disse Jenny. — E o menino pode vir comigo para pentear os cabelos.

— Não se incomode, *milady*. Nós cortaremos esses nós. Jenny sentiu Alric estremecer sob seu braço.

— Não. Deixe o menino comigo.

Quando cruzaram o caminho para o pavilhão, Jenny disse:

— Eu preciso ir à missa. Mas espere-me voltar. Você não pode nem entrar na capela deste jeito. — Ela odiava a idéia de deixá-lo sozinho. Ele ainda parecia um coelhinho assustado.

No pavilhão, Galiene ouviu tudo calmamente.

— É uma sorte o seu cabelo não ser espesso como a crina da égua, rapaz. Arrumaremos você rapidamente. — Ela sentou Alric num banco e pegou um pente.

— Mas, e quanto à missa? — perguntou Jenny.

Veio uma criança de Langknowes enquanto você estava fora. O velho Jemmy está dando seus últimos suspiros na cidade. O Irmão Turgis se encontra com ele, de forma que não teremos missa hoje. Pobre velho Jemmy.

— Que os céus o abençoem — disse Jenny. Mas seus pensamentos não estavam no velho fazendeiro. — Dê-me o pente. Gilchrist está pronto para seguir os seus conselhos —. E ela começou a trabalhar nos cabelos do menino.

— Então, ele tem mais bom senso do que eu pensei. — Galiene sentou-se, rindo. — Não estou com muita pressa para ajudá-lo, mas se trata de algo fácil de resolver. E ninguém parece ter contado ao Irmão Turgis, o que também é bom. Ele ia querer benzer os estábulos, e não adiantaria nada.

— Galiene! Como você pode dizer uma coisa dessas?

— As fadas não são tementes a Deus. A Igreja não tem nenhum poder sobre elas.

Alric, que passara aquele tempo todo em silêncio, de repente desvencilhou-se do pente e encarou-as.

— Então, eu fui amaldiçoado pelas fadas? Vou ficar esquisito pelo resto da minha vida? Elas virão me buscar? — Ele tinha os olhos arregalados em seu rosto pálido.

— Ah, calma — disse Galiene. — O que as fadas iriam querer com um menino magrela como você? O único rapaz que eu já soube que foi levado por elas foi o neto de um conde.

Jenny sabia que aquele era o jeito de Galiene ser gentil, mas as palavras fizeram seu coração dar uma estocada.

— Agora, vire-se, Alric — disse ela, mais rudemente do que esperava. — Deixe-me cuidar desta bagunça. — Um longo momento se passou antes que voltasse a confiar em si a ponto de falar novamente: — Galiene, se alguém fosse pego assim, poderia ser libertado?

A babá fez uma pausa para pensar.

— Há muitas histórias de pessoas levadas pelas fadas, menina. A maioria delas nunca mais fica direita da cabeça, nunca mais volta inteiramente para este mundo.

— Mas poderia acontecer? O encantamento pode ser quebrado? — Enquanto Jenny lutava para manter a voz calma, suas mãos trabalhavam convulsivamente.

— Ai!

— Oh, Alric, perdoe-me — disse Jenny. Havia um punhado de fios de cabelos dele no pente.

— Eu creio que sim — respondeu Galiene. — Mas isso exigiria um feitiço poderoso. Coisas assim estão além do meu conhecimento. Eu só sei os feitiços simples que todos conhecem. Agora, acho melhor eu ir ajudar Gilchrist. Ele só precisa colocar barras de ferro em todas as baias, porém o ferreiro vai levar o dia todo para fazê-las.

— Espere um pouco, Galiene — pediu Jenny. — Alric, Thurstan costuma incomodá-lo? — O menino assentiu lentamente, relutante em contar. Jenny sorriu para ele. — Galiene, certifique-se de que Gilchrist dê serviço a Thurstan. O ferreiro vai precisar de um bom par de braços. — Pela primeira vez no dia, Alric sorriu.

Depois que Galiene partiu, Jenny desembaraçou os nós em silêncio. Será que o feitiço que havia sobre Tam Lin podia ser quebrado? Se as histórias de Galiene fossem verdadeiras, Tam era um pouco mais velho que Alric quando as fadas o haviam pegado. Quanta esperança poderia haver depois de tanto tempo?

Isabel entrou no pavilhão.

— Enquanto comíamos, Gilchrist contou tudo para papai. Alric está bem?

— Quase pronto para outra — respondeu Jenny. — Veja, só falta desembaraçar uma mecha.

— Ah, que bom. Alric, você ainda vai cantar no baile amanhã?

O menino corou.

— Sim, *milady*.

— Alric, você está guardando segredos de mim? — Jenny esperava que uma provocaçãozinha leve ajudasse a recuperar o humor do menino, mas ele continuava parecendo perplexo.

— Eu nunca tentei esconder a minha voz da senhorita, *milady*. Chamam-me de Caniço por causa dela.

— Nunca foi tão fácil esconder um segredo de você como neste verão, Jenny — disse Isabel rapidamente, para diminuir o desconforto do menino. — Você nunca está por perto. Alric vem trabalhando com Cospatric e comigo, aprendendo as velhas canções normandas. Ele tem uma bela voz.

— Pronto, Alric. Seus cabelos estão desembaraçados. Então você canta, não é? Será uma alívio deixar outra pessoa encarregada disso. Agora, Isabel, por favor, nos dê licença. Alric tem que voltar para o estábulo e eu preciso ver La Rose.

Assim que saíram, Jenny aproximou-se do menino, falando num sussurro urgente:

— Alric, eu acho que sei por que isso aconteceu, mas tem de ser um segredo entre nós. Você consegue guardar um segredo? — O menino assentiu e Jenny continuou: — Eu devo ter ofendido as fadas quando estava cavalgando na floresta. Quero fazer as pazes com elas. — Aquilo era apenas parcialmente mentira. — Galiene disse que as fadas saem à luz da lua. Amanhã, quando a lua estiver cheia e todos estiverem distraídos com o baile, eu escapulirei. Você vai ter que me ajudar. Pode levar La Rose para o pasto amanhã à noite?

O menino franziu o cenho.

— Não se Thurstan estiver comigo, *milady*. E ele estará.

Jenny sorriu.

— Deixe Thurstan comigo. Quando o ferreiro terminar as barras de ferro para o estábulo, eu darei um jeito de mantê-lo na cidade por mais um dia.

— E se Gilchrist verificar e descobrir que La Rose sumiu?

— Gilchrist estará ocupado. Ele certamente vai levar a tarde toda para colocar a lenha para a lareira no lugar. Eu direi a ele que La Rose está bem. — Jenny fez uma pausa. Alric nunca conseguiria carregar a sela dela para tão longe. — Eu tirarei a minha sela do estábulo, mas você precisa me garantir que o portão da propriedade não vai estar fechado, para que eu possa voltar para casa.

— Mas, *milady*, esses dias o cavalariço tem sempre cuidado de fechá-la.

— É só você escapulir em algum momento e tirar a barra. Todos vão estar ocupados demais com o baile para repararem. Isso é importante, Alric. Se eu for pega, vai ser duro para mim, mas preciso me certificar de que nada assim volte a acontecer a La Rose ou a você novamente. Você entende?

O menino assentiu, com os olhos arregalados. Jenny sabia que estava pedindo a ele para também assumir o risco.

Encontraram Gilchrist e Galiene saindo da porta do estábulo, com um Thurstan de ar muito sombrio a reboque.

— Então, muito bem — disse o cavalariço. — Lá vai você para a forja, rapaz. — Ele olhou para Alric. — Sorte sua ser tão aleijado. Ou você também passaria o dia todo na forja. Sendo do jeito que é, pode cuidar do cavalo da *lady*. A égua precisa de uma boa escovadela tanto quanto precisava ontem.

No fim do dia, cada baia estava fechada com um barra de ferro, e havia ferraduras velhas pregadas em cima de todas as portas, só por segurança.

— Pode ter certeza de que as fadas ficarão afastadas — disse Galiene a Gilchrist.

— É ver para crer — respondeu o cavalariço com seu jeito amuado.

Jenny gostaria de saber por que as barras de ferro e as ferraduras manteriam as fadas longe, se todos cavalos já estavam ferrados antes do incidente, mas sabia que não devia perguntar na frente de Gilchrist. O deboche mal disfarçado do cavalariço deixara Galiene de mau humor.

Naquela noite, Jenny foi para a cama sabendo que precisaria de um milagre para conseguir ir até Carter Hall e voltar sem ser notada, mesmo com a ajuda de Alric. Estava surpresa com a própria astúcia. Havia passado metade da tarde no galpão da cozinha, convencendo Hawise de que precisavam de grelhas novas para a cozinha, e a outra metade na forja, elogiando tanto o trabalho de Thurstan, a ponto de o ferreiro achar que o menino era o melhor ajudante que já tivera. Tinha quase certeza de que o ferreiro agora pretendia usar Thurstan para mais um dia de trabalho, pelo menos enquanto fazia as novas grelhas. Jenny sorriu para si mesma. Se o ferreiro acabasse pedindo para ficar com o menino, seria bem feito para Thurstan, por ter sido malvado com Alric. Jenny tentou concentrar a mente nos problemas práticos de sair da propriedade sem ser notada. Nem se permitia considerar o que poderia acontecer depois disso.

O sol nasceu na manhã seguinte, iluminando um dia perfeito de agosto. Jenny respirou aliviada. Com aquele tempo, certamente o baile seria mantido. Tudo estava como deveria ser no estábulo, os cavalos perfeitamente escovados, em suas baias protegidas por barras de ferro. Os guardas haviam partido. Jenny pegou a sela e escondeu-a num ponto distante do pasto. Depois da missa, passou suficientemente perto da forja para ver Thurstan trabalhando duro. Aquela pequenas vitórias animaram-na tanto que Isabel chegou a reparar enquanto trabalhavam.

— Normalmente, fiar lã não é um trabalho que a alegre a ponto de fazê-la assobiar — comentou ela.

— Hoje, eu estou satisfeita com a vida. Deve ser o tempo ou, talvez, a idéia do baile.

— Talvez você esteja pensando no conde William — disse Isabel. — Essa história está mesmo avançando, hein?

Jenny baixou os pentes de fiar e suspirou.

— *Lady* Ada vai ser uma sogra difícil. Ela ofusca todos à sua volta e pareceu não gostar de mim à primeira vista.

Isabel olhou-a, desconfiada.

— Você não vai se casar com a mãe. E quanto ao filho?

— O conde William se considera o centro do Universo — respondeu Jenny. — Mesmo quando tenta ser gentil, ele não consegue encontrar assunto melhor para conversar a não ser sobre si próprio. Se eu fosse livre para escolher, não me casaria com ele. — Ela ficou surpresa ao ouvir-se falando com tanta sinceridade.

— Jenny, talvez seja melhor assim. Eu escolhi Bleddri, e olhe só no que deu.

Jenny havia esperado tanto tempo para ouvir a história de Isabel. Agora, temia acabar contando tudo à irmã se continuassem a conversar daquele jeito. Rapidamente, mudou de assunto.

— Você sabe como vai a madeira para o fogo? Eu pedi a Gilchrist para cuidar disso.

— Então, pode ter certeza de que será bem-feito. Mas, se quiser, vá ver. Creio que um pouco de sol vai lhe fazer bem. Você está um pouco pálida.

Jenny esperava que Isabel não percebesse quanto saíra rápido. Será que Tam Lin podia ser um espírito do mal como Bleddri, atraindo-a para longe de casa para fazer-lhe mal? Certamente que não. Bleddri sempre a deixara incomodada, mas o Tam de quem ela se lembrava era gentil e educado. *Sim*, disse Jenny para si mesma, *mas quem fez aquela brincadeira cruel do vestido com você, e quem embaraçou a crina de La Rose e aterrorizou Alric?* Será que também fora Tam? Precisava descobrir.

A pilha de madeira crescia cada vez mais na parte aberta do pátio, supervisionada de perto pelo olhar vigilante de Gilchrist.

— Veja bem onde vai pôr essa tora, menino. Assim, não. Temos que nos certificar de que nenhuma madeira role quando estiver tudo aceso. — Ele estava totalmente absorto no trabalho.

Alric saiu mancando de um canto do estábulo, com os braços cheios de cascas de árvore para acender a fogueira. Quando os olhos de ambos se encontraram, Jenny soube que ele não a desapontaria.

Capítulo 17

Acima da floresta iluminada pela lua, um vento se insinuava por entre as copas das enormes árvores, com uma música que lembrava a voz de um rio, mas ali, bem abaixo, estava tudo quieto e parado. Jenny manteve as rédeas de La Rose firmemente presas, com medo de que a pequena égua tropeçasse no escuro. Nunca havia estado sozinha na floresta durante a noite. Era mais bonito e mais terrível do que qualquer sonho.

Havia sido fácil escapulir sem ser notada. A fogueira que Gilchrist fizera era tão alta que era impossível saber quem estava do outro lado, e, um pouco além dela, a escuridão caía como uma cortina. Agora, se ao menos Alric pudesse garantir que o portão da propriedade estaria aberto quando ela voltasse. Se ao menos ninguém percebesse que ela havia partido. Jenny procurou não deixar os pensamentos voarem demais.

Antes de chegar ao rio, ela desmontou e guiou La Rose cautelosamente, atenta a qualquer som que pudesse alertá-la da presença de bandidos. Sabia que não havia motivos para encontrá-los ali mais do que em qualquer outra parte da trilha, mas agora não conseguia mais se livrar da sensação de que aquele era um lugar perigoso.

Jenny montou em La Rose para atravessar o rio e forçou o animal até Carter Hall, sentindo o próprio coração aos saltos. Tam Lin podia ter mudado completamente e ser um homem cruel e perverso que ela não conhecia. Porém a idéia de que Carter Hall pudesse estar vazio outra vez a aterrorizava ainda mais.

Mas ele estava lá, esperando perto do poço. Chegou até a sorrir quando a viu.

— Você veio — disse Tam Lin. — Eu temia que não conseguisse.

Jenny desmontou, porém manteve La Rose perto de si, usando-a como uma pequena barreira.

— Conseguir? Você não imaginou se eu ia "querer" vê-lo novamente? — ela gritou as palavras.

— Mas eu pensei... eu esperava que... nós fôssemos amigos — balbuciou ele.

— Como, depois da forma como você me tratou?

— O que quer dizer?

— Você me mandou para Roxburg com um vestido feito de folhas mortas. Foi um truque cruel. Como pôde ser tão insensível?

— Insensível! Eu levei anos para aprender a realizar aquela mágica. Você não faz a menor idéia de como é difícil fazer um feitiço para durar tanto tempo e viajar para tão longe de quem o fez. E o vestido era lindo. Você mesma disse. — Tam Lin parecia arrasado.

Jenny recuou um passo.

— Como você pode falar assim? — A voz dela transformou-se num sussurro. — Como se a magia fosse parte da vida cotidiana?

— É parte da minha vida cotidiana. Foi por quase sete anos. Eu queria lhe dar um presente que ninguém mais pudesse dar. Esqueci de que poderia parecer estranho. — Ele parecia perdido. — Jenny, eu mal me lembro de como deve ser viver no mundo dos homens.

A raiva dela desapareceu.

— Mas foi mais que apenas um vestido, Tam. Por que você o enfeitiçou para que todos os homens se apaixonassem por mim? Eu pensei que estivesse zombando de mim.

— Zombando de você? Jenny, eu preciso fazê-la entender... — Ele passou as duas mãos pelos cabelos. — Mal sei como começar. Que tal vir até o salão? Eu preparei uma refeição para você. Por favor? — Ele estendeu a mão para ela.

Jenny hesitou. Não ousara esperar encontrá-lo daquela forma, calmo e racional como sempre. Ainda não sabia ao certo se podia confiar naquele homem cuja vida podia ser mais terrível e estranha do que ela imaginava. Mas sabia que não poderia deixá-lo naquele momento.

— Eu irei — disse Jenny e pegou a mão dele.

Carter Hall estava transformado. Um fogo alegre havia sido aceso no chão, muito perto do lugar onde ela quase morrera de chorar alguns dias antes. Havia uma lebre assando no forno e a mesa fora posta para uma refeição. Jenny ficou encantada.

— Isso também é magia das fadas?

— Não, não é. — Pela primeira vez, Tam Lin parecia aborrecido. — Caçar sem cachorros não é um esporte fácil. Eu passei vários dias na floresta para pegar essa lebre e fazer uma boa refeição para você. Prometo que tudo o que você vê aqui é resultado do meu trabalho duro. Exceto o pão, que veio graças à generosidade daqueles bandidos. — Então, ele deu um sorriso bastante malicioso. — E o peixe, que eu roubei de uma das armadilhas do seu pai. Ele tem tantas que tive certeza de que ninguém iria notar.

— Você teve todo esse trabalho por minha causa? — Era difícil imaginar qualquer homem preparando uma refeição, sobretudo um de ascendência nobre.

Tam Lin parecia constrangido.

— Sim, eu tive. Você vai se sentar?

Jenny se sentou no único banco, enquanto ele foi até perto do fogo e trouxe os pratos, um pedaço de salmão defumado e a lebre assada. Então, foi buscar pão e água. — Eu gostaria que tivéssemos cerveja — disse Tam Lin, sentando-se ao lado dela.

A comida parecia bastante real, mas o vestido também parecera. Se aquilo fosse comida de fada, Jenny correria o risco de ser capturada para sempre se chegasse a prová-la. Ela pegou um pouco de salmão com a colher e colocou-o em seu prato. A presença de Tam Lin ao seu lado no banco era tão reconfortante, trazia um alívio tão grande que Jenny soube que podia confiar nele. Ela respirou fundo e provou o salmão.

— Está muito bom — disse.

Ele sorriu.

— Agora, coma. Depois, conversaremos.

Assim Jenny fez. A maior parte do salão estava imersa em sombras. De algum ponto sob o beiral, ela pensou ter ouvido um som como o farfalhar de penas. Em um canto distante, avistou o colchonete onde Tam dormia. Desde que voltara de Roxburg, Jenny estivera aborrecida demais para comer. Mas, naquele momento, a comida tinha um gosto maravilhoso.

— Não precisam de você na casa de seu pai? — perguntou ele, quando ela esvaziou o prato pela segunda vez. Mas parecia satisfeito.

Depois que terminaram de comer, os dois ficaram em silêncio. Jenny desejou que pudessem permanecer sentados ali para sempre, como duas pessoas comuns, sem nenhum segredo terrível para revelar.

— Você já ficou noiva? — perguntou Tam Lin, finalmente. Sua voz estava tensa, como se as palavras o machucassem.

— Não — respondeu ela. — Mas parece que logo ficarei. — Jenny ergueu os olhos para Tam Lin. Tudo nele era tão querido... A forma das maçãs do rosto, o jeito como os cabelos caíam em cima das sobrancelhas. Jenny queria puxá-lo para dentro do seu coração e mantê-lo ali para sempre.

— Tam, vai me contar como são as coisas para você e como elas acontecem? — pediu ela.

— Vou lhe contar o que posso. — Ele fez uma pausa e suspirou. — Eu era menino e saí para caçar num dia de inverno e caí do meu cavalo. Bati a cabeça com força. Quando acordei, estava no meio de um povo que eu nunca tinha visto antes. Eles cuidaram de mim e eu pensei que estivesse tudo bem, até tentar voltar para casa. Aí, entendi que aquele povo não era terreno e que eu era escravo deles. Foram gentis comigo, Jenny. Trataram-me bem. Queriam que eu ficasse com eles para sempre, mas eu sabia que o meu avô só tinha a mim e não agüentava pensar na dor dele. Aí, eu implorei a ela, a eles — corrigiu-se Tam Lin —, que me deixassem voltar. Finalmente, o meu desejo foi concedido. Mas o feitiço que haviam posto em mim quando salvaram a minha vida, porque sem ele eu teria morrido, era forte demais. Assim, eu posso viver no mundo dos homens, mas não sou mais totalmente humano. É como se eu tivesse um pé em cada mundo e vivesse dilacerado pelo tanto que preciso me esforçar para permanecer assim. Se eu desistir, eles me levarão para sempre.

Jenny percebeu que, da mesma forma que Galiene, Tam Lin nunca falava o nome daquelas pessoas, como se a simples menção da palavra "fada" tivesse poder.

— E nada pode quebrar esse feitiço? — perguntou ela.

— Nada que eu pudesse pedir a alguém. Agora, sou um perigo para todo mundo, sobretudo para aqueles de quem gosto. Eu vim para cá para ficar longe do povo terreno.

Nunca deveria ter falado com você. Não deveria ter usado a minha mágica para lhe dar aquele vestido. Não deveria ter lhe pedido para vir aqui esta noite. — Ele parecia bravo consigo mesmo.

— Um homem mais forte teria mandado você embora na mesma hora que veio, achando que você era algum feitiço maligno. — Tam Lin suspirou. — Mas eu tenho lutado tanto e há tanto tempo que me cansei de mentir. Uma vez que seja, quero dizer a verdade. Assim, deixe-me lhe contar por que o vestido estava enfeitiçado. Eu tinha esperanças de que ele conquistasse um homem melhor. Um que a amasse e a tratasse bem. William de Warenne não é o homem para você.

— Eu sei disso — disse Jenny, desviando os olhos para não trair seus sentimentos.

— Mas a minha mágica não é suficientemente forte para fazer qualquer coisa — continuou ele. — Eu fiz aquele vestido para que todos os homens a vissem como eu a vejo. Era a única forma de eu conseguir o encanto.

— O que quer dizer?

Tam Lin se levantou do banco e foi para perto do fogo, postando-se de costas para ela. Falou tão suavemente que Jenny teve de inclinar-se para a frente a fim de ouvi-lo.

— Se eu pudesse me apresentar a você como um cavaleiro terreno, minha dama, se pudesse cortejá-la no salão do seu pai e conquistá-la para mim, eu o faria. Mas não pode ser assim. Como quero que você encontre alguém que a ame como eu a amaria, enfeiticei o vestido com os meus próprios sentimentos. Eles a amaram porque eu a amo.

Jenny se levantou, foi para trás dele e encostou o rosto nas costas de Tam.

— Escute-me, Tam Lin. Mesmo que eu passasse o resto da minha vida dormindo na cama de William de Warenne, mesmo que você esteja em um lugar que eu não possa atingir, você é meu. Sempre será meu, mesmo que esta noite seja tudo o que eu possa ter de você. — Ela pegou-o pelos ombros e virou-o para si.

Tam Lin parecia alarmado.

— É melhor você ir agora. Você não deve... — ele começou a dizer.

Mas qualquer coisa que eles devessem ou não fazer parecia totalmente sem sentido para Jenny naquele momento. Assim, ela cobriu a boca de Tam Lin com seus próprios lábios, para impedi-lo de falar. Ele resistiu brevemente, mas então começou a corresponder.

Jenny nunca havia beijado um homem, porém o que aconteceu em seguida pareceu-lhe natural. Era como se os corpos de ambos continuassem partilhando o mesmo tipo de conversa que sempre haviam tido, cada gesto sendo respondido por outro, que completava o primeiro perfeitamente. Em algum ponto distante, uma voz tentou dizer a Jenny que aquilo era perigoso e errado, que ela corria o risco de pagar pelo resto da vida pelo que estava fazendo. Mas Jenny silenciou a voz, sabendo que não era daquela forma, apesar do que qualquer outra pessoa pudesse achar ou dizer.

Ela havia imaginado que um homem fosse inteiramente grosseiro e duro. O choque doce da pele de Tam Lin deixou-a deliciada. Jenny tentou memorizar a sensação, a forma como ele brilhava sob a luz do fogo, guardá-lo para sempre na memória. Mal podia acreditar que alguém pudesse ser tão bonito. Queria inalar o espírito de Tam Lin para dentro dos próprios pulmões. Queria que se tornassem um único ser. Ele tentou afastá-la, mas ela o puxou para si, insistindo em que ficassem juntos. O tempo começou a caminhar com maior lentidão. O momento não teria como ser mais mágico, mesmo que Tam Lin lançasse um poderoso encantamento.

Ele foi tão gentil quanto possível, mas o que acabaram fazendo doeu até fazê-la gritar de dor. Tam Lin respondeu com um grito seu, um longo suspiro de desabafo e arrependimento. Então, finalmente, voltaram ao mundo real.

— Isto nunca deveria ter acontecido — disse ele, acariciando-a no rosto. — Eu a arruinei.

Jenny sorriu.

— Foi mais a minha vontade que a sua. Se vou ser entregue a alguém como um pedaço de terra, saberei que pelo menos uma vez na vida tive o homem que escolhi, o homem que eu amo. Agora, fique quieto. Deixe-me ficar aqui nos seus braços.

Jenny afastou os próprios pensamentos pelo tempo que pôde, porém, por fim, eles a invadiram. Aí ela se lembrou de que ainda havia uma coisa que não entendia. Então, apoiou-se em um cotovelo para olhar para ele.

— Tam, por que você embaraçou a crina de La Rose e os cabelos do menino que a estava guardando?

Ele se sentou, alarmado.

— Alguém fez isso?

— Sim. Eu pensei que fosse você pregando peças em mim.

— Jenny, eu jamais faria tal coisa. — Tam Lin estendeu a mão para pegar a camisa e vestiu-a. Levantou-se e começou a andar. — Ela deve estar sabendo. Que tolo eu sou.

— Do que você está falando?

— Jenny, levante-se e vista-se. Você tem que sair deste lugar. Não deve voltar nunca mais.

Ela vestiu a túnica.

— Você não pode estar falando sério, Tam. Diga-me o que o incomoda.

— Eu pensei que conseguisse manter você em segredo. Mas a rainha das fadas deve saber. Jenny, se puder, ela vai machucar você. Eu colocarei um feitiço em você para que possa chegar em casa, mas você não deve vir aqui nunca mais. Se dá valor à sua vida, por favor, fique longe.

Jenny foi até ele e pegou-o pela mão.

— Eu fiquei mesmo depois de saber que você não era mais terreno. Eu arriscaria a minha alma mortal por você. Assim, não me proíba de vê-lo novamente.

Tam Lin passou os braços em volta dela e beijou-a na cabeça.

— Como eu poderia? Você é a minha única amiga. Mas, pelo menos, prometa nunca mais voltar depois que escurecer. — Ele franziu o cenho. — Jenny, eu não sei por quanto tempo mais conseguirei ficar neste mundo. Quando o verão acabar, talvez eu também desapareça.

— Não! Você só pode estar errado.

— Eu gostaria de estar, meu amor. Agora, por favor, vá. Vista-se e vamos procurar La Rose.

A égua estava esperando por Jenny perto do poço.

— Como eu posso suportar me afastar de você? — disse ela.

— É preciso. Agora, há um grande perigo para você aqui. — Tam Lin beijou-a uma última vez. — Eu não devia fazer mágica porque toda vez que faço, uma parte de mim se perde, mas não posso mandá-la para o meio da noite, desprotegida. — Depois que Jenny montou em La Rose, ele disse: — Feche os olhos. — Ela fechou e Tam Lin murmurou alguma coisa. — Pronto. Isso deve levá-la até em casa. Vá com Deus.

Jenny mal havia perdido Carter Hall de vista, quando seus problemas começaram a pressioná-la como a escuridão. *Tam Lin nunca será meu*, disse a si mesma. *Ele pode desapare-*

cer para sempre e eu estarei arruinada. Como vou enfrentar o mundo amanhã? A enormidade do que havia acabado de fazer começava a penetrar em seu espírito. Sentia-se quente, suja e com raiva de si mesma. Quando chegou ao estreitamento do rio, desmontou La Rose e deixou-a bebendo água. Caminhou um pouco pela margem até encontrar uma piscina natural, então tirou as roupas e mergulhou na água negra. Sentiu-se melhor no mesmo instante, limpa e acarinhada. Imaginou quanto era tarde e se haviam dado pela sua falta em casa. A luz da lua ainda banhava a floresta, de forma que não haviam se passado tantas horas assim.

Jenny estava prestes a sair do rio, quando os bandidos apareceram na margem oposta. O barulho da água nas pedras devia ter abafado os ruídos da aproximação daqueles malfeitores. Jenny nadou à vista deles e parou, petrificada, julgando que seria vista. Mas eles cruzaram o rio como se ela não estivesse ali. Jenny prendeu a respiração. La Rose se encontrava bem na trilha. Os homens passaram suficientemente perto para poderem tocar o pequeno animal se estendessem o corpo e, mesmo assim, pareciam não ver nada. E então, partiram.

Quando saiu do rio, Jenny sentiu os dentes batendo, mas não de frio. O feitiço de Tam devia tê-la protegido. Nada mais teria impedido aqueles homens de verem La Rose na trilha ao lado deles. Ela espremeu a água dos cabelos e enxugou-se levemente com a túnica, antes de se vestir.

— Venha, La Rose — sussurrou. — Leve-me para casa.

Capítulo 18

— Milorde, seu pai, mandou a senhorita e sua irmã virem ouvir a mensagem que chegou de Rowanwald, *milady*. — Alric olhou em volta. — Ela não está aqui?

Jenny chegou ao quintal da cozinha a tempo de ouvir o menino falar com Isabel. Insegura, apoiou-se na cerca e tentou engolir o gosto ácido de vômito. Estivera pegando ervas para o inverno com Isabel, até que uma onda de náusea a mandara voando para o monte de esterco atrás do estábulo, onde poderia esconder o que estava acontecendo. Assim que se acostumara a pular o desjejum matinal, o enjôo se expandira até encher a maior parte do seu dia.

Isabel olhou-a, ansiosa.

— Aqui está ela, Alric. Diga a meu pai que iremos agora mesmo. — Quando o menino saiu, ela disse: — Está enjoada de novo, Jenny? Eu gostaria que contasse a Galiene. Temo que as suas viagens deste verão a tenham deixado doente.

— Não é nada, Isabel. Às vezes os remédios de Galiene são piores que as doenças que eles curam. — Jenny esperava que o seu sorriso fosse convincente. A princípio, deixara-se acreditar que havia sido de fato acometida por alguma doença. Mas agora, no fim de setembro, não podia mais fingir. Se Galiene soubesse, adivinharia na mesma hora o que estava acontecendo com ela, e Jenny ainda não estava pronta para contar seu segredo. Pagaria pela noite passada com Tam Lin pelo resto da vida. Cada dia a mais que conseguisse esconder sua gravidez seria um dia a menos para suportar.

— Venha — disse Isabel. — Não deixemos papai esperando.

Cruzaram o pátio sem ver mais ninguém. Todos os criados capazes de trabalhar se encontravam no grande celeiro de Langknowes, ajudando a juntar o trigo da colheita. Até Galiene fora.

— Você acha que é sobre a sua confissão? — perguntou Jenny.

Isabel assentiu.

— Eu espero que sim. Agora, estou pronta. Será um alívio livrar-me disso, independentemente do que venha depois.

Jenny desejou poder se sentir da mesma forma. Ela própria vinha fugindo da confissão havia várias semanas.

O pai estava esperando no pavilhão familiar com o mesmo rapaz que levara o convite de Jenny para Lilliesleaf apenas alguns meses antes.

— A mensagem é para vocês duas — disse o visconde, sorrindo amplamente. Jenny sentiu o estômago contorcer-se e ficou grata por já tê-lo esvaziado.

O menino respirou fundo e lançou-se no discurso decorado:

— O Irmão Bertrand de Rowanwald manda saudações à casa do visconde Philippe Avenel e as bênçãos do nosso lorde, o abade. O Irmão Bertrand pede que se preparem para a chegada dele, daqui a uma semana, quando ouvirá a confissão de *lady* Isabel e formalizará o noivado de *lady* Jeanette com o conde William de Warenne. O conde William irá a Rowanwald e, de lá, virá para Langknowes com o Irmão Bertrand, para pedir a mão de *lady* Jeanette e combinar a data do casamento.

Jenny sentou-se em um banquinho. Tudo oscilava diante dos seus olhos e ela receou desmaiar.

O pai não percebeu nada daquilo.

— Menino, leve uma mensagem de volta a Rowanwald — disse o visconde. — Pergunte ao Irmão Bertrand se ele pode mandar uma mensagem ao meu filho, Eudo, em Lilliesleaf, para que ele venha testemunhar o noivado da irmã. — Ele bateu palmas. — Que belo dia será para todos nós. Isabel, temos que nos preparar para a festa real. — De repente, ele franziu o cenho. — Alguém pegou bolotas de carvalho para a abadia?

Jenny respirou fundo.

— Eu peguei algumas no verão, papai. Posso ir buscá-las para o senhor. Mas a produção deste ano já deve estar pronta. Elas não são difíceis de encontrar. Peça aos seus homens para procurarem em qualquer carvalho grande.

— Muito bem. Eu irei pessoalmente ao celeiro para mandar alguém hoje mesmo. Senão, corremos o risco de nos esquecer no calor dos preparativos. Vocês duas podem começar a fazer planos.

Depois que ele partiu, Isabel pegou a lançadeira.

— Agora eu vou trabalhar aqui para você poder descansar, Jenny. Você está verde como um pedaço de vidro. — Ela trabalhou em silêncio por alguns momentos. Depois, baixou novamente a lançadeira e foi sentar-se perto da irmã. — E pensar que eu farei a minha confissão no dia do seu noivado. Enquanto você se compromete com o homem que será seu marido, eu finalmente me libertarei daquele que me arruinou.

Antes que pudesse impedir, Jenny sentiu a pergunta, que estivera em seus lábios por todos aqueles meses, pronta para sair.

— Isabel, você nunca pensou que Bleddri pudesse não ser o que parecia? Eu confesso que pensei. Só vi a verdadeira natureza dele uma vez, mas ela me assustou. Ele parecia outro homem.

— Você sempre teve esse talento de ver as pessoas como elas são, Jenny. E o que viu foi verdade, porque Bleddri era um outro homem. — Isabel baixou os olhos para o próprio colo. — Eu só vi o que queria ver. A venda não saiu dos meus olhos até ele me levar para aquele penhasco, perto do mar. Aí, me mandou desmontar do cavalo porque era um animal muito bom para ficar coberto com o meu sangue.

— Bleddri revelou que só amava o ouro — continuou Isabel, com a voz num sussurro. — Ele já havia matado seis donzelas por causa da riqueza, e eu seria a sétima. Disse que todo o nosso sangue e todas as nossas riquezas não poderiam devolver as terras que ele havia perdido por causa da Cruzada à Terra Santa. Disse que eu não poderia imaginar o sangue que estava derramado lá, a brutalidade. Ele já estava prometido ao inferno e nada poderia mudar isso. Assim, Bleddri fazia o que queria.

— Mas como você conseguiu manter a cabeça no lugar? — perguntou Jenny.

— Eu soube naquele momento que ele nunca havia me amado. Eu ainda o amava, porque o amor não pode ser posto de lado tão rápido assim, mas também sabia que por mais que amasse Bleddri, eu amava mais a minha própria vida. Aí, pedi a ele para se virar, para poder tirar as minhas jóias, porque eram boas demais para serem arruinadas pela faca dele. Eu esperava que Bleddri fosse suficientemente ganancioso para fazê-lo, e ele foi. Foi tão estranho. Parecia que tudo estava acontecendo com outra pessoa. Quando tirei a minha capa, ele foi para trás e ficou bem perto de Bravura, de costas para mim, de tão certo que estava de que eu nunca o machucaria. Eu peguei o alfinete da minha capa e o enfiei no flanco do cavalo. Foi uma sorte, porque Bleddri foi atingido em cheio, nas costas. Ele não conseguia se levantar e nem falar. Se algum tipo de palavra tivesse passado pelos seus lábios na ocasião, talvez eu tivesse desistido. Mas ele se virou e me lançou um olhar de tanto desprezo e ódio que eu decidi completar o que havia começado. Joguei minha capa em cima dele, para não ver seu rosto novamente e para ele não conseguir me agarrar nem me deter. Então, rolei-o até a borda do penhasco, que estava próximo, e o empurrei.

— Como você conseguiu tanta força?

Isabel pensou que Jenny estivesse falando de força física.

— Antes ou depois daquilo, eu não teria conseguido movê-lo. Foi como se os anjos segurassem os meus braços. Mas, se seguraram, eles voaram depressa demais, porque fiquei em pé, na beirada do penhasco, olhando para o corpo do homem que eu havia amado, enquanto as ondas e as pedras o destroçavam, sabendo que ele havia morrido pelas minhas mãos. Sabendo também que ele tinha acabado vítima do destino que havia planejado para mim. Eu me encontrava longe de casa e mais sozinha do que jamais havia estado. Então, comecei a tremer. Caí de joelhos e chorei, e chorei. — Ela olhou para Jenny com olhos arregalados e vazios. — Até hoje, me pergunto o que me impediu de me atirar depois dele.

— Ah, Isabel, como você pode dizer uma coisa dessas? — Jenny estava chocada.

Isabel assentiu.

— Eu sei. Esse talvez seja o pior pecado de todos. Foi como se eu tivesse sido dividida em duas quando Bleddri disse que iria me matar. Quando voltei a mim, desejei estar morta. O homem que eu amava estava morto. Como poderia me sentir de outra forma? Você nunca amou assim, Jenny. Como posso querer que entenda?

Jenny passou os braços em volta da irmã e segurou-a como uma criança enquanto Isabel chorava. O sol ainda brilhava, mas a luz parecia ter sido extraída do dia. Jenny gostaria de dizer à irmã que sabia o que significava amar tão profundamente, porém não podia. Isabel estava pronta para purificar a sua alma, e o segredo de Jenny apenas atrapalharia a sua confissão.

Por fim, Isabel enxugou as lágrimas.

— Eu não deveria tê-la incomodado com a minha história. Estou revivendo tudo na mente esses últimos dias, preparando-me para a confissão.

— Não. Estou feliz por você finalmente ter me contado. — Jenny sabia que agora devia deixar Isabel se recuperar, mas enquanto comparava a ruína da irmã com a sua própria, a curiosidade tomou conta dela. — Isabel, você sumiu com Bleddri por três dias. Ele... ele nunca a tocou?

Isabel sorriu tristemente e meneou a cabeça.

— Não mais que um beijo. Na época, eu pensei que fosse a marca do respeito de Bleddri por mim. Mas agora sei que, para ele, eu era repugnante. Bleddri nos odiava a todos, sabe? Em algum lugar do fundo do meu coração, senti essa frieza. Eu achava que fosse a natureza dele, mas nunca imaginei que não houvesse mais nada ali. Agora, eu sei, Jenny. Se tiver a chance de escolher de novo, não serei tão cega.

Isabel não disse mais nada. Jenny imaginou se ela estava falando sobre Cospatric, mas pareceu cruel demais perguntar.

Os dias que se seguiram foram tão cheios de preparativos que Jenny conseguia manter as preocupações de lado enquanto trabalhava, mas, à noite, elas a dominavam. Se se confessasse, o pai provavelmente a mandaria para o priorado na primavera, logo depois que a criança nascesse, para esconder sua vergonha. Jenny imaginou se seria possível ela tomar o lugar da irmã. Porém, mesmo sob os cuidados de Galiene, um recém-nascido sem mãe tinha poucas chances de sobreviver, e ninguém lamentaria se morresse. Ninguém além de Jenny. Apesar de tudo, ela já amava intensamente a criança. *Se isso é tudo o que posso ter de Tam Lin*, pensou, *preciso descobrir um jeito de manter o bebê.* Se conseguisse convencer o conde William a fazer os votos logo, talvez pudesse se casar com ele e fingir que a criança nascera prematura. Sentia-se péssima em pensar na astúcia que seria necessária para enganar um homem como ele. Depois, havia o problema da confissão. Seria capaz de omitir tudo o que havia acontecido com Tam Lin e de colocar a própria alma em perigo? Sim. Já valorizava a vida do seu filho acima da sua alma mortal. Se tivesse que mentir em confissão, o faria.

Não havia voltado a Carter Hall desde aquela lua cheia de agosto. O regresso de Jenny para casa naquela noite fora tão tranqüilo depois que ela deixara o rio — sua ausência nem tinha sido notada — que ela suspeitava que o feitiço de Tam Lin se estendera até a propriedade do pai. Agora, ansiava por ver Tam, pensava nele constantemente, mas se manteve afastada. Não porque temia a rainha das fadas, mas porque não queria se tornar mais um dos problemas dele. Sabia que Tam Lin se culparia pela gravidez, apesar de ela própria não culpá-lo. *Honrarei a memória de Tam Lin protegendo seu filho*, disse a si mesma. *Talvez seja tudo o que eu possa fazer.*

Quando Eudo chegou, na noite antes do noivado, Jenny ficou surpresa ao constatar que ele viajara sozinho. Certamente *sir* Robert e *lady* Margaret quereriam testemunhar o noivado do conde William. Metade de Teviotdale compareceria. Jenny percebeu que Eudo parecia mais sério que de hábito, mas, com toda a confusão, não teve a chance de perguntar a ele o que o incomodava. Isabel não via o irmão desde o Natal e estava tão feliz que parecia até que nada de mau nunca acontecera a ela.

Quando foi para o pavilhão familiar, no fim daquela noite, Isabel disse:

— Eu tenho uma surpresa para você, Jenny, uma música. Pelo menos, Cospatric e eu temos. Se você quiser, a cantarei novamente na sua festa, amanhã à noite.

Cospatric parecia um pouco desconfortável no pavilhão familiar, mas rapidamente se instalou em um banquinho e começou a tocar. A canção que Isabel cantou era na língua dele, o gaulês. Soava estranha aos ouvidos de Jenny, porém Isabel parecia tê-la aprendido sem a menor dificuldade. Sua voz soava ainda mais bonita que de hábito. Todos no pavilhão — o pai, Eudo e até mesmo Galiene — ficaram cativados. Só Jenny olhou para Cospatric, porque apenas ela via o rosto dele quando olhava para Isabel. Naquele breve momento, Jenny descobriu o que vinha procurando todas aquelas semanas, um amor tão profundo e honesto que quase a deixou sem ar.

— Cospatric me ensinou esta canção de amor no seu próprio idioma — disse Isabel quando terminaram.

— Eu adoraria ouvi-la de novo na festa, Isabel — declarou Jenny. Estava muito mais tocada do que poderia confessar.

Quando Cospatric saiu, Eudo disse:

— Eu gostaria de falar com minha irmã, na sua última noite como, verdadeiramente, parte da família. Venha, Jenny, vamos dar um passeio. — Só então Jenny se lembrou de quanto ele parecera perturbado antes.

Enquanto caminhavam pela estrada, Eudo pegou uma vareta e bateu nos arbustos. Não olhou para ela.

— Isabel parece bem — ele disse finalmente. — Eu temia encontrá-la muito mudada.

— No verão, ela estava. Você nem a teria reconhecido naquela época. Mas, pouco a pouco, Isabel voltou a si. A música ajudou-a muito.

— Aquele harpista é uma maravilha. Nunca ouvi nada como a música dele antes.

Jenny não resistiu a elogiar Cospatric para o irmão.

— Ele é um bom homem, Eudo, direto e gentil. Com um coração digno de um nobre.

Eudo suspirou.

— Você facilita as coisas para mim porque é exatamente sobre isso que eu queria falar. Jenny, muitos nobres não partilham essas virtudes de honestidade e gentileza. Se você optar por não aceitar esse casamento, não receie por mim. Se o conde William exigisse que você fosse o meu resgate no torneio, eu daria um jeito de pagá-lo.

Jenny ficou tão surpresa que parou de andar.

— Eudo, eu pensei que esse casamento lhe agradasse. — Ela tentou pensar no que poderia tê-lo feito mudar de idéia. — Papai falou com você sobre os agiotas? — Talvez Eudo estivesse com medo de perder o que era seu por direito.

— Ele me contou, mas essa não é a minha única preocupação, Jenny. Quanto mais eu conheço o caráter do conde William, menos inclinado fico a confiar nele. Se você achar que a posição que ele vai lhe trazer vale qualquer coisa, se achar que poderá amá-lo, eu nunca mais falarei contra o conde William. Mas, se quiser mudar de idéia, ficarei ao seu lado.

Jenny percebeu que Eudo não estava lhe dizendo tudo, porém ficou com medo de insistir. Aquele noivado era a sua única esperança de futuro. Ela passou o braço pelo do irmão.

— Você é um irmão bom e generoso, Eudo. Eu sempre serei grata pela sua lealdade. — Jenny suspirou. — Mas a sorte está lançada. Amanhã, a esta hora, o conde William e eu estaremos noivos.

Naquela noite, pela primeira vez, Jenny sonhou que voltava a Carter Hall. Encontrava-se perto do poço e tudo estava tomado pela luz da lua, mas ela se achava sozinha. *Mesmo nos meus sonhos, eu não consigo mais encontrá-lo,* pensou quando acordou.

A comitiva do conde William devia ter saído de Rowanwald antes do sol nascer, porque a viagem levava mais de meio dia e eles chegaram a Langknowes exatamente na hora do almoço. Jenny ficou impressionada com a quantidade de gente. Seria difícil alimentar tantos convidados. O Irmão Bertrand saudou a família como se fossem velhos amigos, mas o conde William permaneceu em seu cavalo, olhando em volta. Jenny intuiu que ele estava analisando a propriedade do pai. O conde parecia chocado, e ela imaginou se o pai o enganara. Ele estava tão distante e entretido em seu belo cavalo cinza que Jenny sentiu o próprio coração desanimar.

— Onde está o Irmão Turgis? — Ela ouviu o Irmão Bertrand perguntar.

— Ele pensou em aproveitar esse tempo para ir até os limites do território para batizar os bebês que nasceram durante o verão e fazer alguns casamentos. Disse que sente muito, mas que sabe que está nos deixando em boas mãos — respondeu o pai de Jenny. Ela suspeitava de que o Irmão Turgis fora excluído do trato porque o esmoler assumira tantas funções importantes para aquela família. Qualquer que fosse a razão, Jenny estava grata. O Irmão Bertrand emprestaria sua graça à cerimônia.

O pai deixou o Irmão Bertrand e foi para perto do conde William que, finalmente, havia desmontado.

— Seja bem-vindo como um filho, milorde — disse o visconde, dando um tapinha no ombro do conde e olhando em volta. — Onde está a sua dama? Jenny, venha cumprimentar o seu noivo.

Jenny obedeceu. Quando o conde William a olhou, ela pensou ter visto uma sombra do mesmo desapontamento que vira enquanto ele examinava as terras. A verdade era que o conde William só se interessara por ela quando Jenny usara o vestido encantado. Sem ele, talvez tivesse deixado Roxburg como uma mulher livre. A confusa tentativa de Tam Lin de fazer a ponte entre o mundo das fadas e aquele em que eles viviam havia selado o destino de Jenny.

— Filha, mostre alguma afeição — pediu o pai.

Jenny inclinou-se para a frente e deu um beijo casto na face do conde William, virando-se depois rapidamente, antes que ele tivesse tempo de retribuir. — Creio que o senhor já tenha conhecido meu irmão, Eudo, e esta é minha irmã, *lady* Isabel. — Jenny pegou a mão de Isabel e colocou-a sobre a do conde William.

Ele soltou a mão branca e macia de Isabel como se ela fosse um sapo vivo.

— Esta é a moça que desgraçou a própria família? Não acredito que você a exiba tanto — disse ele, alto.

Um silêncio baixou sobre o pátio do estábulo. Todos pareciam congelados. Eudo foi o primeiro a se mexer, colocando a mão no ombro de Isabel, mas foi o Irmão Bertrand quem falou:

— Eu vim para ouvir a confissão de *lady* Isabel, milorde. Quando ela receber as bênçãos de Deus, seus pecados serão perdoados. Não manchemos este dia atirando pedras e julgando. — Jenny ouviu uma dureza inesperada na voz dele. Aquele não era o tom que um cortesão usaria com um membro da família real, mas sim o de um padre dirigindo-se a um fiel. O que aquilo poderia significar?

— Vamos para o meu salão — gritou o pai, tentando fingir que nada acontecera. Com o canto dos olhos, Jenny viu Eudo conduzir Isabel em silêncio para a privacidade do pavilhão familiar. Jenny descobriu que estava trêmula de raiva. Gostaria de ter coragem de pedir ao conde William para ir embora, porém tinha consciência de que outra cena só pioraria as coisas.

Jenny não sabia se Cospatric estivera presente para ouvir o conde William criticar Isabel, mas quando entraram no salão, ele começou a tocar imediatamente. A música era tão adorável que, se não soubesse da sua origem, Jenny teria imaginado tratar-se de uma melodia enfeitiçada. Quando a harpa silenciou, o clima do dia parecia ter sido restaurado, pelo menos até o pai falar.

— Sua mãe não veio com milorde?

— Não. Francamente, devo lhe dizer que minha mãe não aprova muito este noivado. Como sempre, ela acha que eu fui precipitado.

Jenny não podia acreditar no que estava ouvindo.

— Eu imaginei que pudesse se casar sem o consentimento de sua mãe, milorde — ela declarou.

Ele olhou-a por um longo momento antes de responder.

— Além de rei, meu irmão é a cabeça da família. Eu tenho a aprovação dele. Isso certamente é o bastante para mim, *lady* Jeanette. Será sua a missão de conquistar o afeto da sua sogra quando for para a corte, porque ela cuida da casa do rei e assim o fará até que ele se case, se é que meu irmão se casará.

Enquanto todos os demais comiam, Jenny virou a comida de um lado para outro no prato e refletiu sobre a própria situação. Tivera esperanças de que ela e William tivessem uma casa só dos dois, longe da corte nômade do rei. Talvez fosse possível enganar o conde William, fazendo-o pensar que seu filho nascera prematuro, mas seria mais difícil enganar *lady* Ada. Como Jenny poderia passar a vida naquela família infeliz?

Depois da refeição, o Irmão Bertrand foi ouvir a confissão de Isabel, e o conde William puxou Jenny para um canto.

— Venha caminhar comigo — disse ele. — Discutiremos o dia do nosso casamento. — Parecia bastante satisfeito, mas assim que saíram do pátio, virou-se para ela. — Quando você for para a corte, vai aprender a controlar a sua língua, porque há muita gente lá capaz de usar qualquer coisa negativa dita a meu respeito em benefício próprio.

Jenny olhou-o, impressionada.

— Eu não falei nada contra milorde.

— Certo. E como você definiria "eu imaginei que pudesse se casar sem o consentimento de sua mãe, milorde"? Estou lhe avisando que não vou sofrer por causa dessa sua língua afiada, Jeanette. Pretendo levá-la em breve para a corte. Se for adequado para seu pai, já no próximo mês. Minha mãe supervisionará o seu comportamento lá, e prometo que se eu não conseguir domá-la, ela conseguirá. Quanto ao nosso casamento, ficará adiado por um ano ou mais.

— Milorde não pode estar falando sério — disse Jenny. Seu aborrecimento pareceu lhe agradar mais do que qualquer coisa que ela havia feito desde que ele chegara.

— Ora, posso, sim. O casamento de minha irmã esvaziou os cofres. Meu irmão não está preparado para pagar outro tão em breve. Eu sou herdeiro do trono. Quando me casar, as despesas não serão poupadas.

Jenny sentiu as lágrimas ameaçando transbordar.

— Eu não posso esperar um ano — sussurrou.

Envaidecido pela tristeza dela, William parou de andar e abraçou-a.

— Agora, venha. Depois de hoje, será como se já estivéssemos casados. Você sabe que ainda me deve aquela multa do torneio. Quando for para a corte, eu terei a chance de reclamar o meu prêmio integralmente. — E ele a beijou. Foi um beijo grosseiro, e a reação de Jenny, imediata. Sem pensar, ela apoiou as duas mãos nos ombros dele e empurrou-o. Sua força surpreendeu a ambos. De repente, o conde William estava a um metro de distância dela, com o rosto vermelho de raiva.

— Quando eu for o seu lorde e mestre, Jeanette, você não vai me tratar assim — disse ele.

— Quando eu for sua noiva, milorde poderá fazer o que quiser. Até lá, serei dona do meu próprio nariz.

Ele lhe endereçou um sorriso predador.

— Acho que posso esperar até lá.

Jenny deu as costas, sem virar-se depois para ver se ele a estava seguindo. Com as costas da mão, tentou tirar a sensação da boca de William de seus lábios. O beijo dele era tão diferente de tudo o que ela já partilhara com Tam Lin que Jenny achou difícil que se tratasse da mesma coisa.

Capítulo 19

Agora, era impossível interromper a cerimônia de noivado. Jenny deixou que a trajassem com o vestido de seda vermelha e voltou para o salão. A capela era pequena demais para acomodar a multidão de convidados que aparecera. Jenny recebeu os rostos sorridentes como uma sonâmbula, até o Irmão Bertrand pedir a ela para colocar a mão sobre a do conde William. Ao fitar os olhos frios e azuis de William, ela encontrou a própria voz:

— Padre, eu não posso me comprometer com este homem. — Jenny tentou falar alto, mas sua voz saiu num sussurro.

Quando o Irmão Bertrand se inclinou para a frente e sussurrou em resposta, Jenny percebeu que apenas ele e o conde William haviam ouvido.

— Minha filha, você não deve estar falando sério. Está tudo arranjado.

William de Warenne olhou-a como se estivesse a ponto de matá-la.

Jenny respirou fundo e recuou um passo.

— Padre, eu não posso me casar com este homem. — Dessa vez, ela falou suficientemente alto para ser ouvida por todos. — Estou grávida de outro.

O silêncio chocado que se seguiu pareceu durar para sempre. Mais uma vez, o Irmão Bertrand foi o primeiro a encontrar a voz:

— Você jura, diante de Deus, que isso é verdade, *lady* Jeanette, e não uma falsidade criada para afastá-la deste noivado?

Jenny assentiu com um gesto de cabeça.

— Eu me deitei com outro homem, padre, e acho que estou grávida.

— Esta moça me traiu! — gritou William. — Quero que seja açoitada por seus pecados.

— E você, conde William, também será açoitado pelos seus pecados?

— Eudo, cale-se! — rugiu o pai.

Todos se viraram para Eudo. Seu rosto estava branco, mas ele manteve a pose.

— Não, papai. Deixe-me falar. Se minha irmã vai ser punida, por que esse homem deve escapar impune? Mary, uma criada em Lilliesleaf, também está grávida e afirma que o conde William é o pai da criança. *Lady* Margaret mandou açoitá-la brutalmente por ter dito isso, mas a história de Mary não muda. E eu acredito nela.

O rosto do conde William escureceu de fúria.

— Eu não vim até aqui para ser caluniado. Esta moça é tão ruim quanto a irmã. Ainda bem que estou livre de todos vocês. — Ele saiu trovejando do salão, seguido por sua comitiva.

Depois, todos os presentes foram saindo em silêncio, até que só ficaram o Irmão Bertrand e a família de Jenny.

— Eudo Avenel, hoje você fez um inimigo poderoso — disse o padre. — Mas eu admiro a sua coragem. Se a criança de Lilliesleaf for dele, já serão três de que eu tenho notícia. — Ele suspirou. — O rei desejava ver o irmão casado para impedir tal vergonha. Foi por isso que ele deu sua bênção a essa união, apesar de ela não ser tão ilustre ou lucrativa quanto *lady* Ada desejava. Eu pensei que hoje fôssemos sacrificar um cordeiro para proteger a reputação do rei. — Ele se virou para Jenny: — Mas você não é um cordeiro.

A voz do Irmão Bertrand ficou séria, apesar de ele não estar bravo como poderia se supor.

— Quero ouvir a sua confissão agora. E não pense em adiá-la como fez sua irmã. O nascimento de uma criança vai colocá-la às portas da morte e você precisa purificar a sua alma imediatamente. Venha agora mesmo comigo para a capela.

Jenny sabia que não ganharia nada resistindo ao Irmão Bertrand. Na capela, confessou cada minuto de mau comportamento acumulado durante todo o verão. Contou que havia maltratado Hilde em Lilliesleaf, que amedrontara Ranulf, que aliciara Alric para ajudá-la a escapulir na noite da lua cheia. Enquanto falava, ela sentia o peso da sua carga diminuir. Não mencionou a mágica das fadas por medo que o padre duvidasse de sua sanidade, mas contou a ele sobre Tam Lin. Quando, finalmente, terminou, recebeu a penitência e a absolvição, porém o Irmão Bertrand não se moveu.

— Minha filha, você se comprometeu com um homem louco. Eu ouvi dizer que ele vive como um animal selvagem na floresta. — O padre meneou a cabeça, incrédulo. Jenny forçou-se a ficar em silêncio, sabendo que jamais conseguiria explicar a ele a verdade sobre Tam Lin. O Irmão Bertrand prosseguiu: — Ainda assim, ele tem ascendência nobre. O melhor a fazer seria providenciar o seu casamento e dar um nome ao seu filho, mesmo que esse homem não possa viver com você como um marido deveria. Creio que seu pai deva mandar homens para caçá-lo imediatamente.

— Ah, padre, não. Eu não suportaria isso. — A idéia a aterrorizava.

— Você me surpreende, minha filha. A maioria das mulheres na sua situação gostaria de se casar às pressas.

— Mas, padre, Tam Lin não é como os outros homens. Não quero que seja amedrontado ou ferido. — De repente, Jenny se lembrou de uma coisa: — Na noite em que o conhecemos, meu pai jurou que Tam Lin não sofreria nenhum mal em suas terras. Ele ainda está comprometido a esse juramento?

O padre assentiu.

— Você se lembrou bem. Sim. Seu pai está.

— Então, eu lhe imploro que guarde o meu segredo. Não poderei dizer quem é o pai desta criança, até saber que ele está a salvo de qualquer mal.

O Irmão Bertrand franziu o cenho.

— É claro. Eu não posso revelar nada que você tenha me dito em confissão. Mas também não posso aconselhá-la a desobedecer a seu pai. Saber que você carrega o filho de uma grande linhagem ajudaria muito a minimizar a ira dele nos próximos meses.

Jenny ergueu o queixo.

— Eu preciso garantir que meu pai não se sinta tentado a quebrar seu juramento. Além disso, não diminuirei a minha própria carga, acrescentando-a ao homem que amo.

O Irmão Bertrand se levantou.

— Você é tão voluntariosa quanto sua irmã. Da mesma forma que ela, meteu os pés na trilha mais difícil. Mas os seus desejos não são egoístas e eu estou inclinado a honrar a santidade da confissão.

Jenny agarrou a mão dele.

— Obrigada, padre.

Ele levou a mão brevemente à cabeça dela, para benzê-la.

— Você me agradece por tê-la colocado em uma cama de espinhos.

Jenny tinha certeza de que todos estavam aborrecidos no pavilhão familiar e não se surpreendeu. Isabel estivera chorando e Eudo a confortava. Galiene havia se sentado em um canto distante, sem dúvida torcendo para que ninguém reparasse nela e pudesse ser dispensada.

O pai de Jenny se levantou assim que ela entrou com o Irmão Bertrand.

— A culpa disso é do conde de Roxburg — disse ele.

Jenny quase entrou em pânico.

— O que o senhor quer dizer, papai? — balbuciou ela.

— Em Marchmont, as moças não foram adequadamente acompanhadas. Eu ficarei surpreso se você tiver sido a única donzela desonrada naquela ocasião.

Jenny respirou, aliviada, grata por haver se controlado.

— Isso não me aconteceu em Roxburg, papai.

— Se não foi lá, onde foi? — rugiu o visconde. Então, de repente, sua voz ficou entrecortada: — Não me diga que eu abriguei outra víbora em minha casa.

— Não, papai, não — respondeu Jenny. — Nenhum cavaleiro do seu salão fez isso.

Eudo interveio:

— Então, diga-nos quem foi, Jenny, para podermos encontrá-lo e deixar essa vergonha para trás.

Jenny inclinou a cabeça.

— Eu não posso.

— Você não pode é achar que vai guardar esse segredo! — exclamou o pai. — Como pode querer poupar o homem que fez isso com você?

— Papai, por favor, eu nem mesmo sei se ele ainda está vivo.

— Que besteira é essa?

— Visconde — disse o Irmão Bertrand —, o conde William pode já ter partido, mas ainda há convidados no seu salão que viajaram de muito longe. Eles precisam ser alimentados, e o senhor é seu anfitrião. Vamos cuidar deles agora, e dê à sua filha tempo para refletir sobre suas obrigações com o senhor. — O pai de Jenny pareceu grato por seguir a sugestão do padre. Saíram sem nem mais uma palavra.

Assim que os dois partiram, as três mulheres se viraram para Eudo. Apesar de tudo, ele riu.

— Eu sei. Vocês não querem que eu fique e ouça. Mas, Jenny, escute-me antes que eu vá. Você se livrou daquele noivado do pior jeito possível, porém estou feliz por ver William de Warenne pelas costas. Faz semanas que não durmo bem, pensando que ele iria se tornar seu marido.

— Eudo, por que você não me contou tudo?

— Eu achei que seria errado arruinar a sua chance de se casar com um homem tão poderoso. Além disso, você ouviu o que o Irmão Bertrand disse. O rei sabia e a Igreja também. Muitos homens espalham suas sementes antes do casamento e ninguém acha que isso seja um grande pecado. Se você se opusesse a esta união, eu não sei se alguém lhe daria ouvidos. Eu teria arruinado a sua felicidade, sem benefício real. — Eudo corou. — Eu mesmo interroguei Mary, quando ela ficou sozinha entre uma surra e outra. A moça não foi... — Ele hesitou, baixou os olhos e só então prosseguiu: — Ela não foi tomada por vontade própria. — Ele fitou Jenny diretamente nos olhos. — Ele não era o homem certo para você.

Jenny sorriu porque, sem saber, seu irmão havia ecoado as palavras de Tam Lin. Ela beijou-o no rosto. — Obrigada, Eudo. Eu nunca me esquecerei do que você fez por mim hoje.

— Antes de eu partir, quero que saiba que pretendo voltar para casa. Perdi o gosto pela propriedade de *sir* Robert, e você e Isabel vêm se debatendo por aqui sem mim há tempo demais. Eu deveria ter vindo para casa na primavera.

Quando ele saiu, Isabel finalmente falou:

— Jenny, como eu pude ser tão cega? — Os olhos dela estavam vermelhos de tanto chorar.

Jenny ficou arrasada ao ver Isabel daquele jeito por sua causa.

— Calma, Isabel. Eu achei que era errado mandá-la para a confissão com um segredo desses. Você pode me desculpar? — Isabel assentiu, e Jenny se lembrou do que a confissão da irmã significava. — O que o Irmão Bertrand disse sobre a sua ida para o priorado? — De repente, Jenny receou que Isabel pudesse ser tirada dela naquela mesma hora.

— Eu implorei a ele que me deixasse ficar até depois do Natal, e o padre concordou. Eu ainda não a deixarei.

Jenny abraçou a irmã.

— Ah, que bom!

Nesse momento, Jenny olhou para Galiene. Esperara compreensão, mas a velha babá parecia surpreendentemente séria.

— *Lady* Isabel — disse Galiene. — Posso lhe pedir para ir à capela rezar pela alma de sua irmã? Eu acho que ela estava certa de guardar esses segredos de você, porque eles são muito graves. Preciso entender a profundidade dos problemas dela antes de podermos resolvê-los.

Jenny assentiu. Por mais que temesse aquela conversa com Galiene, sabia que era necessária.

— Se você tem certeza... — disse Isabel. Ela estava relutante em partir, mas o jeito de Galiene era muito persuasivo. Assim que ficaram sozinhas, Galiene não perdeu tempo.

— Se sua irmã esteve cega, eu devo ter passado o verão com olhos de madeira. Sabia que o seu destino estava ligado ao dele, mas fui tola o bastante para achar que você lutaria por aquele pedaço de terra. Eu a deixei vaguear pela floresta sempre que você quis. — Era difícil dizer se ela estava com mais raiva de si mesma ou de Jenny. — Que tipo de feitiço ele jogou em você para conseguir isso? — Jenny percebeu que Galiene não mencionara o nome de Tam Lin. Ela parecia infeliz.

— Galiene, a única mágica foi a do amor honesto que sentimos um pelo outro. Disso, eu tenho certeza. Ele me deu um vestido encantado para levar a Roxburg, mas quando o levei, eu não sabia. Ele também fez um feitiço para que eu voltasse sã e salva para casa na noite da lua cheia. Foi nessa noite que eu saí para vê-lo pela última vez. Esse feitiço foi necessário e o do vestido, bem, o do vestido foi um erro. Ele procura não usar a sua mágica. Ele quer se livrar dela.

— Então, há esperança. Se ele quer se livrar da mágica, talvez consiga.

— Mas, como? Eu já lhe perguntei uma vez, lembra? Enquanto trabalhava no cabelo de Alric. Você disse que não sabia.

— E não sei, porém ele deve saber. Você chegou a lhe perguntar?

Cada palavra da conversa que haviam tido ficara gravada na lembrança de Jenny. Ela se lembrou.

— Perguntei — disse, finalmente. — Ele respondeu: "Nada que eu possa pedir a outra pessoa".

— Então, deve ser perigoso, mas talvez você tenha como livrá-lo. Você se arriscaria?

Jenny não hesitou nem por um momento.

— Galiene, eu arriscaria qualquer coisa por ele.

— Então, você deve voltar a Carter Hall para descobrir como. Mas não será fácil providenciar a sua ida para lá e talvez a oportunidade não surja logo. Você confia em mim?

— Com a minha própria vida.

Galiene permitiu-se um sorriso discreto.

— Torçamos para que não precisemos chegar a isso.

Capítulo 20

Nas semanas que se seguiram, Galiene, Isabel e Eudo tentaram manter Jenny e o pai tão afastados quanto possível. A penitência imposta pelo Irmão Bertrand exigia que Jenny passasse longas horas na capela, depois da missa, todas as manhãs. Ela nunca ficara tão feliz em rezar. De repente, animais de caça raros foram avistados em vários pontos da propriedade do pai e Eudo organizou caçadas que partiam cedo e voltavam tarde, várias vezes por semana. Galiene insistia em que Jenny desse longos cochilos todas as tardes. Mesmo assim, o visconde brigava com ela sempre que a avistava, tentando descobrir quem era o pai da criança. Jenny suspeitava de que o Irmão Bertrand havia dito alguma coisa para aplacar a ira do pai antes de deixar Langknowes, bem como ao Irmão Turgis, porque nenhum dos dois fora tão duro quanto poderia ter sido. Mesmo assim, Jenny teve várias oportunidades para se lembrar das palavras do Irmão Bertrand sobre tê-la colocado em uma cama de espinhos. O pai e o Irmão Turgis só a deixavam em paz se ela não dissesse nada. Assim, Jenny aprendeu a segurar a língua, comprando o silêncio deles com o seu próprio.

O outono começou a chegar. Os campos estavam todos despidos pelas colheitas. Quando havia noites claras e quietas, eles acordavam pela manhã e encontravam uma geada fina cobrindo tudo como diamantes que desapareciam como a magia das fadas sob o sol. Se se aventurasse até o portão da propriedade, Jenny conseguia avistar a floresta a distância, os freixos amarelando e os grandes carvalhos ficando marrons como couro fino. Será que Tam Lin ainda se encontrava em Carter Hall, ou partira para sempre, deixando a propriedade tão vazia quanto seria a vida de Jenny sem ele? Ela pensava sempre nisso, mas sabia que precisava esperar Galiene dizer quando poderia ir. Assim, finalmente, Jenny aprendeu a ter paciência.

Em uma tarde quente de fim de outubro, Jenny acordou e encontrou Isabel sentada na beirada da cama.

— Estão gramando linho hoje, no lago de maceração. Cospatric e eu pensamos em ir cantar para ajudar o trabalho. — Ela estendeu a mão. — Venha conosco.

Jenny se espreguiçou e bocejou. Os cochilos eram mais que uma forma de mantê-la longe do pai. Ela descobriu que podia dormir eternamente. Era difícil abandonar o peso dos sonhos e voltar para a vida.

Do lado de fora, o sol estava quente e forte. Cospatric aguardava perto do portão com Alric.

— Vejam quem eu encontrei para ajudar com as canções — disse o harpista. Ele falava como se tivesse encontrado o menino por acaso, mas Jenny suspeitava de que ele fora procurar Alric. Cospatric era gentil com todos.

O lago de maceração era apenas um tanque limpo abaixo da propriedade, onde a chuva empoçava. Semanas antes, depois de o linho ter sido colhido com a mão e posto para secar nos campos, fora levado para lá para apodrecer parcialmente na água parada. Então, havia sido secado de novo e quebrado com manguais para separar as fibras de linho do caule de madeira da planta. Naquele momento, os criados jogavam as fibras sobre longas gramadeiras de ferro para pentear as fibras que, finalmente, seriam colocadas no tear de linho. Sendo o último passo naquele longo processo que maltratava as costas, o momento de gramar o linho era motivo de comemoração. Enquanto caminhavam, Jenny ouviu risadas vindas do lago de maceração.

Isabel e Cospatric ficaram a favor do vento para evitar o mau cheiro. Isabel começou uma das canções bobas e ritmadas, apropriadas para aquele trabalho. Uma música que simplesmente contava a quantidade de maçãs em um sótão ou moinho na França, de dez a uma, para então se misturar à música seguinte, igualmente sem sentido. Cospatric pegava a canção ao final de cada verso de duas linhas e repetia as linhas que Isabel havia cantado, de forma que a música se tornava contínua. Jenny ficou maravilhada ao ver quanto o francês dele havia melhorado. Sua voz mesclava-se perfeitamente à de Isabel. Os criados entraram no ritmo das músicas até o trabalho ficar parecendo uma dança, todos jogando a carga e puxando ao mesmo tempo. No gramado aquecido pelo sol ao lado de Alric, Jenny deixou as preocupações de lado e se recostou, permitindo que o espírito daquele dia invadisse sua alma, juntamente com o sol.

Jenny ouviu passos e abriu os olhos para descobrir Eudo em pé, perto dela. Ele se ajoelhou e falou suavemente:

— Galiene disse que eu devia vir lhe dizer que iremos procurar falcões amanhã, na direção de Broomfield. — Jenny se sentou, subitamente alerta. Carter Hall ficava na direção oposta. — Estaremos longe o dia todo. Gilchrist vai ficar feliz em passar o dia conosco e estamos convidando todos os meninos capazes a soltarem aves para tiro. Galiene disse que Alric sabe como aprontar a sua égua. — Ele sorriu. — O que quer que você esteja buscando, Jenny, eu espero que encontre.

Naquela noite, chegou uma trupe de músicos itinerantes. Jenny não deu muita atenção a eles, a não ser para reparar que não eram nem remotamente tão habilidosos quanto Cospatric, mas ficou grata por manterem seu pai ocupado durante o jantar. Ela mal dormiu naquela noite. Pela manhã, ouviu o pai e Eudo se levantarem antes do sol nascer. Sem os cachorros, o grupo de caça saiu mais silencioso que de hábito, mas Jenny ouviu-os assim mesmo. Então, levantou-se e se vestiu.

Galiene havia aprontado pão e leite para ela.

— Você deve esperar até que o sol esteja alto. Só o dia pertence ao povo da terra.

Algumas semanas antes, tal espera teria deixado Jenny louca. Agora, ela simplesmente se sentou e comeu. Por fim, quando o sol nasceu estava alto no céu, Galiene abriu a porta.

— O que você vai dizer a Isabel? — sussurrou Jenny ao deixarem o pavilhão.

— O mínimo que eu puder, como fiz com Eudo. Ela vai entender. Arrumei algumas bolsas com comida para deixar em Carter Hall. Será melhor para ele comer a nossa comida sempre que puder. — Ela colocou uma moeda de prata nas mãos de Jenny. — Não perca isso enquanto cavalgar e me prometa que, se vir um estranho, você não dirá nem uma palavra.

Jenny atirou os dois braços em volta do pescoço de Galiene e abraçou-a.

Alric já se encontrava no estábulo, ao lado das bolsas com comida.

— Galiene me disse para esperar a senhorita chegar para selar o seu cavalo, *milady* — disse ele.

— Será que os outros já se afastaram a esta hora?

— Sim. *Sir* Eudo disse que os levaria direto por Langknowes e que se manteria na estrada por um bom tempo depois disso. A senhorita não precisa se preocupar em ser vista do outro lado da propriedade.

Jenny permitiu que Alric a ajudasse a subir em La Rose. Seu corpo mal começara a mudar, mas a menina capaz de subir na sela com um salto era coisa do passado. La Rose pareceu perceber, porque seu trote não foi mais rápido que os passos de um homem. Jenny deixou a égua determinar a andadura, apesar de se sentir exposta e preocupada na estrada aberta, como um rato esperando para ser capturado por um falcão.

Quando entrou na proteção das copas das árvores da floresta, começou a respirar aliviada. Os galhos mais altos das grandes árvores já haviam sido despidos pelo vento. Raios de sol penetravam no fundo da floresta, emprestando uma sensação arejada e livre que Jenny não experimentava desde o verão. As folhas secas estalavam como pergaminho sob os cascos de La Rose, perfumando o ar com uma fragrância picante que Jenny tratou de respirar fundo. Só as árvores de azevinho mantinham seu frescor, as folhas escuras e brilhantes reluzindo, com a promessa da volta da primavera.

Ao chegar a Carter Hall, Jenny se lembrou da última vez que vira aquele lugar à luz do dia, quando o encontrara vazio e chorara no chão. *Eu não farei isso desta vez*, disse a si mesma. *Se ele tiver partido, darei meia-volta em La Rose e tentarei encarar o resto da minha vida sem lágrimas.* Ela se preparou para a decepção.

Porém, assim que chegou ao poço, viu-o em pé no campo aberto, de costas para ela. A visão dele trouxe-lhe uma alegria quase insuportável. Jenny sabia que faria qualquer coisa para proteger aquele homem do mal.

Antes que pudesse chamá-lo, Tam Lin pegou alguma coisa na mão e começou a girá-la em uma corda. Jenny mal tivera tempo de reconhecer a isca, quando um jovem falcão saiu de uma árvore próxima, com o corpo firme como uma flecha na direção da isca. No momento em que o pássaro estendeu as garras para a frente a fim de apanhá-la, Tam se virou e afastou a isca, de forma que o falcão foi obrigado a passar por ela em vôo, fazer uma curva em pleno ar e tentar de novo. Jenny adorava observar a forma como Tam Lin se movia. Por um instante, ele olhou para além do campo e avistou Jenny perto do poço. Tam já estava sorrindo, mas seu sorriso se alargou ainda mais. Ele permitiu que o falcão pegasse a isca e deixou-o.

Sem dizer nada, aproximou-se de Jenny, tirou-a de cima de La Rose e abraçou-a com força.

— Pensei que você tivesse partido — disse Jenny, depois de um longo momento. — Eu estava com tanto medo... — Até aquele momento, ela não admitira para si mesma quanto havia receado.

— Eu lhe disse para não vir, mas esperei por você todos os dias.

Jenny recuou um pouco para encará-lo e riu de pura alegria.

— Você está com o falcão! O falcoeiro de meu pai observou-o a primavera inteira. Pensamos que ele tivesse morrido.

— Eu o peguei para me fazer companhia. Treiná-lo ajuda a passar o tempo. E a arranjar comida. Agora, procuro usar mágica o menos possível. Com o falcão, consigo ao menos comer um pombo ou outro de vez em quando. Eu o mantenho sempre perto de mim. Na noite em que você veio, ele estava aqui, dormindo no salão.

Jenny se lembrou do som de asas farfalhando sob o beiral.

— Mostre-me o seu falcão — pediu ela. Sabia que deviam falar de coisas mais sérias, mas queria prolongar aquele momento de felicidade perfeita.

O falcão estava comendo a isca alegremente, algum tipo de pássaro morto, que ele destroçava. Tam ajoelhou-se, ofereceu sua mão enluvada e o falcão subiu, dócil como uma andorinha. Jenny recuou, com medo que o pássaro avançasse, mas Tam Lin puxou-a para perto.

— Ele é dócil como um cordeiro, apesar da aparência brava. Eu o batizei de L'Avenel, em sua homenagem. Você não precisa ter medo dele, Jenny.

Ela viu que era verdade. O falcão acomodou-se calmamente no pulso de Tam, olhando em volta com inteligentes olhos amarelos. Seus pés amarelos brilhantes pareciam incrivelmente grandes.

— Ele ia ser o meu presente de noivado — disse Jenny.

O sorriso desapareceu do rosto de Tam.

— E você está noiva?

— Não. — O alívio nos olhos dele fez Jenny rir de prazer. — Estou livre como um pássaro. — Naquele momento, pareceu verdade. Todos os seus problemas haviam desaparecido, como sempre acontecia quando estava com Tam Lin, como se não existisse mais nada além deles para incomodá-la. — Você tinha razão, Tam. William teria me feito terrivelmente infeliz. Ele já é pai de crianças de diversas mulheres. Ela parou, perplexa com a própria imprudência, mas ele não pareceu notar.

— Isso é típico de William. Sente-se e me conte a história toda. — Ele deixou o falcão acomodado em um pilriteiro e tirou a luva. Quando se sentaram no banco de pedra, Tam pegou as duas mãos de Jenny antes de se sentar.

Jenny havia direcionado toda a sua energia para chegar a Carter Hall, preparando-se para a possibilidade de ele não se encontrar ali. Até aquele momento, não pensara no que ou em como falaria com Tam. Decidiu começar pelo fim.

— Eu preciso saber como posso libertá-lo dos encantos que o mantêm aqui, Tam. Por favor, me diga.

Ele se levantou e ficou de costas para ela, sem falar nada por muito tempo.

— Há coisas que ninguém pode pedir a outra pessoa — disse Tam Lin, finalmente, com voz séria.

— Mas é preciso! — Jenny respirou fundo para se acalmar. — Pelo bem do nosso filho. — O segredo fora revelado. Como na cerimônia de noivado, seu anúncio foi recebido com silêncio. Tam Lin se virou lentamente, e Jenny deu-se conta de que não sabia como ele recebera a notícia. Não fazia a menor idéia.

— Nós vamos ter um filho? — Tam Lin parecia hipnotizado.

Jenny ergueu o queixo para lhe mostrar que não se envergonhava, e apenas assentiu. Não conseguia falar. Esperou pelo que pareceu um século, enquanto ele juntava as peças.

— E William se recusou a casar com você por causa disso? Que maravilha. Eu tenho estado doente de preocupação que você não conseguisse escapar dele, e você está a salvo por minha causa. — Tam Lin parecia só se preocupar com o fato de o noivado ter sido rompido. Jenny lembrou-se de como ele reagira quando ela tentara lhe falar sobre o vestido encantado. As palavras do Irmão Bertrand voltaram à sua mente: "Você se envolveu com um homem louco". Seria verdade?

— Tam, tente se lembrar do mundo terreno. O que vai acontecer comigo se eu não puder... — A vergonha sufocou-a e ela a engoliu. — Se eu não encontrar um pai para meu filho?

Os olhos dele estavam fixos em algum ponto distante.

— Eles lhe tirarão a criança e você será colocada num priorado — respondeu Tam Lin. As palavras aterrorizaram Jenny porque ela não sabia se ele falava com base no seu passado ou no seu futuro. — Mas... — Ele continuou. — ...você ainda teria a sua vida.

— A minha vida não significa nada sem o seu filho e você. — Jenny atirou o último vestígio de orgulho ao vento. — Se você fosse livre, se casaria comigo?

Tam Lin sorriu.

— Sabe que sim. Eu lhe disse isso na noite em que você veio a mim. Jenny, se não fosse por aquela noite, eu já teria partido. O que você me deu de si me manteve neste mundo. Pensei que fosse só você que me segurasse aqui. Mas, talvez, a criança também tenha o seu papel.

— Então, me diga, Tam, como posso libertá-lo. Eu lhe imploro. — Ela estava à beira das lágrimas.

Tam voltou para o banco e sentou-se ao seu lado. Então, tirou os cabelos do rosto de Jenny, que o viu hesitar.

— Se eu lhe contar tudo, você vai pensar mal de mim.

— Mesmo que eu pensasse muito mal de você, continuaria amando-o mais do que a própria vida. Por favor.

Tam Lin esfregou as mãos no rosto, como se tentasse livrar-se de alguma coisa presa a ele. Então, começou.

— De sete em sete anos, as fadas pagam um tributo ao Inferno, exatamente como o povo de seu pai entrega a ele uma parte da colheita e ele paga um tributo ao rei. — Jenny percebeu que Tam havia usado a palavra "fadas" pela primeira vez. — O tributo deve ser pago em uma semana, no Dia das Bruxas. — Ele fez uma pausa.

— Isso significa alguma coisa para você?

— Sim, Jenny. Elas não pagam com colheitas ou ouro, como o povo terreno faz, mas com carne. Elas precisam dar alguém ao Pai do Demônio. E eu temo que seja eu.

— Mas por que elas escolheriam você?

Ele suspirou.

— Essa é a parte que eu preferiria não contar. A rainha das fadas lançou um feitiço poderoso sobre mim, Jenny, mas agora esse feitiço foi quebrado por sua causa. Ela sabe disso e está doente de ciúmes. Não vai me deixar partir, porém quer se livrar de mim.

Jenny recuou à medida que foi entendendo o que ele dizia.

— Você foi amante dela? — Quando Tam Lin assentiu, Jenny sentiu algo íntegro e puro dentro dela se quebrar. — Ora, mas você é tão ruim quanto o conde William. — Jenny tentou recuar, mas Tam segurou-lhe as mãos firmemente.

— Não, Jenny! Pense em como foram as coisas para mim. Eu tinha catorze anos! Era pouco mais que uma criança. E ela tem a idade da floresta. Eu lhe fiquei grato por ter salvo a minha vida, mas ela me usou. Enquanto eu não amasse nenhuma outra mulher, ela me manteve como seu criado. Mas agora não é mais nada para mim. Estou preso ao mundo dela pelo mais fino fio de magia. Ela me entregaria ao Inferno com prazer para não ver o feitiço quebrado.

— Mas eu não sou a única mulher que você amou — disse Jenny. Tudo estava nublado pela sua dor.

— É, sim, moça. Amar e o ato de amor não são a mesma coisa. Eu nunca soube o que era amar uma mulher até conhecê-la.

Jenny lutou para enxergar além dos próprios sentimentos. Se iria salvá-lo, não podia se sentir ferida pelo seu passado.

— Então, me diga o que é preciso fazer, Tam — disse ela, finalmente.

Jenny viu alívio nos olhos dele.

— Eu estava com tanto medo de que você fosse me dar as costas... — Tam Lin fez uma pausa. — Mas como posso lhe pedir para arriscar a sua vida?

Jenny perdeu a paciência.

— Tam, eu ficarei sentada aqui até você me contar — disse, cruzando os braços sobre o peito.

— Você deve ser a moça mais voluntariosa da Escócia. Sabe que não posso deixá-la ficar. — Ela não disse nada por um longo momento. Ele suspirou. — Então, está bem. O que precisa ser feito é o seguinte: à meia-noite, no Dia das Bruxas, o povo das fadas irá até Miles Cross, a primeira encruzilhada entre aqui e Rowanwald. Depois que a procissão começar, eles não podem parar por nenhum motivo. Se você me tirar do meu cavalo e me segurar, eles terão de seguir sem mim.

— Isso é tudo?

Tam Lin meneou a cabeça.

— Eles não poderão voltar, mas usarão toda a mágica que possuem para que você me deixe ir. Você terá que ser muito valente e muito forte para resistir à mágica deles até que tenham passado.

— Eu não sei se sou valente, Tam. Sei que não sou forte, porém tenho vontade o suficiente para fazer isso. Mas como vou saber, no escuro, quem é você entre todos os outros?

— Primeiro, vai passar um cavalo negro, depois um marrom, e então você verá Snowdrop. Corra até ele e me tire de cima. Se eu explodir em chamas, me derrube. Caso contrário, me segure com força. — Ele fez uma pausa. — Jenny, se você me soltar antes da hora, corra o máximo que puder. Voe. Não pare por nada. Pegue La Rose e cavalgue até chegar aos portões de seu pai. Eu nunca mais a verei, mas quero que saiba que eu a amei, e só a você.

Jenny ficou aterrorizada com a possibilidade de esquecer o rosto de Tam Lin. Olhou-o, tentando memorizar suas feições, o homem alto e claro sob o sol de outono.

Ele beijou-a na testa.

— É perigoso você ficar, meu amor. Agora, vá, enquanto o sol ainda está alto no céu.

Quando chegaram até La Rose, Jenny se lembrou das sacolas de comida.

— A minha babá mandou estas para você não ficar tentado a apelar para a mágica — disse ela, ajudando-o a tirar os volumes.

— Ótimo. A mágica vai enfraquecendo com a falta de uso. Agora, vá depressa.

Jenny voltou para a floresta com a sensação de que Tam a acompanhava como se fosse uma capa em volta dela. Mas o calor e a segurança dessa sensação sumiram de repente quando ela cruzou o rio. Na margem oposta, havia uma mulher observando em silêncio. O vestido dela era branco, porém atravessado pelas cores do arco-íris. Não era uma peça terrena. Jenny se lembrou das palavras de Galiene e não disse nada, mas assim que seus olhos encontraram os da mulher, ela descobriu que era impossível desviá-los. Era a mulher mais bonita que Jenny já vira, com cabelos longos e negros e pele alva e pálida. No entanto, mesmo àquela distância, Jenny detectou algo de duro e cruel em sua boca e olhos.

Enquanto Jenny cruzava o rio, a mulher sorriu e estendeu a mão para cumprimentá-la. Jenny se sentiu atraída, como o ferro a um ímã. Precisou de toda a força que possuía para levar a mão à manga e pegar a moeda de prata. Agarrou-a até seus dedos doerem. Só então conseguiu desviar os olhos do rosto da mulher. Quando chegou à margem do rio, Jenny enfiou os calcanhares no lombo de La Rose com toda força e voou para casa sem olhar para trás.

Capítulo 21

Pelo sol, Jenny imaginou que era quase meio-dia ao se aproximar da propriedade do pai. Alric acenou do pasto perto do portão.

— Dê-me a sua égua agora, *milady*, e eu andarei com ela até o estábulo. Siga-nos a pé. Assim, qualquer um que a veja vai achar que a senhorita estava só caminhando.

Jenny imaginou se aquilo não era um excesso de cautela.

— Nenhum dos criados diria a meu pai que eu estava cavalgando, Alric.

— Não, mas há aqueles estranhos, os músicos, entre nós. Galiene disse que a esta altura eles já devem saber dos mexericos e, se a virem chegando, podem avisar ao lorde para ganhar uma moeda. Cospatric os está distraindo no salão, mas Galiene disse que cuidado nunca é demais.

Jenny sorriu, apesar de tudo. Quase podia ouvir a voz de Galiene. Ela desmontou e entregou as rédeas a Alric, ainda trêmula pela visão da rainha das fadas. Seguiu-o o mais perto que pôde, aliviada por estar de volta a um lugar onde outros poderiam protegê-la.

Jenny sabia que Galiene estaria esperando no pavilhão, mas precisava de tempo para se recuperar do susto, antes de poder falar nele. Assim, deixou-se levar pelos acordes suaves da música que vinha do salão. Lá dentro, os músicos itinerantes estavam sentados com Cospatric, que lhes mostrava pacientemente alguns dedilhados na harpa. Os dois que tocavam harpa tentavam imitá-lo. A lição não tinha nenhum interesse para Jenny, mesmo assim ela ficou, procurando pensar no que diria a Galiene. Sem a ajuda da babá, não teria como escapulir na noite do Dia das Bruxas, porém Jenny não tinha certeza se a velha criada permitiria que corresse tal risco.

Quando a lição de harpa terminou, todos os músicos tocaram juntos. Um tinha uma gaita-de-foles, mas não era nem de longe tão habilidoso quanto o gaiteiro que ela vira se apresentar em Roxburg. Havia várias notas desafinadas. Jenny imaginou como aqueles homens conseguiam sobreviver. Quando terminaram, o líder, um homem com a mesma idade de Cospatric, gesticulou para seus dois harpistas.

— Esses dois podem aprender muito com você. Depois daqui, iremos para Galloway passar o inverno. Você não tem vontade de voltar a ouvir seu idioma pátrio, homem? Venha conosco.

Jenny sentiu o coração se contrair quando Cospatric assentiu.

— Deixe-me pensar no assunto. Eu pretendia ficar aqui até o Natal, mas aí vai ser uma época ruim para viajar. Talvez eu devesse ir logo.

O líder da trupe deu um tapinha nas costas de Cospatric.

— Ótimo, homem. Um harpista hábil como você duplicaria os nossos ganhos. Nós o trataremos bem, Cospatric. — Todos concordaram.

Jenny se esgueirou para fora do salão. Quando entrou no pavilhão da família, Isabel virou-se para ela do tear com um sorriso tão doce e despreocupado que Jenny percebeu no mesmo instante que a irmã não sabia nada sobre a possível partida de Cospatric. *Eu tenho sido egoísta com freqüência neste verão*, pensou Jenny, *e Isabel tem sido tão boa. Como posso deixar o harpista partir, sem tentar assegurar a felicidade de minha irmã? Talvez eu consiga fazer essa boa ação.*

Mas, naquele momento, os problemas dela eram mais urgentes. Galiene estava sentada num canto cardando lã, como se Jenny tivesse acabado de voltar do cochilo.

— Eu acabo de me lembrar: é preciso virar os queijos hoje — disse Isabel. — Vou pedir a Hawise mandar alguém fazer isso. — Baixou a lançadeira e saiu para não ter de mentir ao pai, se ele perguntasse o que ela sabia.

— Sua irmã é uma pessoa boa — declarou Galiene. Jenny apenas assentiu, sentindo um nó na garganta. Mesmo que as coisas corressem bem, parecia impossível que ela e Isabel pudessem ficar perto uma da outra. Galiene percebeu o aborrecimento de Jenny.

— Então ele havia partido, minha querida?

Jenny sorriu.

— Não, Galiene. Ele está vivo e a mágica que o prende fica a cada dia mais fraca. Eu sei o que preciso fazer para libertá-lo. — Ela se sentou no chão como uma menininha, com a cabeça no colo de Galiene, e contou tudo à velha babá. Perto do fim, ao relatar a Galiene a respeito da rainha das fadas, sentiu o corpo da velha criada contrair-se de medo. Então, quando Jenny terminou, houve um longo silêncio.

— Eu não posso detê-la — disse Galiene, por fim. — Ninguém deve. Agora, você é uma mulher e tem o direito de tentar ganhar o seu amor, mesmo que a sua vida se perca com o esforço.

Jenny se sentou e fitou a velha criada nos olhos.

— A minha vida ou a minha alma, Galiene. Se eu não puder salvá-lo, não me importa perder uma ou outra.

Galiene acariciou os cabelos de Jenny.

— Uma amor assim é raro, Jenny; é mais precioso que ouro. Ele será a sua única arma. Alguns de nós conhecemos um pouco de mágica para fazer feitiços, mas eu a conheço desde o dia do seu nascimento e nunca vi uma moça mais terrena neste mundo. Você não tem mágica alguma para usar contra a rainha das fadas. Porém isso não tem importância, porque a sua mágica se extinguiria como grama num incêndio diante dela. Mas você tem o seu amor para guiá-la. — Ela tocou brevemente o abdômen de Jenny, abençoando-a. — E a prova desse amor para protegê-la. Eu a ajudarei a sair em segurança no Dia das Bruxas. Depois disso, tudo depende de você.

Em algum lugar dentro de Jenny, havia uma menininha que ousara desejar que Galiene a proibisse de sair sozinha no Dia das Bruxas, que a trancasse em casa e a mantivesse em segurança. Quando se levantou, Jenny se despediu para sempre dessa menininha.

— Agora, eu preciso cumprir minha penitência. Hoje de manhã, não tive tempo. — Então, ela se lembrou de mais uma coisa. — Galiene, ele ficou tanto tempo com o outro povo que não se parece mais conosco. Se eu o libertar, ele voltará a ser quem era?

— Talvez não imediatamente, querida. — Galiene desviou os olhos e depois pareceu forçar-se a encarar Jenny outra vez. — Talvez nunca. Você precisa aprender a aceitá-lo como ele é.

Jenny apenas assentiu. Não podia falar em decepção. Externamente, tentou se confortar. *Talvez ele venha a ser como os outros homens, mas eu o amei a princípio por causa disso*, pensou.

Quando se aproximou da capela, viu Cospatric caminhando com a cabeça baixa, perdido em devaneios. Por impulso, Jenny decidiu aproveitar a oportunidade.

— Cospatric — chamou. — Eu gostaria de falar com você. Pode vir até a capela? — Jenny o viu hesitar e percebeu que ele provavelmente achava perigoso ser visto a sós com ela naquele momento. Jenny lutou para controlar o próprio gênio. — Pelo amor de Deus, dê-me apenas um momento do seu tempo. — Tinha esperanças de que Cospatric se comovesse, caso ela implorasse, e ele pareceu se comover.

Dentro da capela, as palavras de Jenny saíram numa torrente.

— Eu ouvi aqueles músicos conversando com você no salão. Acho que não importa muito se você vai partir agora ou depois, mas, por favor, diga-me, Cospatric, se pudesse, você levaria minha irmã junto?

Mesmo sob a luz suave, ela o viu empalidecer.

— Que tipo de pergunta é essa, *milady?* Quer que eu seja enforcado? — Jenny percebeu que ele estava profundamente abalado. Um harpista só tinha direito de ganhar o amor de uma mulher nobre nas baladas. E, mesmo nelas, um amor assim era, muitas vezes, fatal.

— Eu não agüento pensar em Isabel no priorado. Vai ser horrível para ela. Você poderia se casar com minha irmã e levá-la daqui. Acho que talvez meu pai concorde.

Cospatric relaxou um pouco e Jenny percebeu que ele imaginara que ela fosse sugerir algo bem pior. Imediatamente, amaldiçoou sua língua desajeitada.

— Sua irmã sabe que a senhorita veio me pedir isso? — Ele parecia inclinado à idéia.

— Não. A modéstia dela jamais permitiria tal coisa.

Cospatric se mostrou chocado.

— Então, por que a senhorita me pediu?

Antes de responder, Jenny implorou em silêncio o perdão de Isabel.

— Porque eu a conheço. Ela o ama, Cospatric.

Agora, ele parecia arrasado.

— Mas o que a senhorita pede é impossível. Mesmo que de alguma forma consigamos a aprovação de seu pai, a minha vida é dura. Sua irmã passaria fome. Ela teria de dormir no chão e andar ao relento em qualquer clima. Como eu posso lhe pedir para partilhar uma vida assim? Ela é fina demais. — Ele abriu o coração na última frase.

— Mas você a ama. Por que não deixá-la decidir se prefere a vida que você oferece ou a do priorado? Depois, eu vou pedir a meu irmão que interceda em seu favor. Meu pai ama muito Isabel, apesar de tudo que aconteceu. Tenho certeza de que ele não se recusará, desde que você prometa deixar Teviotdale para sempre.

Cospatric levou a mão à testa.

Jenny mordeu o lábio.

— Cospatric, você não deve se perturbar. Isso precisa ser acertado antes do Dia das Bruxas. Agora, vá, pois não quero que alguém nos veja aqui. — Jenny o dispensou rapidamente, antes que ele pudesse perguntar por que ela sentia a necessidade de agir com tanta premência.

Jenny esperava que o amor de Cospatric fosse mais forte que a sua cautela natural. Procurou observar em Isabel algum sinal de que ele lhe falara alguma coisa. Por dois dias, nada aconteceu. Na tarde do terceiro dia, Jenny se deitou para um cochilo, temendo que o harpista nunca encontrasse a coragem necessária para falar com sua irmã.

Quando Jenny acordou, o sol da tarde já estava baixo no céu. Na sala externa do pavilhão, Galiene e Isabel trabalhavam como de hábito, mas Isabel corou intensamente ao vê-la e deixou cair a lançadeira. Isabel nunca derrubava a lançadeira.

— Você sabe onde Eudo está? — Jenny perguntou a Galiene.

— Creio que seu irmão esteja na forja — respondeu a babá, com um olhar que deixava claro a Jenny que ela sabia que havia algo acontecendo e que não necessariamente aprovava.

Jenny encontrou Eudo na forja, conversando com o ferreiro sobre um novo tipo de fivela, para prender a barrigueira da sela, que ele vira em Lilliesleaf. Jenny fez uma pausa para desfrutar a figura do irmão. Enquanto Eudo estivesse por perto, ela sentiria menos falta de Isabel. Os dois eram muito parecidos. Quando ele terminou, ela o puxou para um canto e contou-lhe tudo sobre Cospatric e Isabel.

Eudo ficou perplexo.

— E minha irmã concordou em ir com ele?

Até aquele momento, a idéia de que Isabel pudesse se recusar a ir nem cruzara a cabeça de Jenny.

— Eu... eu não sei ao certo.

Eudo riu.

— Jenny, você acha que o coração de toda moça é tão fácil de ser conquistado quanto o seu? Temos que perguntar a ela, porque eu não posso falar com papai, sem saber primeiro o que Isabel quer.

Apesar da acidez da brincadeira do irmão, Jenny sorriu. Afinal, ele concordara em ajudá-la.

Quando encontraram Isabel novamente no pavilhão, Jenny havia recuperado a compostura. Eudo dispensou Galiene de uma forma que nem Jenny nem Isabel teriam sido capazes de empregar.

— Agora, irmã, conte-nos — disse ele, assim que a velha babá saiu. — Cospatric pediu você em casamento?

Isabel o encarou.

— Sim.

— E você vai aceitá-lo, se nosso pai permitir?

Isabel corou profundamente e sorriu.

— Sim, Eudo. Eu daria o meu coração a ele de bom grado. Cospatric prometeu me levar para a sua terra. Ele vai viver entre um povo que não irá me desprezar. — Jenny notou uma coisa nova no jeito da irmã, uma força por trás da gentileza que não havia estado ali antes.

Naquela noite, Eudo pediu a todos os músicos para tocarem para o povo, em Langknowes, e pediu ao pai para falar com ele no pavilhão, depois do jantar. Jenny insistiu em estar presente, com Isabel.

Jenny temia o gênio do pai, mas, quando Eudo terminou de falar, o visconde ficou em um silêncio espantado por um longo tempo. Toda a sua raiva parecia esgotada e Jenny percebeu quanto ele havia mudado.

— E quanto à Igreja? — disse seu pai, por fim. — Como poderei desapontar a Igreja?

Jenny não esperara aquela pergunta tão cedo, porém tinha a resposta.

— Agora que o meu noivado com o conde William foi rompido, a Igreja vai querer um dote, e nós só temos um. Papai, se eu não encontrar um pai para o meu filho, irei no lugar de Isabel. — Jenny havia tomado essa decisão depois de falar com Cospatric. Estava bastante certa de que nunca iria para o priorado, o que quer que acontecesse. Ou salvaria Tam, ou morreria tentando.

— Mas eu estarei desgraçado aos olhos dos homens — declarou o visconde.

— Não, papai — disse Isabel, gentilmente. — Iremos em segredo para Galloway. Todos me conhecerão como a esposa de um harpista, que canta ao lado dele em troca de comida. Eu não serei mais Isabel Avenel.

— Isabel, será possível que seja isso que você queira?

Ela ergueu a cabeça e olhou diretamente nos olhos do pai, apesar das lágrimas que escorriam pelas suas faces.

— Sim, papai. Eu amo Cospatric.

Jenny pensou que seu coração fosse se romper ao ver o sofrimento nos olhos do pai.

— Então, eu lhe dou a minha bênção, filha. Mas vá logo, antes que eu tenha a chance de mudar de idéia. — Ele parecia um homem muito velho. Jenny havia ganho, porém não estava alegre.

Na manhã seguinte, Eudo mandou os músicos embora cedo para impedir que eles espalhassem o mexerico e, depois da missa, pediu ao Irmão Turgis celebrar o casamento. Como Jenny esperava, o velho padre reclamou e bufou.

— Isso não pode ser. Ela estava prometida à Igreja.

Jenny ficou surpresa ao ouvir o pai falar.

— Os votos não foram feitos. *Lady* Isabel ainda é minha para dispor e eu tomei minha decisão. Que o pecado recaia sobre a minha cabeça. Se *lady* Jeanette não for no lugar de Isabel, eu aceitarei qualquer penalidade que a Igreja me impuser.

Até o Irmão Turgis viu que não adiantava discutir e comprimiu os lábios.

— Primeiro, eu ouvirei a confissão da *lady* e depois a do harpista. O casamento será celebrado ao meio-dia.

Jenny correu para o pavilhão para ver que roupas simples e lisas poderia dar para a irmã usar em sua nova vida. Ela abriu o baú. Em cima de tudo, encontrava-se o vestido de seda vermelha, rasgado em trapos. Quando Jenny o pegou, ele caiu aos pedaços em suas mãos. Estava completamente destruído.

Capítulo 22

Isabel e Cospatric partiram no dia seguinte, em uma manhã cinzenta de outubro que prometia chuva. Só Jenny e Eudo acompanharam a partida. O pai não teria agüentado. O harpista fez o melhor que pôde para parecer solene, mas não havia como esconder a sua felicidade.

Jenny imaginou se algum dia voltaria a ver a irmã e sentiu os olhos mareados de lágrimas. Isabel abraçou-a.

— Não chore por mim, Jenny. Eu recebi o amor pelo qual não ousava mais esperar. Desejo o mesmo a você. — Tarde demais, Jenny deu-se conta de que não tivera chance de dizer a Isabel sobre seu amor. Tudo havia acontecido muito depressa e, desde o casamento, a irmã não saía mais do lado de Cospatric.

Na estrada fora da propriedade, pouco antes de desaparecerem na bruma, Jenny viu Cospatric passar o braço em volta de Isabel e puxá-la para perto. Ela parecia segura e protegida.

— Espero que eles sejam felizes — disse Jenny a Eudo.

— Acho que serão. Cospatric é um bom homem. Ele falou comigo ontem, antes do casamento. Eles irão passar o inverno na casa do mestre que o ensinou a tocar, em Girvan. Cospatric poderá ensinar lá. Ele também pretende ensiná-la a tocar. — Eudo parecia constrangido. — Eu dei a ele dinheiro suficiente para comprar uma harpa para Isabel. Foi o meu presente de casamento.

Jenny apertou o braço do irmão.

— Quando estiver ventando, eu vou dormir melhor sabendo que Isabel tem um teto sobre a sua cabeça. Nosso pai sabe?

— Ainda não. Eu lhe contarei quando ele estiver pronto para ouvir.

— Eu não pude dar nada a Isabel além de roupas quentes. — Jenny suspirou. — Será que voltaremos a vê-la?

— Quando eu for o lorde destas terras, Jenny, eles serão bem-vindos ao meu salão.

Mais tarde, ao voltar ao trabalho, Jenny imaginou se viveria para ver esse dia chegar. Não havia dito nada a ninguém sobre o vestido vermelho. No dia seguinte seria Dia das Bruxas.

A tempestade que ameaçara cair o dia todo chegou no final da tarde, trazendo consigo uma noite precoce. Pela primeira vez desde a primavera, o salão ficou sem música. A propriedade toda parecia desolada. Jenny acordou no meio da noite com o ruído da chuva castigando o teto do pavilhão e rezou para que Isabel e Cospatric tivessem encontrado abrigo. Pensou em Tam Lin no salão destelhado de Carter Hall. Talvez aquela fosse a última noite dele na Terra. Ela pensou em Tam sob um dos beirais, com o fino cobertor de verão cobrindo-o, e imaginou se ele também estaria acordado, ouvindo a chuva e pensando na noite que se seguiria.

A tempestade continuou durante todo o dia seguinte. O frio e grossos pingos de chuva castigaram o rosto de Jenny quando ela se arriscou a sair do pavilhão. O vento penetrava pelas fendas do teto, facilitando o aumento das goteiras. De tarde, à medida que escurecia, Jenny viu-se sozinha com Galiene e deixou-se desesperar.

— Essa tempestade certamente não é terrena. Como conseguirei chegar a Miles Cross com essa chuva?

258

— Calma, minha menina. O vento está diminuindo. Acho que a tempestade já vai se exaurir. Logo veremos. Lembre-se de que você não deve dormir esta noite. Quando perceber que o seu pai adormeceu, escape. Eudo sabe que você vai e não irá detê-la. Alric deixará o seu cavalo pronto. Cavalgue diretamente para Miles Cross e prenda La Rose fora da vista. Então, espere ao lado da estrada. Se quer conquistar o seu amor, você precisa ser corajosa. Eu fiz todo o possível para ajudá-la em seu caminho.

Galiene tinha razão sobre a tempestade. Quando terminaram de jantar, já havia estrelas brilhando pelas fendas das nuvens. Na hora de se deitarem, o céu já estava claro, apesar do vento ter voltado.

Jenny ficou na cama, rígida de medo, tentando não pensar no que estava por vir. Quando ouviu o pai roncando, esgueirou-se para fora das cobertas, completamente vestida. A capa pesada de Galiene a esperava na porta do pavilhão; a de Jenny fora dada a Isabel. Ela pegou-a e saiu o mais silenciosamente que pôde.

No estábulo, Alric se encontrava ao lado de La Rose, que já havia sido selada. Jenny pegou as rédeas e então se virou e beijou o menino na face.

— Você tem sido fiel a mim, Alric. Eu nunca vou me esquecer disso.

— A senhorita precisa cavalgar esta noite, *milady?* No Dia das Bruxas, as almas dos mortos saem dos túmulos e vão para fora — disse o menino, mordendo o lábio.

Jenny ouviu o próprio medo refletido na voz dele.

— Eu preciso — explicou ela. Então, sorriu para tranqüilizar Alric e, ao fazer isso, acalmou-se. Ele ajudou-a a montar.

Um pouco da fúria da tempestade havia ficado em La Rose, ou talvez o animal, pressentindo o medo de Jenny, estivesse particularmente arisco. Enquanto galopava, Jenny sentiu o vento assobiar em seus ouvidos, dificultando seus pensamentos. Tentou manter os olhos na estrada; ainda estava enlameada e La Rose parecia insegura. Jenny disse a si mesma que as coisas brilhando na parte externa do seu campo de visão eram apenas pedaços de mato ou de grama, soprados pelo vento. Ao chegarem à floresta, Jenny reduziu o ritmo de La Rose para um trote seguro e percebeu que havia coisas não terrenas ao seu redor. Fantasmas flutuavam por sobre as árvores com roupas exóticas. La Rose relinchou e empinou, tentando escapar, mas Jenny compreendeu rapidamente que aqueles espíritos eram inofensivos. Eles nem pareciam notá-la. Ela confortou a égua e forçou-a a prosseguir para além das figuras pálidas e brilhantes daqueles seres mortos havia muito. O destino de Jenny não se encontrava com eles.

Pareceu demorar uma eternidade para ela chegar a Miles Cross. Jenny saiu da estrada, amarrou La Rose a uma sorveira e considerou-se com sorte. Porque as sorveiras tinham uma mágica própria. Independentemente do que acontecesse com ela, La Rose estaria a salvo. Mas o terreno estava rebaixado ali, com uma vala cheia de água. Jenny saltou-a e cruzou para o outro lado, onde havia menos buracos. Depois, só lhe restava esperar.

Miles Cross não era nada além de uma encruzilhada na floresta, onde a estrada para Rowanwald cruzava a estrada que levava a Berwick, para longe, no mar do Norte. Ali, não havia nenhum dos fantasmas que assombravam a floresta naquela noite. Jenny imaginou se aquele lugar era tão perigoso a ponto de assustar os espíritos dos mortos. Até o vento se fora. Jenny perdeu a noção do tempo, com a mente embaçada pelo medo.

Quando, finalmente, ouviu o tinido suave das rédeas, pensou a princípio que estivesse sonhando. Mas não. De repente, surgiu um grande grupo cavalgando com imponência rumo à encruzilhada. Jenny se encolheu atrás de uma árvore. Será que estava longe demais da estrada para conseguir pegar Tam? Não sabia.

A rainha das fadas passou primeiro, tão bela e cruel quanto parecera no outro dia, no rio. Ela não olhava para a direita nem para a esquerda, mas diretamente para a frente, igual a todos os outros, como se pudessem ver seu destino. Depois dela, vieram os cavaleiros. Jenny viu o cavalo negro e depois o marrom. Então, seu coração quase saltou para a garganta ao reconhecer Snowdrop. Ela saiu de trás da árvore como uma flecha impelida por um arco e saltou mais alto do que sabia ser capaz. Então, agarrou Tam Lin pela cintura e soltou o corpo, usando o próprio peso para derrubá-lo. Sentiu-o atirar-se junto quando caíram em uma pilha de folhas, e Snowdrop seguiu sozinho. Jenny aninhou o rosto no ombro dele e segurou-o com força.

Mas, de repente, o ombro dele sumiu. Tam sumiu. Ela sentiu alguma coisa úmida em sua mão e baixou o rosto. Era um réptil. Uma salamandra negra, do tamanho de sua mão, com uma crista acompanhando toda a extensão do corpo. Era fria e repugnante, porém Jenny forçou-se a não gritar e sacudiu-a para fora da mão. Então, desviou os olhos para acalmar-se, mas, quando o fez, sentiu a forma mudar para algo mais pesado; uma corda seca com aspecto de couro, que se contorceu quando Jenny a agarrou. Ela olhou e descobriu uma cobra negra com marcas amarelas, a cabeça com o formato de uma flecha achatada e olhos cruéis, cor de cobre — uma víbora venenosa. Dessa vez, Jenny gritou, porém segurou a cobra com força, fechando os olhos e aguardando o bote. Em vez disso, sentiu-a mudar e crescer para algo tão grande que teve de se levantar com os braços em volta da coisa. Ousou desejar que fosse Tam Lin, até sentir o cheiro da sua pele. Jenny ergueu os olhos para um urso, que abriu a bocarra de imensos dentes amarelos. Ela fechou os olhos mais uma vez, esperando o momento de ser feita em pedaços. Assim que o fez, sentiu a criatura mudar novamente. De repente, Jenny percebeu que as transformações só aconteciam quando fechava ou desviava os olhos. Agora, estava ajoelhada com os braços em volta de um grande animal de pele áspera e amarela. Ele grunhiu. Estava segurando alguma espécie de felino imenso. Jenny explodiu em lágrimas, porém se forçou a fechar os olhos. Logo em seguida, estava segurando uma vara de ferro quente e rubra.

Quando sentiu sua carne queimando, tentou se lembrar do que Tam havia dito. Se ele pegasse fogo, ela deveria jogá-lo no chão. Mas ele estava brilhando, não em chamas. Será que o perderia se o soltasse naquele momento? Jenny fechou os olhos para afastar a dor e subitamente encontrou um carvão em brasa na palma da mão. A procissão havia passado. Sua carne estava cauterizada. Jenny correu para a vala cheia de água na lateral da estrada, mas hesitou. Será que podia soltá-lo? Quase fechou os olhos de novo, mas, em vez disso, se deteve e atirou o carvão, que descreveu um arco longo e alaranjado de fogo dentro da noite e desapareceu na água escura com um silvo.

Por um longo momento, não aconteceu nada. Jenny ficou ali, segurando a mão queimada pelo punho, pensando que havia fracassado. Então, ouviu uma tossida, e ali estava Tam Lin, totalmente nu e ensopado. Ela correu e jogou a capa sobre ele e entrou na água, abraçando-o, preocupada apenas com o fato de Tam Lin estar a salvo. Poderia ficar naqueles braços para sempre.

Tam a abraçou com força. A dor na mão havia desaparecido e Jenny não saberia dizer se estava tremendo, rindo ou chorando. Talvez as três coisas. Mas quando ouviu uma voz feminina, ele ficou rígido como um carvalho.

— Menina mal-encarada, você levou o melhor dos meus cavaleiros e conseguiu um noivo magnífico para si. Se eu soubesse que você me trairia, Tam Lin, teria arrancado e queimado seus olhos.

E então, eles ficaram verdadeiramente sozinhos.

— Agora, ela não pode mais nos ferir, meu amor — disse Tam pela primeira vez, acariciando os cabelos de Jenny.

— O feitiço que me prendia foi afastado. Ela nunca mais poderá tocar em nós. — Um arrepio percorreu-lhe o corpo.

— Precisamos procurar abrigo — disse Jenny, olhando em volta. Snowdrop partira com o resto da procissão. La Rose era pequena demais para carregar a ambos, e Tam estava fraco demais para caminhar, ainda mais descalço. Apesar dos protestos, ela o prendeu na sela de La Rose. Nunca mais queria ver aquele lugar.

— Eu tenho roupas em Carter Hall — disse Tam Lin, já tremendo de frio. A capa de Galiene deixava suas pernas expostas ao ar frio da noite.

Jenny amaldiçoou a si mesma por tê-lo jogado na água. Será que havia passado por tudo aquilo para perdê-lo para uma coisa tão terrena quanto uma pneumonia? Carter Hall estava a quilômetros de distância e a propriedade de seu pai ficara para trás. Não havia nenhum abrigo entre um lugar e outro. Jenny tentou manter Tam Lin perto de si, dando-lhe um pouco do seu calor, mas não havia como conduzir La Rose daquela forma. Ela começava a perceber que a situação não tinha jeito. Quando começava a achar que as coisas não poderiam ficar piores, avistou alguns homens na estrada, adiante.

— Ah, não — disse. Só conseguiu pensar que estavam prestes a ser atacados por ladrões.

— Milorde, é o senhor? — gritou uma voz.

— John? — indagou Tam. — John! Pelo amor de Deus, homem, venha nos ajudar! — Ele estava eufórico de alívio e Jenny deu-se conta de que aqueles homens eram os bandidos. O pesadelo havia acabado. Quando o homem chamado John se aproximou, Jenny desmaiou em seus braços.

Capítulo 23

Para Jenny, o ar de maio parecia quase tão suave quanto os cabelos louros de seu filho, mas ela o enrolou com um cobertor quente só para o caso do vento ainda guardar algum resquício de inverno. Desde o Dia das Bruxas, não conseguia suportar a idéia de que alguém perto dela pudesse sentir frio. Passara o inverno inteiro tecendo cobertores espessos e delicados, provando finalmente suas habilidades de tecelã.

Descobrira que o resgate de Tam Lin a transformara de desgraçada em heroína aos olhos de todos, porém não se preocupava com isso. Os mesmos homens que a elogiavam criticavam Isabel. Mas se a irmã havia destruído um cavaleiro e ela salvara outro, Jenny sabia que ambas tinham enfrentado seus medos com coragem e honra, e Isabel era igual a ela em todos os sentidos. Só gostaria de ter uma chance de dizer isso à irmã e de mostrar-lhe o pequeno Andrew algum dia.

O bebê sorriu quando focalizou o rosto de Jenny. Seus olhos ainda estavam mudando para alguma cor entre o azul-claro da própria Jenny e o castanho dourado do pai.

— Andrew Avenel — murmurou ela, beijando-lhe os dedinhos. — Hoje, você se tornará Andrew Lin. Mas onde está seu pai? Ele já deveria estar aqui. Galiene, esperaremos por Tam no portão.

Galiene riu.

— Não dá sorte o noivo ver a noiva antes do casamento.

— Estou longe de ser uma noiva virginal.

— Bem, e de quem é a culpa? Milorde, seu pai, queria vê-la casada antes do Natal.

— Tam queria esperar até que Carter Hall estivesse habitável. Agora que o telhado de sapé está pronto, Andrew ficará bem instalado lá. — Mas Jenny sabia que aquele não era o único motivo. Lembrou-se das longas horas que Tam passara naquele inverno, conversando com o pai dela e com o Irmão Turgis e depois com o Irmão Bertrand e com o conde de Roxburg em pessoa. Todos haviam pedido que eles se casassem. Depois, haviam exigido e, finalmente, implorado. Jenny teria se rendido meses antes, porém Tam não se abalara. Ela ficara satisfeita ao encontrar uma força de vontade tão férrea. Ele havia esperado até poder oferecer uma vida satisfatória a Jenny e ao filho de ambos em Carter Hall. Mais do que isso, porém, Jenny sabia que Tam queria ter certeza de que era um cavaleiro integralmente terreno de novo. Agora, ele estava certo de que havia se recuperado de todos aqueles anos de encantamento e se sentia pronto para levar Jenny para casa.

Pelo menos, o pai dela tivera a oportunidade de se tornar amigo do conde de Roxburg ao longo do inverno, enquanto os dois planejavam o casamento de Tam e Jenny. Ambos haviam concordado que o casal jamais poderia viver em Roxburg, à sombra da corte do rei, e o velho conde fora generoso ao financiar a restauração de Carter Hall. Naquele momento, ele estava esperando no salão principal, com o pai de Jenny e Eudo. Aquele casamento seria tranqüilo, sem celebrações públicas, como convinha a um casal que já tinha um filho. Mas Jenny sabia que havia um belo garanhão esperando por Tam no estábulo do pai, um presente de casamento do conde para repor Snowdrop, que nunca mais aparecera.

Ela olhou para o outro lado do rio. Já se avistavam grandes trechos de terra nua, enquanto os padres de Broomfield aravam a terra. Sentia-se grata pelas terras de Broomfield terminarem bem antes de Carter Hall. A floresta das fadas estava sendo transformada em pasto. O mesmo acontecia por toda Teviotdale. A Igreja certamente tiraria as fadas da terra e a submeteria para sempre. Jenny sabia que aquilo deveria confortá-la, mas não via a mudança com simpatia.

Quando apertou os olhos contra o sol, ela avistou Tam, vindo pela estrada que saía da floresta. Ele se encontrava longe, porém Jenny conhecia seu jeito, assim como conhecia o som da sua voz, o toque dos seus dedos ou a curva do seu pescoço. Todos os aspectos de Tam estavam impregnados em sua alma.

Com ele, vinham seus homens, incluindo os bandidos que os haviam salvado na floresta, no Dia das Bruxas. Agora, eles eram parte da propriedade, tendo jurado formalmente fidelidade a Tam, logo depois que o pai de Jenny lhe dera Carter Hall. John, o homem mais velho, já havia sido um menino de estábulo — o mesmo menino que sobrevivera com Tam quando todos os outros da família Lin tinham morrido. Durante todo o inverno, os homens de Tam haviam trabalhado com os criados mandados pelo conde de Roxburg para arrumar Carter Hall. Agora, estavam ocupados preparando a terra para semear. Talvez a princípio fosse uma vida minguada, mas Jenny tinha certeza de que poderiam sobreviver nos primeiros anos, mesmo sem o dote que uma vez fora de Isabel e agora pertencia à Igreja.

Sabia que Tam a vira, porque apressou o passo. Ela colocou o pequeno Andrew em seu ombro e fixou os olhos na estrada para saudá-lo.

Nota Histórica

O plano para este livro foi extraído de duas trovas, *Lady Isabel and the Elf Knight* e *Tam Lin*. Trovas são canções que contam uma história. *Lady Isabel and the Elf Knight* foi cantada em formas diferentes em quase todas as línguas européias. Neste livro, a história de Isabel começa onde a trova termina. *Tam Lin*, originária da Escócia, foi cantada apenas ali, mas em 1549 já era considerada antiga. Em *Um Cavaleiro Terreno*, eu procurei ser o mais fiel possível ao conto de *Tam Lin*.

Teviotdale, onde se passa a maior parte da história, fica na parte sudeste da Escócia, que hoje em dia é chamada de *Borders*. No século XII, o rei David I convidou vários nobres anglo-normandos da Inglaterra a se estabelecerem nessa área. A maioria desses nobres era formada por filhos mais novos e sem terras. Eram os descendentes de língua francesa dos normandos que haviam conquistado a Inglaterra cerca de cem anos antes. O rei David também estimulou ordens religiosas da Europa Continental a se estabelecerem ali e em outras partes da Escócia. Para criar as ovelhas que garantiam sua prosperidade, os abades de Teviotdale desmataram grandes porções das florestas que haviam coberto a terra por vários séculos. Essas florestas nunca mais nasceram.

As abadias deste livro são lugares de ficção, mas Rowanwald é muito semelhante à abadia augustiniana fundada em

Jedburgh em 1154. Broomfield lembra, em certo grau, as abadias de Melrose e Dryburgh, apesar de nenhuma delas ter um altar de purificação como o poço de Santa Coninia. Na verdade, Coninia foi uma pessoa real, uma mulher cristã cujo local de sepultamento foi descoberto em 1890, perto de Peebles, nos *Borders*. Eu mesma a santifiquei. Muitos dos santos locais da antiga Igreja Irlandesa não sobreviveram à transição para o catolicismo romano.

A localização da antiga cidade de Roxburgh fica nos limites de onde hoje é Kelso, no local em que o Teviot e o Tweed se encontram. As ruínas do castelo Marchmont situam-se um pouco acima, negligenciadas e esquecidas. Roxburgh foi destruída tantas vezes durante as batalhas com os ingleses que a cidade acabou sendo abandonada. O castelo de pedra que substituiu a fortaleza de madeira do século XII resistiu até 1550.

O rei Malcolm IV, chamado de Donzela por seu voto de celibato, ascendeu ao trono da Escócia aos doze anos de idade, quando seu avô, o rei David, morreu. O conde Henry, pai de Malcolm, havia morrido menos de um ano antes. O conde William, que ficou conhecido pelo sobrenome da mãe, Warenne, era um ano mais novo que seu irmão, Malcolm. Quando Malcolm morreu, em 1165, aos 24 anos, o irmão o sucedeu para se tornar William, o Leão. William tinha 23 anos ao ser coroado. Antes de finalmente casar-se, aos quarenta anos, foi pai de pelo menos seis crianças, fora do casamento. Ele governou a Escócia por 49 anos.

Os eventos fictícios de *Cavaleiro Encantado* se passam no ano de 1162.

Agradecimentos

O Conselho de Artes de Newfoundland e Labrador concedeu uma permissão de viagem pela qual eu sou muito grata. O dinheiro me permitiu visitar a área dos *Borders* da Escócia no verão de 2001 e conhecer as ruínas da abadia do século XII que há por lá. Hugh Chalmers, o executivo de projetos de Carrifran Wildwood para o Fundo Florestal dos *Borders*, me ajudou a imaginar como a paisagem devia ter sido quando as antigas florestas de freixos e carvalhos ainda cobriam a maior parte daquela terra. Julie Ross e sua equipe do Edinburgh Bird of Prey tiveram a bondade de me permitir passar um tempo no incrível aviário, onde aprendi que as aves de rapina são, na verdade, pássaros muito dóceis. O dr. David Caldwell, encarregado adjunto de História e Arte Aplicada do Museu Nacional da Escócia, respondeu pacientemente às minhas muitas perguntas sobre a vida cotidiana na Escócia medieval e me indicou leituras.

De todos os meus livros, este é, de longe, o que teve a gestação mais longa. Meu interesse nas trovas já tem mais de 25 anos. Descobri os textos dessas maravilhosas cantigas antigas enquanto estudava com Edith Fowke, minha primeira professora de folclore. Nessa época, também executei músicas folclóricas francesas com Andrea Haddad, que me ensinou muitas das trovas francesas mencionadas neste texto. Bem mais tarde, já na faculdade, aprendi bastante sobre fadas com a minha querida amiga e colega de estudos Barbara Rieti. Seu livro, *Strange Terrain: The Fairy World in Newfoundland*, detalha a impressionante pesquisa que ela fez para a sua tese de doutorado, com os divulgadores dessas crenças muito antigas da nossa província natal. Essa trilha longa e cheia de curvas de descobertas felizes e casuais me permitiu reunir os fragmentos que finalmente se tornaram *Cavaleiro Encantado*.

Também devo agradecer a meu marido e filha por me permitirem passar a maior parte da minha vida com amigos imaginários. Sem o apoio deles, eu não seria uma escritora.

Visite o nosso site:
www.editorabestseller.com.br